陈绍初再寻红楼路

——解不尽读不完的红楼梦

陈绍初　著

东 南 大 学 出 版 社

·南京·

内 容 提 要

本书重点介绍《红楼梦》作者曹雪芹，历经幸福而痛苦的儿女情长的纠结，为其著书提供不可缺少的素材；书中展示诸多有声有色的红楼烈女；还有一个个鲜活无比的"聪明人"；大观园里的"收租院"；以及对刘心武先生的黛玉"沉湖之死"提出质疑；伤风败俗的荣宁二府；大观园里楹联赏析等章节，希望能给您留下美好的回味。

图书在版编目(CIP)数据

陈绍初再寻红楼路：解不尽读不完的红楼梦/陈绍初
著. 一南京：东南大学出版社，2012.6
ISBN 978 - 7 - 5641 - 3459 - 4

Ⅰ.①陈… Ⅱ.①陈… Ⅲ.①《红楼梦》研究
Ⅳ.①I207.411

中国版本图书馆 CIP 数据核字(2012)第 091708 号

陈绍初再寻红楼路:解不尽读不完的红楼梦

出版发行:东南大学出版社
社 址:南京市四牌楼 2 号 邮编:210096
出 版 人:江建中
责任编辑:史建农
网 址:http://press.seupress.com
电子邮箱:press@seupress.com
经 销:全国各地新华书店
印 刷:南京玉河印刷厂印刷
开 本:700mm×1000mm 1/16
印 张:13.75
字 数:270 千字
版 次:2012 年 6 月第 1 版
印 次:2012 年 6 月第 1 次印刷
书 号:ISBN 978 - 7 - 5641 - 3459 - 4
定 价:39.00 元

本社图书若有印装质量问题,请直接与营销部联系。电话:025 - 83791830

序

出生于农家的绍初先生是学历史的,曾受到过"养天地正气,法古今完人"的系统教育。1975 年他为云南大学学子时,得到了一本名为《〈红楼梦〉诗词评注》的书,从此,他对"红学"就产生了极大的兴趣。

他曾是海军院校的一名学生,担任过宣传员,进过写作班子;到地方后做过钳工学徒;在从事教师职业期间,曾担任过学院图书馆馆长;做过近十年的业余律师;还下过海、经过商,做得都很出彩,阅历颇丰,很有点"人情练达、世事洞明"的底气。结合他自身阅历来研读《红楼梦》这部巨著,体会便有殊多与众不同之处。三十多年间,他又处处留意搜寻各类相关资料,博采众长,摘写笔记……

近年来,他因教学需要,在校内开设"红学"兴趣班,并根据这些资料与笔记编写教学讲义,进而编撰成书,这正是"弱水三千取其一瓢",又浓缩成汁再勾兑成液,下过一番又一番大的工夫。2008 年他的《红楼寻径——解不尽读不完的红楼梦》一书问世,发行海内外,被包括海峡两岸的众多高校在内的不少著名图书馆购藏。

绍初先生在海军院校时一直向往高、精、尖的项目,这次他却说:"撰写红楼专著并不想搞得多专业、多精深,只想做个普通导游与普通游客一起步入'大观园',让'红楼'走进大众。"

不久前,他受江阴市老年大学之邀去讲"红楼",操着一口闽南普通话,讲得很随意,学员们却听得很入港。我曾亲耳听见几位看似墨水不多、年龄 60 岁上下的女学员爽声说:"陈老师,这课我们愈听愈有味道了。"他果真与普通"游客"一起步入了"大观园",让"红楼"走进大众,实现了他的写作愿望。绍初先生研究"红学"始于普洱茶的故乡云南,他的这本专著,也是杯存放久远并散发着时代芳香的"普洱茶"吧!

2007 年,是我国古代名著进入千百万寻常百姓家的一个特定年头;是和谐社会、文化建设具有特殊意义的一年,阳春白雪与下里巴人亲密、紧紧地拥抱的时刻来到了!

2008 年,绍初先生的书发行后,他应邀在校内外讲课次数明显增多。每次课前,他都做好充分的准备,制作图文并茂的课件,娓娓道来,令听者回味无穷,印象深刻。他还经常与读者、听者、网友、同仁广泛互动,对许多问题做新的思考,故而就将他未用过的资料与新搜集的资料,再作新的考证、新的阐释,再与广大读者信步大观园,与专业工作者一起为红学研究添砖加瓦,将寻径之路继续铺展开去,续写了《陈绍初再寻红楼路——解不尽读不完的红楼梦》这一力作。

我是学中文的,与绍初先生做了十几年的同事。退休十多年来与在职的他交往不疏,故而他让我为这本新书写序。可我身上并没有多少"红学"的因子,读《红楼梦》也只是专业与工作的需要,没有能力对该书做什么评述。幸运的是,我对陈先生为人、为教、为学有所了解,对其再著新书的过程与目的胸中有数,故而可以写就上述文字,并以一个普通百姓的身份向研读此书的专业工作者与广大读者来一个实话实说,做另一面的交流。

曹翁一把辛酸泪,赢得多少后人痴。

儒释道易众家辞,更有大众心底思!

一切优秀的文化都应回归大众,再优秀的文化如果只能在专家学者和专业人士之间往返,也是遗憾的文化。

曹翁不朽,"红学"不朽,针对大众的"红学"研究不朽!

唐双朔

2011 年春节于海西福清市宏路新街

目　　录

001

曹雪芹与竺香玉生死之恋

康熙六十年，曹天佑七岁那年，曹頫让贾琏、贾蔷从苏州买来小戏子竺香玉。竺香玉小名红玉，时年六岁，出身不详，父母双亡，学唱旦角，艺名龄官。雍正元年，雍正帝的生母——康熙帝的德妃薨逝，曹家戏班子解散，红玉被留在曹母身边做了丫鬟，半年后做了天佑的伴读和丫头。

在长达七年的朝夕相处的过程中，曹、竺这对少男少女相爱了。雍正六年(1728)，曹頫携家眷进京请罪，天佑带了两个伴读丫鬟——红玉和柳惠兰。进京后，曹母为天佑和红玉以喝茶的方式定了亲。这年天佑十四岁，竺香玉十三岁。这是一种不行文的民间爱情契约，双方都不能随便毁约的！现代青年男女一旦明确恋爱关系，尽管这种婚约不受法律保护，但也不能儿戏，一旦订婚，双方都要信守承诺，一方提出分手，另一方怎么办？最佳择偶年龄被你给耽误了，选择范围自然小了，那么，毁约方除了经济上的赔偿外，在世界观、恋爱观、人生观和诚信度上也要大打折扣。

雍正八年，宫中开始选嫔妃、才女、秀女。曹頫之妻王氏将红玉认作女儿，改名曹香玉，代替李香玉(曹母李氏的侄孙女)入册达部。香玉入宫后做了两年的御用小尼，带发修行。雍正十年，雍正(五十五岁)强纳香玉(十七岁)为妃。

在这里，我们清楚地看到，毁约的不是当事人双方，而是曹頫之妻王氏。我想王氏不会不知道曹母李氏早已为天佑和香玉以喝茶的方式定了亲，那么王氏为何又要明知而为之呢？这里除了攀龙附凤、想沾皇亲国戚的光，以图重振门风、东山再起外，别无他解。

在这里，我们还清楚地看到，竺香玉入宫乃至后来做了皇后，都是心不甘、情不愿的，何以见？相关史料证明，雍正十年，五十五岁的雍正强纳十七岁的香玉为妃，一个"强"字就足以说明一切。一个弱小的戏子岂能斗得过至高无上的雍正帝呢？

雍正十一年六月十二日，香玉生下皇子弘曕，被封为皇后。

从历史角度看，黛玉的生活原型香玉未能与天佑成为眷属的原因，是被一种不可抗拒的政治势力所左右。香玉离开曹家的史实，曹雪芹通过一首行歌隐写在黛玉身上。黛玉借《代别离·秋窗风雨夕》所抒发的就是与宝玉别离的悲怨，其背后所隐写的,却是香玉与天佑间的离愁别恨。难怪诗歌中有"自向秋屏移泪烛"、"牵愁照恨动离情"、"灯前似伴离人泣"这类涉及别离且十分哀怨的诗句。

香玉十五岁离开曹家,告别天佑,自此痛苦和忧伤便时刻伴随着天佑,因而他对十五岁这个年龄没齿难忘。因此,他在《红楼梦》中明里暗里写出了许多发生在十五岁少女身上的故事:

1. 黛玉写《代别离·秋窗风雨夕》时,十五岁。这说明香玉十五岁离开曹家进宫。

2. 宝钗进京时的年龄也刚好是十五岁。

3. 贾府曾为宝钗做十五岁生日。

4. 十五岁的真真国女儿会作中国诗。

……

竺香玉本想进入那种清静无为、与世无争的境界,但事与愿违,无端被迫作了雍正帝的后妃。正如《钟山怀古》一诗所披露的:

名利何曾伴汝身,无端被诏出凡尘。

牵连大抵难休绝,莫怨他人嘲笑频。

虽然如此,她却不肯向命运低头,而以她刚直的品格和高绰的风姿与环境及命运抗衡!

宫中的皇后,早年天佑的伴读丫头——香玉,对紫禁城外的天佑牵肠挂肚、魂牵梦绕。由于清宫选秀,使天佑和香玉的婚姻化作泡影。为了抗议这种不公正,天佑便自毁自弃;香玉则因天佑的不肯自惜而感伤落泪。这一史实通过一条脂批揭示出来:

补不完的是离恨天,所余亡石岂非离恨石乎。而绛珠之泪偏不因离恨而落,为惜其石而落。可见惜其石必惜其人。其人不自惜,而知己能不千方百计为之惜乎?所以绛珠之泪至死不干,万苦不怨。所谓求仁得仁又何怨?悲夫!(第三回回后总批)

脂砚斋明白地告诉读者,绛珠之泪"为惜其石而落",又说"惜其石必惜其人","绛珠之泪至死不干,万苦不怨"。批语中之"绛珠",自然是暗指黛玉原型竺香玉。

现在我们仍然回到十五岁的问题上来。通过前面的论证,读者已经看到了,曹雪芹为什么时刻铭记十五岁而不忘。因为香玉十五岁时,他们共同遭受过离别相思之苦。天佑对雍正帝夺别人之所爱恨之入骨,并将此事写进书中。众所周知,《红楼梦》中有这么一个故事:

贾雨村(喻指雍正)强夺石呆子(即"石兄",天佑也)十二把竹扇(竹扇喻指竺香玉），显然拆散曹、竺爱情的是雍正，抄曹家的还是雍正。新仇旧恨，联想到自己前辈几代人为清宫卖命，到头来竟落了个这等下场，真是悲天怆地！

当天佑被欺凌、被损害、被蹂躏到了忍无可忍的地步，必然要抗争。他以无比的勇气和智慧，大胆而周密的设计，用"秘法新制"的丹药毒死仇人——雍正皇帝。当曹、竺密谋实施此方案时，难道他们没有考虑到可能发生的一切后果吗？

他们需要承担的风险有以下几点：

1. 在实施该密谋过程中，万一被密探发现或炼丹道士泄密，一切都前功尽弃，其后果不堪设想。

2. 即使炼出"秘法新制"的丹药，雍正要奴才先试用，证明此药十分安全可靠后，自己再用。作为一国之君，此举再正常不过。这一试，如果把奴才给毒死了，那谋杀君王案不就"不攻自破"了吗？

3. 就算丹药由皇后香玉亲自从炼丹房取出，并直接让雍正服下，谁又能保证雍正一定会暴亡？服后雍正如果变成一个半死不活的人，那又该如何收场？因为此丹药乃"秘法新制"，事先谁也没有试用过，其药功效如何不得而知。

谋杀君王，该当何罪？曹、竺心知肚明。曹、竺不仅把自己性命都搭上，而且弄不好还要株连九族。此时的竺香玉，身为皇后，还有弘瞻这个亲生骨肉，或许未来就是皇太后，但这一切与天佑相比，又算得了什么？为了她与天佑纯真而伟大的爱情能变为现实，她决定与天佑一起跟雍正来一场你死我活的大比拼。哪怕是株连九族、九死一生，也在所不惜！试问苍天大地，亘古至今有谁为了爱情，为了生死不离，去冒杀君之罪，株连九族之险？曾几何时，有谁为了爱情敢将一代君王杀死，同时还要舍弃亲生骨肉？为了爱，身为皇后甚至以后可能升为皇太后的竺香玉，将这一切视为过眼云烟！

曹、竺相爱有多深，信心有多坚，让历史来见证！

曹公将自己与香玉这段感天动地的爱情故事写进书中。《红楼梦》第三十三回，因贾环诬告，贾政将宝玉痛打一顿。当黛玉去看望宝玉，试探道："你从此可都改了罢！"宝玉答道："你放心，别说这样话。我便为这些人死了也是情愿的！"

黛玉对宝玉的回答心领神会。不久，宝玉让丫头晴雯给黛玉送去了两块旧手帕子，黛玉经过"细心揣度"，终于明白了宝玉送旧手帕子的意思。这绝不是普普通通的两块旧手帕子，而是青年男女传递的爱情信物！激动不已的黛玉以血泪为墨，写下了催人泪下的三首情诗：

其 一

眼空蓄泪泪空垂，暗洒闲抛却为谁？

尺幅鲛绡劳解赠，为人焉得不伤悲！

其 二

抛珠滚玉只偷潸，镇日无心镇日闲。
枕上袖边难拂拭，任他点点与斑斑。

其 三

彩线难收面上珠，湘江旧迹已模糊。
窗前亦有千竿竹，不识香痕渍有无。

译文：

其 一

泪水都已滴尽也是无谓白流，
暗洒闲抛不是为你还能为谁？
谢你深情厚谊赠我两块旧绢，
怎不使我激动怎不使我伤悲！

其 二

抛珠滚玉是我暗中热泪潸潸，
没精打采整天整日懒得动弹。
枕头袖口泪渍痕迹无心擦拭，
任随他到处留下点点与斑斑。

其 三

彩线也难串起我脸上的泪珠，
娥皇女英旧的泪迹早已模糊。
我住的窗前同样有翠竹一片，
不知是否染上我的泪痕斑点。

　　这三首"题帕诗"，是林黛玉用诗歌的形式，对自己爱情的一次大胆表露。她对宝玉真挚的爱，在诗中字里行间流淌。宝玉被打伤后，黛玉是何等牵肠挂肚，整日泪流不止。贾政棒打在宝玉身上，痛在黛玉心上。难怪刘耕路先生在评价这三首诗时写道："……这诗不是'作'出来的，而是哭出来的，其价值就在于感情之真。……宝、黛间的爱情至此已发展到一个新的深度,到了控制不住感情的程度。一个不顾礼法约束,私自表赠情物;一个不避嫌疑,大胆写出倾诉爱情的诗篇。这就是对扼杀人的天性的封建礼教的抗议和叛逆。宝玉是黛玉全部生活中唯一的慰藉和希望。如果说'通灵玉'是宝玉的命根子,那么宝玉其人就是黛玉的命根子。宝玉仅仅受了一次皮肉之苦,就把黛玉哭成那个样子;那么按作者原来的设计,贾家败落时宝玉将遭受更大的不幸(与高鹗续书不同),黛玉又如何呢?"

第八十九回里写雪雁、紫鹃在那里传说宝玉已经订婚,黛玉一听,"如同将身撺在大海里一般",自己打算"不如早些死了,免得眼见了意外的事情","又想到自己没了爹娘的苦。自今以后,把身子一天一天的糟蹋起来","被也不盖,衣也不添"。总之,她有意糟蹋身子,只求早死。

世人皆知,爱情是建立在男女双方互爱的基础上。那么,宝玉对黛玉又是如何呢? 第九十一回写道:

> ……黛玉乘此机会,说道:"我便问你一句话,你如何回答?"宝玉盘着腿,合着手,闭着眼,撅着嘴,道:"讲来。"黛玉道:"宝姐姐和你好,你怎么样? 宝姐姐不和你好,你怎么样? 宝姐姐前儿和你好,如今不和你好,你怎么样? 今儿和你好,后来不和你好,你怎么样? 你和他好,他偏不和你好,你怎么样? 你不和他好,他偏要和你好,你怎么样?"宝玉呆了半晌,忽然大笑道:"任凭弱水三千,我只取一瓢饮。"黛玉道:"瓢之漂水,奈何?"宝玉道:"非瓢漂水,水自流,瓢自漂耳!"黛玉道:"水止珠沉,奈何?"宝玉道:"禅心已作沾泥絮,莫向春风舞鹧鸪。"黛玉道:"禅门第一戒是不打诳语的。"宝玉道:"有如三宝。"

这是宝玉对黛玉坚贞专一爱情的真心表白! 此刻宝玉将自己对黛玉全身心的爱坦陈得淋漓尽致!

第九十回里,曹公进一步写黛玉听说宝玉订婚消息不真,又猜想宝玉如果订婚,选择对象一定是自己,心情又逐渐好起来了。真是"生死之恋"。

为此,紫鹃对宝黛爱情作了十分精辟的概括:

> "……那一年,我说了林姑娘要回南去,把宝玉没急死了,闹得家翻宅乱;如今一句话又把这一个弄的死去活来:可不说的三生石上百年前结下的么?"

第九十八回里说,宝玉婚后,尚不知黛玉已死,听说黛玉病着,他恳求袭人帮忙传话:

> "我要死了! 我有一句心里的话,只求你回明老太太:横竖林妹妹也

是要死的，我如今也不能保，两处两个病人都要死的。死了越发难张罗，不如腾一处空房子，趁早把我和林妹妹两个抬在那里。活着也好一处医治、伏侍；死了也好一处停放。你依我这话，不枉了几年的情分。"

第九十七回里作者写道：宝玉"只听见娶了黛玉为妻，真乃是从古至今、天上人间第一件畅心满意的事了"。作者为了表达宝、黛爱情的坚定而执著，在第八十二回和第八十三回写黛玉做梦，在梦里明白地表明她是"死活打定主意的了"。她在梦中还看见宝玉拿一把小刀子往胸口上一划，剜出心来给她看。

宝玉还曾对袭人说："都是老太太他们捉弄的"；在哭黛玉时说："你别怨我，只是父母作主，并不是我负心"。……以上文字从表面上看，似乎是描写宝、黛之间感天动地的爱情片断，其实，正是作者以血和泪书写自己与竺香玉一段不同寻常的爱情悲歌。倘不是作者亲身经历，纵君有着文采过人、传神文笔足千秋之本领，也写不出一部如此令人痛不堪言，犹如撕肝裂胆、断肠摧心的旷世之作——《红楼梦》。

两百多年来，多少读者为之而动容！他们捶胸顿足，挥洒的同情之泪足以将雍正淹没！

曹、竺为了爱情，付出了高昂的代价，人间罕见！

雍正十三年八月二十三日，竺香玉与曹天佑二人设计用丹砂毒死了雍正。

乾隆元年九月，香玉到北京香山卧佛寺旁的姑子庵出家为尼，带发修行，此后与雪芹在庵中了却情缘。曹、竺二人度过了十六年左右美好的爱情生活。感谢你们呀，曹、竺二位先辈，是你们把人世间何谓爱情诠释得如此尽善尽美！

乾隆九年，雪芹中举，得官州同。十六年，香玉为雪芹生下一子。由于担心此案泄露，自惊自怕，将孩子转移出去后，香玉悬梁自尽（即"玉带林中挂"），雪芹逃禅。

曹、竺爱情悲剧的帷幕虽已落下，但以血和泪铸就"生命诚可贵，爱情价更高"的伟大丰碑永世长存，与日月同辉！

但愿过去的历史悲剧不再重演，更愿普天之下有情人终成眷属！

曹雪芹的忠实伴侣——柳蕙兰

"曹雪芹伟大,柳蕙兰可敬! 读者诸君: 您在赞美、歌颂曹雪芹的同时,请勿忘记与忽视他那个聪慧、博学、勤劳、善良的得力助手,曹雪芹在书中亦为之作传的忠实伴侣——柳蕙兰!"①

乾隆十六年,香玉为天佑生下一子,此时香玉应该是三十六岁,虚龄;曹雪芹三十七岁,虚龄。这年香玉似乎预感朝廷要重查十几年前雍正的死因,香玉自惊自怕,把孩子转移别处隐藏起来,自己上吊身亡(即:"玉带林中挂"),天佑逃禅。风声过后,雪芹还俗回到香山,不仅找回了与香玉所生之子,而且还与蕙兰重逢,并娶其为妻,三人居住于香山黄叶村。这时的曹雪芹贫困、潦倒,过着"举家食粥酒常赊"的日子。身为妻子的柳蕙兰,是怎样撑起这个贫如水洗的家? 她又是怎样熬过那段艰难岁月? 今天的我们,真的很难想象。不过我相信,以她的贤惠和善良,足以温暖这个家。柳蕙兰视竺香玉的孩子为亲生,原因有以下几点: ① 早年柳蕙兰与竺香玉亲如姐妹,如今竺香玉走了,照料好姐妹留下的孩子实属常理。② 柳氏现在成了孩子的后妈,自己又无儿女,加上心地善良、为人厚道,故视这个孩子为亲生骨肉。③ 曹雪芹与竺香玉毒死雍正帝十几年后才喜得贵子,也算是老来得子,曹、竺倍加珍惜这份迟到的爱情结晶! 孩子胜过自己的生命。何以见? 为了保护丈夫和孩子免遭"旧案"牵连,香玉以上吊身亡为代价。而曹雪芹呢? 其好友敦诚作了一首《挽曹雪芹》,其中有简明注解"前数月伊子殇,因感伤成疾"。敦诚在这里十分明确地告诉人们:雪芹的病,是因数月前死去幼儿而感伤成疾,他是禁不起丧子之痛而病逝的。柳氏如果真爱雪芹,她也一定深爱这个孩子。曹、柳能否真心恩爱,柳氏如何对待孩子至关重要。

贤惠善良的柳蕙兰倍加关心体贴这个失去母亲的孩子,使得家庭和睦,夫妻恩爱。曹雪芹心灵上虽然得到一定的安慰,然而他怀念竺香玉之情却与日俱增,终成拂之不去的心病。雪芹立志著书,纪念平生所爱之人——香玉。

曹公在著书过程中,得到柳蕙兰的大力支持和帮助。柳蕙兰豁达的心胸、善解

007

---

① 引自霍国玲等《红楼解梦》第三集上,中国文学出版社,1997年,第255—256页

人意的情怀,得以充分表现。

"《红楼梦》是一部千古奇书——书名、人名、吃穿用具、语言结构无处不奇。而今发现,就连批书人的笔名,亦可称奇。'脂砚斋',说白了就是'夫妻斋'。而且,这对老夫妻的经历更是非同寻常。

众所周知,《红楼梦》为曹雪芹所著。众所不知的是其妻柳蕙兰,也是参与者——批书人之一。曹公在自己的书中并非没有传她,而是因为内隐太深,读者未能识出。在参与批书的数人中,除曹公外柳氏功劳最大。或许因此,批书人的笔名才把'脂'字放于第一位。

脂砚先生和脂砚女士同室批书,以'脂'的批语数量最多,而柳氏又是极贤惠、多智术之人。曹公一生,柳氏知之最清,记之最深,又最了解其写书奇法、秘法,深谙书中内隐,因此所批往往能恰中鹄的。在批书时,柳氏以宝玉指代作者,亲切的称之为'玉兄'、'石兄',或戏称'石头',甚至以'我玉卿'而窃窃私占。曹公对柳氏的赞许,则均以花袭人来指代。"①

花袭人(原型:柳蕙兰)与宝玉(原型:曹雪芹)可谓青梅竹马,正因有了这一层关系,作者在第六回,不惜重墨,详细描述宝玉与袭人"初试云雨"的经过:

　　……袭人伸手与他系裤带时,不觉伸手至大腿处,只觉冰凉一片粘湿,唬得忙退出手来,问是怎么了。宝玉红涨了脸,把他手一捻。袭人本是个聪明女子,年纪本又比宝玉大两岁,近来也渐通人事。今见宝玉如此光景,心中便觉察一半了,不觉也羞的红涨了脸面,遂不敢再问。……袭人忙趁众奶娘丫鬟不在旁时,另取出一件中衣来,与宝玉换上。宝玉含羞央告道:"好姐姐,千万别告诉人。"袭人亦含羞笑问道:"你梦见什么故事了?是那里流出来的那些脏东西?"宝玉道:"一言难尽。"说着,便把梦中之事,细细说与袭人听了。然后说至警幻所授云雨之情,羞的袭人掩面伏身而笑。宝玉亦素喜袭人柔媚娇俏,遂强袭人同领警幻所训云雨之事。袭人素知贾母已将自己与了宝玉的,今便如此,亦不为越理,遂和宝玉偷试一番,幸得无人撞见。自此,宝玉视袭人更比别个不同,袭人待宝玉更为尽职。

那么花袭人(原型:柳蕙兰)在贾宝玉(原型:曹雪芹)心目中究竟占有怎样的地位呢?作者在第十九回作了极其精彩的描述:

　　……又听袭人叹道:"只从我来这几年,姊妹们都不得在一处,如今我

---

① 引自霍国玲等《红楼解梦》,第三集上,中国文学出版社,1997年,第248页

要回去了，他们又都去了。"宝玉听这话内有文章，不觉吃一惊，忙丢下栗子，问道："怎么，你如今要回去了？"袭人道："我今儿听见，我妈和哥哥商议，教我再耐烦一年，明年他们上来，就赎我出去呢。"宝玉听了这话，越发怔了，因问："为什么要赎你？"袭人道："这话奇了，我又比不得是你这里家生子儿，一家子都在此处，独我一个人在这里，怎么是个了局？"宝玉道："我不放你去也难。"袭人道："从来没这个道理。便是朝廷宫里，也有个定例，或几年一选，几年一人，也没有个长远留下人的理，别说是你！"……宝玉听了，思忖半晌，乃说道："依你说你是去定了？"袭人道："去定了。"宝玉听了自思道："谁知这样一个人，这样薄情无义。"乃叹道："早知道都是要去的，我就不该弄了来，临了剩我一个孤鬼！"说着，便赌气上床睡去了。

　　当宝玉听袭人说，家里要赎她出去时，首先是"不觉吃一惊"，接着便是"忙丢下栗子"，而后连续出现三个问号，"怎么，你如今要回去了？""为什么要赎你？""依你说，你是去定了？"宝玉舍不得袭人离开他的心情尽显字里行间。最后宝玉竟恨袭人"薄情无义"，甚至自咒为"孤鬼"。显然，宝玉错怪袭人是"薄情无义"之人，不晓得袭人是在借题试探自己在对方心目中的位置。但也从另一方面表明宝玉对袭人是既讲情又讲义的知己。

　　而作为袭人，又曾几时想离开朝夕相处、亲如手足的"石头"？ 没有，从来都没有过。作者这样写道：

　　　　原来袭人在家听见他母兄要赎他回去，他就说至死也不回去的。又说当日原是你们没饭吃，就剩我还值几两银子，若不叫你们卖，没有个看着老子娘饿死的理。如今幸而卖到那个地方，吃穿和主子一样，又不朝打暮骂。况且如今爹虽没了，你们却又整理的家成业就复了元气。若果然还艰难，把我赎出来，再多掏澄几个钱，也还罢了，其实又不难了。这会子又赎我作什么？ 权当我死了，再不必起赎我的念头。因此哭闹了一阵。他母兄见他这般坚执，自然必不出来的了。

　　母兄商量赎她出去，被袭人拒绝，死活不从，同样表现出袭人对宝玉的情深意切！

　　宝玉甚至自咒为"孤鬼"，这里宝玉把对袭人的爱提高到极致。此话怎讲？ 明眼人一看便知："孤鬼"是宝玉所不愿意看到的结局。如果当真是如此结局，岂不是宝玉之遗憾！ 而宝玉向往的则是：你我虽不是同年同月同日生，但愿你我能在同年同月同日死。生与你喜结连理，死了做鬼也要与你携手同行，我与你生生死死永不分离！ 只要袭人不离开我宝玉，什么条件尽管提，只要我宝玉能做到，定会全力以赴。这也是宝玉对恋人的真情流露!

作者在第十九回继续写道:

如今且说袭人自幼见宝玉性格非常,其淘气憨顽自是出于众小儿之外,更有几件千奇百怪口不能言的毛病儿。所仗着祖母溺爱,父母又不能十分严紧拘管,更觉放荡弛纵,任性恣情,最不喜务正。每欲劝时,料不能听,今日可巧有赎身之论,故先用骗词以探其情,以压其气,然后好下箴规。今见他默默睡去了,知其情有不忍,气已馁堕。自己原不想果子吃的,只因怕为酥酪又生事故,亦如茜雪之茶等事,是以假以果子为由,混过宝玉不提就完了。于是命小丫头子们将果子拿去吃了,自己来推宝玉。只见宝玉泪痕满面,袭人便笑道:"这有什么伤心的?你果然留我,我自然不出去了。"宝玉见这话有文章,便说道:"你到说说,叫我还要怎么留你?我自己也难说了。"袭人笑道:"咱们素日好处再不用说。但今日安下心要留我,不在这上头,我另说出两三件事来,你果然若依了我,就是你真心留我了,刀搁在脖子上,我也是不出去的了。"宝玉忙笑道:"你说那几件?我都依你。好姐姐,好亲姐姐,别说两三件,就是两三百件,我也依。只求你们同看着我,守着我,等我有一日化成了飞灰,飞灰还不好,灰还有形有迹,还有知识。等我化成一股清烟,风一吹便散了的时候,你们也管不得我,我也顾不得你们了。那时凭我去,我也凭你们爱那里去就去了。"话未说完,急得袭人忙捂他的嘴说:"好好的正为劝你这些,到更说得狠了。"宝玉忙说道:"再不说这话了。"袭人道:"这是头一件要改的。"宝玉道:"改了,再说你就拧嘴。还有什么?"袭人道:"第二件,你真喜读书也罢,假喜读书也罢,只是在老爷跟前或在别人跟前,你别只管批驳诮谤,只作出个喜读书的样子来,也教老爷少生些气,在人前也好说话。他心里想着,我家代代读书,只从有了你,不承望你不但不喜读书,已经他心里又气又愧了,而且背前背后,乱说那些混话。凡读书上进的人,你就起个名字叫他禄蠹,又说只除明明德外无书,都是前人自己不能解圣人之书,便另出己意,混编纂出来的。怎么怨得老爷不气,不时时打你?叫别人怎么想你?"宝玉笑道:"再不说了,那原是小时不知天高地厚信心胡说,如今再不敢说了。还有什么?"

袭人道:"再不可毁僧谤道,调脂弄粉。还有更要紧的一件,再不许吃人家嘴上擦的胭脂了,与那爱红的毛病儿。"宝玉道:"都改都改。再有什么快说。"袭人笑道:"再也没有了。只是凡百事检点些,不可任意任性的就是了。你若果都依了，就是拿八人轿子九人按我也不出去了。"宝玉笑道："你在这里长远了，不怕没八人轿你坐。"袭人冷笑道："这个我也不稀罕，也没有那个福气，没有那个道理。总坐了也没甚趣。"

倘不是亲身经历，尽管有着厚实的文学功底的曹公，也无法凭空编造出如此生动而真实的故事情节来。自从和宝玉"初试云雨情"之后，袭人就越发尽职，"心中只有宝玉"一人。宝玉的一切用物，都由她细心经管，宝玉的生活起居都由她悉心照顾。特别是人生的初恋、人生第一次性爱，必定刻骨铭心，终生不忘！可见曹雪芹与柳蕙兰是有着深厚爱情基础的。当曹雪芹失去心爱的竺香玉后，柳蕙兰走进曹雪芹的生活，这也是顺理成章的事情。

丈夫写书，妻子读书、评书这是很正常之事。作为《红楼梦》这本书第一读者的柳蕙兰，她边读边写相关评、批语，有时还与丈夫共同书写评、批语。"夫唱妇随"在这里得到了尽善尽美的诠释！

他们之间的恩爱情怀，常常会在脂砚斋的批语中得以流露：

"在批书时，柳氏以宝玉指代作者，亲切的称之为'玉兄'、'石兄'，或戏称'石头'，甚至以'我玉卿'"，而窃窃私占。曹公对柳氏的赞许，则均以花袭人来指代。请看下面摘析的一些批语，便可对其夫妻情谊有更进一步的了解。

一、蕙兰赞雪芹

第四回，当写到宝玉的寡嫂李纨，"唯知侍亲养子，外则陪侍小姑等针黹诵读而已"处，蒙府本批曰：

"此中不得不有如此人，大地覆载，何物不有，而才子手中，亦何物不有。"此为柳氏所批，批中大赞作者为才子，表现出自己的崇敬之情。

再如第三回，记有讽贬宝玉的《西江月》二词。在"寄言纨袴与膏粱：莫效此儿形状"处，甲戌本眉批曰：末二句最要紧，只是纨袴与膏粱，亦未必不见笑我玉卿。可知能效一二者，亦必不是蠢然纨袴矣。在此批中，柳氏昵称宝玉为'我玉卿'，可见二人关系之亲密程度。

二、曹公赞柳氏

"曹公总以小说中的花袭人为对象，大加赞赏并感谢。如赞袭人为'孝女义女'、'不独解语，亦且有智'还有'贤袭人'，'贤而多智之人'，'善词令，会周旋'，'能解事，能了事'，'善解忿'，对宝玉是'痴心情愿'等。"

011

曹公除在批语中直接赞扬花袭人之外，还借书中人物薛宝钗之心思赞花袭人为'深可敬爱'。当李嬷嬷吵骂袭人时,又借黛玉之口对宝玉说:'那袭人也罢了,你妈妈再要认真排场他,可见老背晦了'。(第二十回)对此己卯本批曰:

> 袭卿能使颦卿一赞,愈见彼之为人矣,观者诸公以为如何?

同一回,李嬷嬷醉后骂袭人,在'好不好拉出去配一个小子'处,庚辰本有夹批曰:

> 虽写的酷肖,然唐突我袭卿,实难为情。

曹公称袭人为'我袭卿',在此表达了自己的歉意。而柳氏则称曹公为'我玉卿',是一样的心情,同样的爱意,称得上是相敬相爱的老夫妻。

三、夫妻合批

曹、柳夫妻二人,不仅有互爱之情,在书中还常以笔交谈,合批同一条批语,成为一种独特的批书艺术形式。

如第二十一回,袭人已用过很多办法劝宝玉,宝玉还是记不住,袭人非常生气。当宝玉从潇湘馆回去后,袭人就不理他。宝玉还不知为什么。问麝月,麝月也不说。宝玉莫名其妙,也就真生气了。心想,他们不理我,我也不理他们,权当他们都死了。连麝月也不让进屋,闷闷的在屋里待了一天,自己看书,又续《庄子》。在续《庄子》时,把钗、黛、花、麝都贬斥了一通,也就算出了气。掷笔就寝,头刚着枕便忽忽睡去,直到天明方醒,'翻身看时,只见袭人和衣睡在衾上'。对此句,庚辰本有夹批曰:

> 神极之笔!试思袭人不来同卧,亦不成文字,来同卧更不成文字,却云'和衣衾上',正是来同卧不来同卧之间,何神奇,文妙绝矣。好袭人。真好石头,记得真真好,述者述得不错。真好,批者批得出。

这一串文字,初看,真使人摸不着头脑。又是'好袭人',又是'好石头',到底是谁赞谁? 又是谁批? 是袭人,还是石头? 还有什么'好批者',又是什么'述者述得不错'。到底是'批'还是'述'? 反复看了多次,仍不解其意。后来逐字逐词地去想,方得其趣。请看下面解析之后的情形。

> 神极之笔!试思袭人不来同卧,亦不成文字,来同卧更不成文字,却云'和衣衾上',正是来同卧不来同卧之间,何神奇,文妙绝矣。

此数句是柳蕙兰看到'只见袭人和衣衾上'一句话后,赞其形容确切,很符合其本人当时的身份和心志,不禁极口赞扬。曹公见柳氏能深解其意,遂提笔加批一句曰:

> 好袭人。

柳氏亦用褒奖之语回敬:

> 真好石头,记得真真好,述者述得不错。

曹公复赞曰:

> 真好,批者批得出。

这样一拆一合,不就很清楚了吗? 二人在同室同时在一个抄本上批同一个句子,柳氏赞书写得好,曹公赞批得好。二人一来一往,合成一批。经解得之后,效果更佳,胜似数批,犹如电影中的特写镜头,真是别有情趣。"①

第二十六回,"宝玉趿着鞋,倚在床上拿着本书"处,甲戌本有侧批曰:

> 这是等芸哥看故作款式者。果真看书,在隔纱窗子说话时已放下了。玉兄若见此批,必云:老货,他处处不放松我,可恨,可恨! 回思将余比作钗、颦等乃一知己,(全)[余]何幸也! 一笑。

这段柳批,首先揭宝玉(指曹公)佯装看书给人瞧,此举花袭人(指柳蕙兰)看得最清楚。"果真看书"四个字,表明宝玉已不在看书了,因为袭人"在隔纱窗子说话时已放下了"。

柳氏如此"不留情面"揭其"短",想必"玉兄若见此批,必云:老货,他处处不放松我,可恨,可恨!"

简短数语,透出浓浓的爱意,将人世间美妙爱情表现得如此自然、朴素、无华。虽是夫妻间的一个小小玩笑,但却折射出东方人含蓄而委婉的爱情风貌。

"老货"二字,字面上看来好像是在骂人,说明货物陈旧,不中用,自然也不值钱。其实不然,恰恰相反,"老货"二字在这里是昵称。一字值千金。尤其在我国南方闽台一带,稍上年纪的人,迄今对老公的称谓,仍以"老货"代之。表明他们相爱得既浪漫又执著!

"回思将余比作钗、颦等乃一知己,余何幸也! 一笑。"

曹雪芹把柳蕙兰(花袭人之原型)视为与宝钗、黛玉一样的知己。曹公为自己有这么多知己挚爱而欣慰! 得到曹公如此钟爱的柳蕙兰更是欣喜若狂。无比喜悦的柳蕙兰沉浸在"余何幸也! 一笑"中。她竭尽心力支持曹公著书。据霍国玲女士"对庚辰本夹批的验证情况"显示:

1. 被检验的批条总计 1 355 条。庚辰本其他形式的批条计有回前批 19 条,朱回前批 1 条,朱回后批 6 条,朱眉批 162 条,墨眉批 4 条,朱侧批 721 条,墨侧批 3 条,共计 916 条。全书批条总共 2 271 条,被检验过的批条(即夹批)约占 60%。

2. 经过分析,大体可以断定属曹雪芹所批的有 94 条,属柳蕙兰所批的有 138

013

---

① 引自霍国玲等《红楼解梦》,第三集上,中国文学出版社,1997 年,第 248—251 页

条,曹、柳二人合批的有 10 条,这三部分合计 242 条。属其他人批的有 7 条。曹、柳批与其他人批的比例为 97∶3。

从庚辰本夹批的验证可以看出:该钞本系由柳蕙兰协助曹雪芹整理、阅批而成。脂砚斋确系曹、柳二人合用的批书笔名。

从验证中还可看出:批语中的核心部分,即对揭开小说背后所隐真事起引导作用的部分,系为曹雪芹所批;柳蕙兰所作的部分批语,虽是她的口气,但基本体现的是曹雪芹的思想。从批语中可以看出,柳蕙兰的批语所占的比例最大。我们从霍国玲女士对庚辰本夹批的验证情况一览表中,也能说明柳氏的批语所占的比重。

对庚辰本夹批的验证情况

回目	批条	曹批	柳批	曹柳合批	其他人批	备注
12	40	6	3	0	0	1—11 回无批
13	21	1	1	0	0	
14	8	0	1	0	0	
15	38	2	6	0	0	
16	58	2	12	0	0	
17—18	204	19	14	0	1	
19	184	5	17	0	0	
20	12	2	2	0	0	
21	80	9	6	1	3	
22	80	6	6	0	0	
23	9	1	0	0	0	
24	21	3	1	0	0	
25	32	3	2	1	0	
26	27	3	2	2	0	
33	1	0	0	0	0	27—32 回无批
34	1	0	0	0	0	
35	2	0	0	0	0	
36	5	0	2	0	1	其他人批后有曹批
37	56	0	9	0	0	
38	20	0	1	0	0	

回目	批条	曹批	柳批	曹柳合批	其他人批	备注
39	14	0	1	0	0	
40	2	0	0	0	0	
41	5	0	2	0	0	
42	3	0	1	0	0	
43	34	1	9	0	0	
44	20	0	5	0	0	
45	14	1	5	0	0	
46	12	1	2	0	0	
47	3	0	1	0	0	
48	9	2	0	1	0	
49	6	1	3	0	0	
50	8	0	0	0	0	
51	6	0	2	0	0	
52	14	3	1	0	0	
53	8	0	1	0	0	
54	1	0	0	0	0	
55	4	0	2	0	0	
56	9	0	3	0	0	
57	6	0	1	0	0	
58	13	1		0	0	
60	4	0	0	0	0	59 回无批
61	1	0	0	0	0	
62	1	0	0	0	0	
63	7	1	0	0	0	
65	7	0	0	0	0	64 回无批
66	8	0	0	0	0	
70	3	0		0	0	67—69 回无批
71	14	0	2	0	0	
72	13	0	2	0	0	

续表

回目	批条	曹批	柳批	曹柳合批	其他人批	备注
73	25	0	1	0	1	
74	36	0	7	0	0	
75	20	0	0	0	0	
76	16	0	0	1	0	
77	19	0	1	0	0	
78	43	21	0	0	0	
79	22	0	1	4	0	
80	26	0	0	0	0	
总计	1 355	94	138	10	7	中性批条：1 106

　　柳蕙兰与曹公共同审阅抄对过《红楼梦》文稿,并与曹公二人同室同时批书的事实,这一观点被越来越多的读者所接受。柳蕙兰大约死于乾隆二十四年(1759年秋前)。

　　由于柳蕙兰深谙曹公著书动机、写书奇法、秘法等书中内隐,故能一语切中要害,为读者指点迷津,帮助读者真正理解"此书表里皆有喻也。观者记之,不要看这书正面,方是会看"的深刻含义。柳氏为曹雪芹著书、批书做了大量工作。接着霍女士在《红楼解梦》一书中是这样评价柳蕙兰的:

　　　　两百年前的女子,还处于大门不出、二门不迈、男女授受不亲的时代,一个家庭妇女,能帮助夫婿批书,已属难得,而今所批又是旷古奇书,堪称奇迹。……通过"脂批",我们可以看到隐写在小说背后的一部真实的历史。从这个角度来说,柳蕙兰亦参与了《红楼梦》的创作。柳氏不愧为曹雪芹忠实伴侣,你将与旷古奇书——《红楼梦》一起永载史册!

曹雪芹与新妇——许芳卿

　　根据相关资料表明,笔者认为曹雪芹一生先后娶了三位妻子。第一位:竺香玉(《红楼梦》中的林黛玉原型,结合时间约为乾隆初年至乾隆十七年左右);第二位:柳蕙兰(《红楼梦》中的花袭人原型,结合时间约为乾隆十七年左右至乾隆二十四年,1759年秋以前柳去世);第三位:许芳卿(《红楼梦》中的史湘云原型,结合时间约为乾隆二十五年,即1760年农历三月初三至乾隆二十八年即1763年农历除夕二月十二日芹卒,终年49虚岁)。这三位妻子与曹雪芹均为青梅竹马,自幼一起长大。

　　曹雪芹生前好友敦诚,为悼念他逝世而作的两首诗,其中一首题目为《挽曹雪芹》:四十萧然太瘦生,晓风昨日拂铭旌。肠回故垄孤儿泣(前数月伊子殇,因感伤成疾),泪迸荒天寡妇声……

　　而另一首悼念曹雪芹的诗,题目依然为《挽曹雪芹》:

　　四十年华付杳冥,哀旌一片阿谁铭? 孤儿渺漠魂应逐(前数月伊子殇,因感伤成疾),新妇飘零目岂瞑?

　　敦诚在第一首诗中提到的是"寡妇",而在另一首诗中则改口为"新妇"。无论是"寡妇"还是"新妇",都不影响曹公死时的确留下一位妻子的事实。敦诚在第二首挽诗为何要将"寡妇"改为"新妇"呢? 因为这位妻子进曹家门至曹公逝世仅三年左右时间,当然属于"新妇"。一个"新"字,把问题交待得更具体,从而唤起读者对新妇更加同情!

　　关于曹公去世时,身后留下一位新婚不久的妻子,《红楼梦》中的史湘云原型便是这位新妇。这一事实在红学界似乎没有太大的分歧,但是,这位新妇究竟是谁、来自何方、姓名等至今依然无法定论。

　　敦诚提到的这个"新妇",笔者认为就是曹雪芹的第三位妻子——许芳卿。

　　吴新雷在《曹雪芹》中写道:"据说,雪芹的原配夫人在西山病逝了,雪芹到南京后,便寻访当年江宁织造府里的'旧人'。她们在曹家败落时都被隋赫德夺了去,但隋赫德于雍正十一年也被撤职查办,这批旧人因此离散。几经察访,其中有一位雪芹少年时熟识的丫头,如今沦落在秦淮市井之间,孤苦伶仃。雪芹对她十分同情,便聘为续夫人。为纪念这次秦淮奇缘，雪芹根据南曲《西厢记·佛殿奇逢》中'花前邂逅见芳卿'的名句，给这位新夫人取名为'芳卿'。"

敦敏在乾隆二十五年秋（曹雪芹已从南京回到北京）写了一首《芹圃曹君（霑）别来已一载余矣。偶过明君（琳）养石轩，隔院闻高谈声，疑是曹君，急就相访，惊喜意外，因呼酒话旧事感成长句》，诗云：

> 可知野鹤在鸡群，隔院惊呼意倍殷。
>
> 雅识我惭褚太傅，高谈君是孟参军。
>
> 秦淮旧梦人犹在，燕市悲歌酒易醺。
>
> 忽漫相逢频把袂，年来聚散感浮云。

从"秦淮旧梦人犹在"句看，曹雪芹的确将"犹在"的"秦淮旧梦人"携带回北京。

曹公的前妻柳氏虽已逝世数月之久，但其内心苦痛难以言表。对《石头记》的阅评、整理、誊抄等大量工作几乎处于半瘫痪状态。这时的曹雪芹，急需物色一位了解自己身世的"旧人"，且有一定诗文基础又能尚解"其中味"的"秘书"或是"帮手"、"贤内助"，来替代柳氏生前的工作。这次能在秦淮市井邂逅"旧人"，岂不是天赐良缘！"花前邂逅见芳卿"，作者给这位新夫人取名"芳卿"，可见作者无比喜悦之情。

许芳卿随曹公到北京后，居住在西山白家疃落成不久的茅屋里。她很快参与整理书稿、写书评、书批、誊抄等工作，在与曹公朝夕相处中进一步加深了情感，他们似乎还有过短暂而浪漫的黄昏恋。作者将这段鲜为人知的秘密写进了《红楼梦》中，表现最为明显的莫过于第三十八回湘云所作的《对菊》。

湘云（枕霞旧友）：对菊

> 别圃移来贵比金，一丛浅淡一丛深。
>
> 萧疏篱畔科头坐，清冷香中抱膝吟。
>
> 数去更无君傲世，看来惟有我知音！
>
> 秋光荏苒休辜负，相对原宜惜寸阴。

"数去更无君傲世"，此句流露出湘云（许芳卿）十分钦佩曹公藐视世态炎凉的高尚情操。数来数去有谁比你更加轻俗傲世？

"看来唯有我知音！"在这世上最能理解你的人是我，我才是你唯一的知音和挚友！

"秋光荏苒休辜负，相对原宜惜寸阴。"秋光正在慢慢流逝，我们怎能白白辜负这美好时光？你我互诉衷肠要紧紧抓住这分分秒秒！

这是《红楼梦》中的史湘云,生活中的许芳卿在向情人(雪芹)吐露内心真情。可想而知,生活在二百多年前的史湘云(许芳卿),能将情诗写得如此大胆直白,毫无顾忌地向心上人发出爱的信息,这需要多大的决心和勇气!这种强烈追求婚姻自主幸福的理想,具有时代的超前性,是时代发展、人类进步的表现,的确难能可贵。

现在北京西郊,曹雪芹当年著书的地方——黄叶村,曹公的纪念馆里,有对书箱,相传是曹雪芹娶许芳卿时用的箱子。箱子上刻有诗画,使人一看就明白此画的含义。画中有石头和兰花,正是一幅"石(书中的贾宝玉,生活中的曹雪芹)兰(书中的史湘云,生活中的许芳卿)图"。更有趣的是在兰石上刻有四句诗:

题芹溪处士句

并蒂花呈瑞,同心友谊真。

一拳顽石下,时得露华新。

下款在第二个书箱,署有"拙笔写兰"。最后刻着"乾隆二十五年岁在庚辰上巳"的日期("上巳"即三月初三日)。在下款和年代之间,还有两行较小的楷体字:"清香沁诗脾,花国第一芳。"

根据以上文字和落款日期推断,曹雪芹与许芳卿再婚时间当在乾隆二十五年(1760)农历三月初三左右。

吴恩裕先生分析书箱上的文字后,所得结论是:"雪芹续娶的时间应是'乾隆二十五年岁在庚辰上巳'。新妇的名字叫芳卿。"赵冈先生认为:芳卿姓"许"无疑。①

这位新妇到底协助曹公做了哪些工作呢?

霍国玲在《红楼解梦》一书中认为,芳卿协助雪芹做了两件事:

1. 完成了己卯本的整理、誊清工作。己卯本的第四本(第三十一回至第四十回)上记有"脂砚斋凡四阅评过,己卯冬月定本"字样,"己卯冬"蕙兰已逝,应是芳卿协助完成的。

2. 在庚辰本上,第二十回至第二十八回中,写了24条批语。从批语中得知,芳卿参考了甲戌本或三评本(甲戌本是二评本,三评本至今尚未发现),有些批语是雪芹授意写的,也有她自作主张批的……

在庚辰本第五至八本上都记有:"脂砚斋凡四阅评过,庚辰秋月定本"字样,知此本于庚辰年秋天誊抄完毕。但是庚本仍不是最后定稿本,理由是:部分正文尚

① 引自赵冈《曹雪芹的继室许芳卿》,台湾《联合报》,1983 年 11 月 29 日

需进一步修订,如第十七、十八回尚待分开,第二十二回尚缺诗谜,以及第六十四、六十七回空缺待补等。

因此,在庚辰本誊清后,雪芹、芳卿又在该誊清本上开始了新一轮的修订、阅评工作。直到乾隆二十八年(癸未)春节前夕雪芹去世,有三年多时间。但由于种种原因,这一轮的修订未最后完成。尽管如此,在此后的钞本中,仍留下了许多雪芹的批语。

比如,戚序本第十二回回前诗:

> 反正从来总一心,镜光至意两相寻。
>
> 有朝敲破蒙头瓮,绿水青山任好春。

"瓮"的繁体字为"甕"。"敲破蒙头甕",即杀掉(敲破)雍正(蒙头甕)之意。非雪芹,他人是写不出来的。

蒙府本第一回,开始便云:"……作者自云:……我之罪固不免,然闺阁中本自历历有人,万不可因我之不肖,自护己短,一并使其泯灭也"。在此处有批文曰:

> 因为传他,并可传我。

"他"指闺阁中之人;"我"则指作者自己。这明显出自作者之手。

靖藏本第五十三回有一段回前批,文字错乱不可读。在本书中《从脂批中的两首佚诗看曹雪芹的身世——兼论曹雪芹参与了批注〈石头记〉》一文论证出:"此批正是曹批"。

当然,在这几个抄本中,曹雪芹的批语远非这些,因篇幅有限,那些批语及其他一些问题不在本文论述。这里所要说明的是:雪芹去世后,他的书稿及其他遗物都是由芳卿保管的,因此这些抄本最大可能是由芳卿(或许还有另外的人协助)整理、誊抄,流传于世的。戚、蒙、靖这一抄本系统饱含着芳卿的大量心血。这一抄本系统能流传世间,芳卿功不可没!

宝妙之间暧昧的情感世界

　　宝玉与妙玉之间的友情甚深,有无儿女情感纠结其中? 这是许多读者所存的质疑。我认为,宝玉心中有妙玉,妙玉心中有宝玉,他们之间的暗恋仿佛一层薄薄的窗纸,但谁都没将它捅破,宝妙各自心知肚明。说到底,他们是一对暗恋中的情侣。红楼梦的作者,无论是曹公还是该书的续者高鹗先生,自始至终都没有明确他们之间的关系。或许,这是作者有意安排,想留出更多给读者遐想的空间吧! 尽管在妙玉和宝玉一同出场为数不多的章节中,只要读者认真细读、用心思考,以上问题就会迎刃而解。

　　作者在妙玉判词中写道:"欲洁何曾洁,云空未必空。"意思是你想一尘不染哪里能办得到? 说是四大皆空其实未必真空。作者在这里为妙玉暗恋宝玉埋下伏笔,不是吗? 按规矩出家之人是要"六根净除",而妙玉呢,却偏偏要"带发修行",这表明妙玉尘心未断,身为一个才貌俱佳的少女,怎能按捺得住庙里那种冷清而枯寂的生活? 一有机会妙玉就会"凡心不死",掩饰不住"云空未必空"的内心真情! 表现最为突出的是,第四十一回"栊翠庵茶品梅花雪　怡红院劫遇母蝗虫"中,有段精彩而细腻的描写:

　　……那妙玉便把宝钗和黛玉的衣襟一拉,二人随她出去,宝玉悄悄地随后跟了来。……宝玉便走了进来,笑道:"偏你们吃体己茶呢。"二人都笑道:"你又赶来餐茶吃。这里并没你的。"……又见妙玉另拿出两只杯来。一个旁边有一耳,杯上镌着"瓟斝"三个隶字,后有一行小真字是"晋王恺珍玩",又有"宋元丰五年四月眉山苏轼见于秘府"一行小字。妙玉斟了一斝,递与宝钗。那一只形似钵而小,也有三个垂珠篆字,镌着"点犀盉"。妙玉斟了一盉与黛玉,仍将前番自己常日吃茶的那只绿玉斗来斟与宝玉……宝玉笑道:"常言'世法平等',她两个就用那样古玩奇珍,我就是个俗器了。"妙玉道:"这是俗器? 不是我说狂话,只怕你家里未必找得出这么一个俗器来呢。"宝玉笑道:"俗说'随乡入乡',到了你这里,自然把那金玉珠宝一概贬为俗器了。"妙玉听如此说,十分欢喜,遂又寻出一只九曲十环一百二十节蟠虬整雕竹根的一个大盏出来,笑道:"就剩了这一个,

021

你可吃得了这一海?"宝玉喜得忙道:"吃得了。"妙玉笑道:"你虽吃得了,也没这些茶你糟蹋。岂不闻'一杯为品,二杯即是解渴的蠢物,三杯便是饮牛饮骡了'。你吃这一海便成什么?"说得宝钗、黛玉、宝玉都笑了。妙玉执壶,只向海内斟了约有一杯。宝玉细细吃了,果觉轻浮无比,赏赞不绝。妙玉正色道:"你这遭吃的茶是托她两个的福,独你来了,我是不给你吃的。"宝玉笑道:"我深知道的,我也不领你的情,只谢她二人便是了。"妙玉听了,方说:"这话明白。"黛玉因问:"这也是旧年的雨水?"妙玉冷笑道:"你这么个人,竟是大俗人,连水也尝不出来。这是五年前我在玄墓蟠香寺住着,收的梅花上的雪,共得了那一鬼脸青的花瓮一瓮,总舍不得吃,埋在地下,今年夏天才开了。我只吃过一回,这是第二回了。你怎么尝不出来? 隔年蠲的雨水哪有这样轻浮,如何吃得?"黛玉知她天性怪僻,不好多话,亦不好多坐,吃完茶,便约着宝钗走了出来。

宝玉和妙玉陪笑道:"那茶杯虽然脏了,白撂了岂不可惜? 依我说,不如就给那贫婆子罢,她卖了也可以度日。你道可使得?"妙玉听了,想了一想,点头说道:"这也罢了。幸而那杯子是我没吃过的。若我使过,我就砸碎了也不能给她。你要给她,我也不管你,只交给你,快拿了去罢。"宝玉笑道:"自然如此,你哪里和她说话去,越发连你也脏了。只交与我就是了。"

作者在这里,不惜笔墨将宝妙二人内心情感、相互爱意之情描写得入木三分!

宝玉随贾母等人来到栊翠庵品茶,当妙玉给贾母等人献上茶水后,身为"云空未必空"的妙玉,尘心涌动,她不便单独找宝玉"互表真情",如何是好。妙玉联想到平日里宝玉与黛玉形影不离,又常与宝钗在一起,于是妙玉便把宝钗和黛玉的衣襟一拉,二人随她出去,宝玉悄悄地随后跟了进来。虽然此举正中妙玉下怀,但又何曾不是宝玉之所求。妙唱宝随二人配合得天衣无缝,真可谓宝妙心灵上的默契!"心有灵犀一点通",被宝妙诠释得如此尽善尽美!

黛玉、宝钗笑道:"你又赶来餐茶吃。这里并没你的。"二人的话无论是真是假,都不能代表主人妙玉的心,作者仅用了七个字"妙玉刚要去取杯",说明这里的茶不仅有宝玉一份,而且在妙玉心中,宝玉这一份显得何等重要! 黛钗且不知,此时自己在妙玉心中仅充当个"配角"而已。宝玉才是真正的主角。

当道婆将上面收的茶盏拿来,妙玉忙命将那成窑的茶杯别收了,搁在外头去罢。宝玉会意,知为刘姥姥吃了,她嫌脏不要了。妙玉洁癖世人罕见,刘姥姥站过的地方她要用水冲刷,还不许送水的小厮跨进庵门一步,怕弄脏庵堂地面。更有甚者,连与刘姥姥说话都不可,怕脏了自己。用宝玉的话说:"自然如此,你哪里和她说话去,越发连你也脏了。"

谈到刘姥姥用过的那只杯子,宝玉建议:"那茶杯虽然脏了,白撂了岂不可惜。依我说,不如就给那贫婆子罢,她卖了也可以度日。你道可使得?"妙玉听了,想了一想,点头说道:"这也罢了。幸而那杯子是我没吃过的。若我使过,我就砸碎了也不能给她。你要给她,我也不管你,只交给你,快拿了去罢。"刘姥姥用过的杯子,妙玉就不要了,这杯倘往日自己吃过的,那么宁可砸碎也不给人。就在同一章回里作者写道:"妙玉斟了一盉与黛玉,仍将前番自己常日吃茶的那只绿玉斗来斟与宝玉。"如此洁癖的妙玉,竟将自己常日吃茶的那只绿玉斗来斟与迟到的宝玉。"这杯倘往日自己吃过的,那么宁可砸碎了也不给人"的妙玉,此举远远超越一般朋友的关系,二人到了不分彼此,能够同饮一个杯的地步,仿佛二人相拥接吻!足见宝妙之间亲密到了何等程度!

这只妙玉心爱的绿玉斗,既没有斟与黛玉也没有斟与宝钗,唯独斟与迟来的宝玉,这说明了什么呢? 尤其像妙玉这等讲究卫生之人,与她倘无特别感情那是做不到的。可见宝玉在妙玉心中占有多么重要的位置! 他们之间情感有多深,不言而喻。作者前面写了刘姥姥用过的珍贵茶杯妙玉要将其弃之;后写用自己平日里喝茶的杯子斟与宝玉。使前后二者形成强烈的对比,从而进一步揭示宝妙之间的关系非同寻常、耐人寻味。不仅如此,曹公还进一步写道:

> ……遂又寻出一只九曲十环一百二十节蟠虬整雕竹根的一个大盏来,笑道:"就剩了这一个,你可吃得了这一海?"宝玉喜得忙道:"吃得了。"妙玉笑道:"你虽吃得了,也没这些茶你糟蹋。岂不闻'一杯为品,二杯即是解渴的蠢物,三杯便是饮牛饮骡了'。你吃这一海便成什么?"说得宝钗、黛玉、宝玉都笑了。

作者在这里透露出一个信息,妙玉为宝玉将看家之宝——九曲十环一百二十节蟠虬整雕竹根的一个大盏都寻了出来给宝玉斟茶。作者还特别交代"就剩了这一个"。这句话很重要,说明妙玉为宝玉舍得付出。即使如此珍贵的古玩,在妙玉眼里,比起她与宝玉之间的情感又算得了什么呢!

作者先后用了"糟蹋"、"蠢物"、"饮牛"、"饮骡"、"便成什么"等,表面看来尽是贬义之词,其实只要稍加琢磨,你就会体会到这字字句句,散发出一股浓浓的爱意。这是妙玉对宝玉爱慕之情的流露,更是儿女情长的一次互动。想必当年宝玉听了之后,心里一定甜蜜蜜、暖洋洋的。

023

正当宝玉细细吃了,果觉轻浮无比,赏赞不绝时,妙玉正色道:"你这遭吃的茶是托她两个的福,独你来了,我是不给你吃的。"这话显然不是出于妙玉的真心。妙玉说的是反语,作者把一个青春少女对恋人的爱意之情推向高潮! 而宝玉又是如何回应妙玉呢? 宝玉笑道:"我深知道的,我也不领你的情,只谢她二人便是了。"不知读者注意到了没有,宝妙二人都在打哑语,宝玉说的也是反语,妙玉心里明白。今天,妙玉用的是上等茶,泡茶用的水,是五年前在玄墓蟠香寺住着,收的梅花上的雪,共得了那一鬼脸青的花瓮一瓮,总舍不得吃,埋在地下,今年夏天才开了。我只吃过一回,这是第二回了。得来如此不易之水,平日里妙玉自己都舍不得用,是属稀罕之物。正因为如此,宝玉品茶时才"果觉轻浮无比,赏赞不绝"。可见妙玉是要将此茶留给最爱的人享用,她最爱的人不正是宝玉吗? 那么宝玉对妙玉又是如何呢?

妙玉对宝玉的爱恋并非一厢情愿。宝玉知道妙玉有洁癖,临别时,他也没忘找来几个小幺到河里打水,并交代打来的水搁在山门外头墙根下,别进山门内。宝玉想得如此周到,细节中体现宝玉对妙玉的关心和呵护。这般体贴入微,妙玉自然心领神会。宝妙二人心灵上的沟通,行动上的默契,这一来一往,他们心中得到无比慰藉,也使他们之间的情感得以再次升华。

作者在第五十回"芦雪庵争联即景诗 暖香坞雅制春灯谜"里写道:

李纨笑道:"逐句评去都还一气,只是宝玉又落了第了。"宝玉笑道:"我原不会联句,只好担待我罢。"李纨笑道:"也没有社社担待你的。又说韵险了,又整误了,又不会联句了,今日必罚你。我才看见栊翠庵的红梅有趣,我要折一枝来插瓶。可厌妙玉为人,我不理她。如今罚你去取一枝来。"众人都道这罚的又雅又有趣。宝玉也乐为,答应着就要走。湘云、黛玉一齐说道:"外头冷得很,你且吃杯热酒再去。"湘云早执起壶来,黛玉递了一个大杯,满斟了一杯。湘云笑道:"你吃了我们的酒,你要取不来,加倍罚你。"宝玉忙吃了一杯,冒雪而去。

宝玉不会联句,被李纨罚去栊翠庵乞枝红梅插瓶。为何众人都道这罚的又雅又有趣呢?

笔者认为,宝玉此差李纨是否有意安排? 今日不会联句的倘不是宝玉,请问李纨会让他到栊翠庵取枝梅花吗? 可以想见,倘不是宝玉,即使李纨罚其去取红梅,妙玉也未必会赏脸。李纨曾对宝玉道:"可厌妙玉为人,我不理她。如今罚你去取一枝来。"众所皆知,宝妙之间关系非同一般。李纨让宝玉去栊翠庵取梅绝对没问题,此差"宝玉也乐为"。这其中一个"乐"字,说明宝玉愿意去。

作者用"乐为"、"就要走"、"忙吃了"、"冒雪而去"等,揭示宝玉迫不及待去栊翠庵的心情,因为那里住着青春美貌、带发修行、"云空未必空"的妙玉。平日里宝玉想去见妙玉,可又不便随意前往,今日可以冠冕堂皇前去栊翠庵,去见妙玉,这对宝玉来说,是天赐良机。

李纨此罚不仅宝玉"乐为",而且也只有他才有把握取到红梅。可谓一举两得。李纨罚得既雅又有趣,其中的奥妙就妙在这里。

作者并没有直接描写宝玉如何向妙玉索梅详情,而是笔锋一转写道:

> 一语未了,只见宝玉笑嘻嘻擎了一枝红梅进来,众丫鬟忙已接过,插入瓶内。众人都笑称谢。宝玉笑道:"你们如今赏罢,也不知费了我多少精神呢。"

> ……原来这枝梅花只有二尺来高,旁有一横枝纵横而出,约有五六尺长,其间小枝分歧,或如蟠蠃,或如僵蚓,或孤削如笔,或密聚如林,花叶胭脂,香欺兰蕙,各各称赏。

曹公仅用宝玉的一句话,"你们如今赏罢,也不知费了我多少精神呢。"就把宝妙如何见面又如何索梅过程一带而过。那么,宝玉又是如何向妙玉要来这枝梅花的,留给读者无限的遐想空间。联想到当初贾蓉向王熙凤借玻璃炕屏时,二人风情万种的情景,令多少读者记忆犹新。如今宝玉向妙玉乞梅,虽与王熙凤和贾蓉之间乱伦情形不能相提并论,但宝妙之间一定也有十分精彩的对话。何以见?上次"栊翠庵茶品梅花雪",宝妙之间互打哑语,足以说明此次宝玉向妙玉索取梅花,绝不会"轻而易得",双方一定经过"艰难"的"谈判","唇枪舌战",你来我往,不知经历多少回合,费了二人多少口水,终成"默契"。所以宝玉才道出了"也不知费了我多少精神呢"。其实,宝玉所说"也不知费了我多少精神呢"这个"费精神"的过程,不正是宝妙二人情感交流的过程吗?宝妙二人一次次通过如此交流,使恋情得以加深,他们也乐以以此方式加强情感。

最终妙玉不仅答应,而且精挑细选一枝绝佳的红梅送与宝玉,这也是人们意料之中的。

作者一连用了四个排比和两句概括,形容此枝红梅美而奇。"或如蟠蠃,或如僵蚓,或孤削如笔,或密聚如林,真乃花吐胭脂,香欺兰蕙"。宝妙间的真情爱意尽显其中!

妙玉对宝玉的爱恋之情,表现最为突出的莫过于第六十三回。宝玉过生日时,妙玉特意送来一张拜帖,上写:"槛外人妙玉恭肃遥扣芳辰"。一个妙龄尼姑给一个贵公子拜寿,这在当时是不可思议的,也是很荒唐的举措,即使在二百多年后的今天,也不多见,身为尼姑的她,难道连这点社会基本常识都不懂吗?

"槛外人"三个字，说明很多问题，妙玉不仅心里明白，而且对自己身份做了定位。尽管此举不合时宜，但作为"云空未必空"、"六根未净除"、"尘心不死"的妙玉，她再也压抑不住对宝玉爱慕之情的流露！这是妙玉第一次公开而大胆地向宝玉发出"爱"的信号。曹公把一个出家少女隐秘的内心世界，揭示得如此直白而透彻！

妙玉写给宝玉生日拜帖，是二百多年前，一位出家少女向往爱情、追求幸福的大胆表白！她毫不顾忌陈规戒律、封建礼教的束缚，敢爱敢恨、敢作敢为，在这点上，难能可贵。

前文提到宝妙之间的爱是双方互爱，绝非妙玉一厢情愿。当宝玉发现这张可望而不可求的拜帖时，他又是如何表现的呢？曹先生这样写道：

……原来是一张粉红笺子，上面写着"槛外人妙玉恭肃遥叩芳辰"。宝玉看毕，直跳了起来，忙问："这是谁接了来的？也不告诉。"袭人、晴雯等见了这般，不知是哪个要紧的人来的帖子，忙一齐问："昨儿谁接下了一个帖子？"四儿忙飞跑进来，笑说："昨儿妙玉并没亲来，只打发个妈妈送来。我就搁在那里，谁知一顿酒吃的就忘了。"众人听了，道："我当谁的，这样大惊小怪。这也不值。"宝玉忙命："快拿纸来。"当时拿了纸，研了墨，看她下着"槛外人"三字，自己竟不知回帖上回个什么字样才相敌。只管提笔出神，半天仍没主意。因又想："若问宝钗去，她必又批评怪诞，不如问黛玉去。"

当宝玉看完帖上文字后，"直跳了起来"，"忙问"，"这是谁接了来的"，"也不告诉"等，此时的宝玉，似乎有些失态。"这是谁接了来的？"宝玉显然在追查接帖者是谁？为何不及时通报？宝玉发火，众人惊怕不已，"四儿忙飞跑进来"。作者在这里用"忙、飞、跑"三个字，突出表现当时众人紧张气氛到了何等程度！

四儿道明此帖是妙玉命人送来的。众人道："我当谁的，这样大惊小怪。这也不值。"宝玉且不去理会众人议论，忙命："快拿纸来。"此时的宝玉，哪有时间与他们闲话，一心急于给"槛外人"写回帖。众人岂知宝玉对妙玉那份情感，更不知这份拜帖在宝二爷心中的分量。如何写回帖，让宝玉费尽心思。曾想请教大观园里诗文方面最具影响力的宝钗、黛玉指点，宝玉去找黛玉途中，巧遇岫烟，经岫烟分析点拨，终将搞定。

宝玉在回帖上写道"槛内人宝玉熏沐谨拜"几字，亲自拿了到栊翠庵，只隔门缝儿投进去便回来了。

宝玉亲自将写好的回帖送到栊翠庵。"亲自"二字，充分表现出宝玉对妙玉的一片真情，同时也表明妙玉在宝玉心中占有何等重要的位置。"拜帖"与"回帖"，这一来一往的互动,使宝妙之间的情感再次得以升华。

清人周澍《红楼新咏》中有《笑妙玉》诗云:

一般涧迹在红尘,何事偏称槛外人?

泥湿未沾风里絮,梅开已逗意中春。

梦魂忽作王孙配,海鸟终随蛾子身。

空色因缘卿若悟,岂愁辕马意难训。

《红楼梦》续者高鹗先生在第八十七回写惜春与妙玉下棋,宝玉偶然经过观棋,并问:"妙公轻易不出禅关,今日何缘下凡走?"妙玉听了,忽然把脸一红,也不答言,低头自看着棋。……宝玉尚未说完,只见妙玉微微地把眼一抬,看了宝玉一眼,复又低下头去,那脸上的颜色渐渐地红晕起来。……妙玉听了这话,想起自家,心上一动,脸上一热,必然也是红的……

在这简短对话过程中,妙玉一连三次脸红,作者把她的心理活动描写得既彻底又细腻。妙玉何以脸红?答曰:"云空未必空"也。为此,演绎了一幕幕宝妙情感纠结活剧,也使判词中"云空未必空"一次次地展现在读者面前。

妙玉起身要回庵时,却笑道:"久已不来这里,弯弯曲曲的,回去的路头都要迷住了。"宝玉道:"这倒要我来指引何如?"妙玉道:"不敢,二爷前请。"宝妙配合默契,再次上演一出妙唱宝随的精彩绝伦的双簧。试问,妙玉真的连"回去的路头都要迷住了"吗?那么先头妙玉又是怎么来的?分明借故让宝玉带路"同行"。宝玉心领神会,这等美差宝玉求之不得,当然"乐为"。

回到庵内,那妙玉尽管"自己的禅床靠背俱已整齐,屏息垂帘,跏趺坐下,断除妄想,趋向真如。坐到三更过后,……忽想起日间宝玉之言,不觉一阵心跳耳热。自己连忙收慑心神,走进禅房,仍到禅床上坐了。怎奈神不守舍,一时如万马奔驰,觉得禅床便晃荡起来,身子已不在庵中。便有许多王孙公子要求娶她,又有些媒婆扯扯拽拽扶她上车……"

妙玉再次充分暴露身在佛门,幻想红尘,六根未净的内心世界!她对宝玉一片痴情,到了难以自控的程度。妙玉这个人物本身就是灵与肉的矛盾和斗争,肉欲的冲动无法抗拒,为她的悲剧性的结局埋下伏笔。"坐禅寂走火入邪魔",妙玉至死都无法摆脱"邪魔"对她的纠缠。作者写妙玉深爱宝玉、宝玉暗恋妙玉的种种细节,不是作者要出妙玉的丑,更不是对她进行指责、批评,而是充满了无限的同情和怜悯!作为才貌俱佳的妙龄少女,岂能按捺得住庙里青灯木鱼、打坐诵经的枯燥无味的日子?请问,妙玉向往爱情、追求幸福何错之有?

宝妙之间互恋、互爱已是不争的事实。他们的情爱只见花不见果,这是由于当时的社会以及妙玉的身份地位所决定的。妙玉的结局令人疑窦横生,有一条脂批说:"瓜洲渡口……红颜固不能不屈从枯骨"。大概在荣府败落之后,流浪到瓜洲渡口,被一个老朽不堪的富翁(枯骨)买去作妾。这是多么悲惨的结局!另一说,妙玉最终是被贼人(强盗)掠去。妙玉无论是被贼人抓去,还是被"枯骨"买去,其结果都是一样的不幸。真是"到头来依旧是风尘肮脏违心愿。好一似无瑕白玉遭泥陷"。

尽管宝妙恋情悲剧跨越时空二百余载,但留给读者的将是无尽的思索,试问苍天大地,这究竟是为什么呀,有情人至死不能成眷属?!

宝晴无缘"同化灰尘"、"共穴之情"的誓言

上一章节笔者介绍了"宝妙之间暧昧的情感世界",那么这一章就不得不提宝玉与晴雯之间的关系。

《红楼梦》作者曹雪芹把"太虚幻境"第一首判词给了晴雯。判词写道:

> 霁月难逢,彩云易散。
>
> 心比天高,身为下贱。
>
> 风流灵巧招人怨。
>
> 寿夭多因诽谤生,
>
> 多情公子空牵念。

译文:

> 霁月景观真难逢,浮云易被风吹散。
>
> 远大心志比天高,丫鬟婢女身卑贱。
>
> 风雅手巧招人怨。
>
> 短命只因诽谤害,
>
> 多情公子空怀念。

作者笔下的晴雯,仿佛大观园那个黑暗王国里闪烁群星中最耀眼夺目的一颗!

这首判词,让读者看到了一个傲岸不羁、锋芒毕露、宁死不屈的聪明活泼又美丽的丫鬟形象。

晴雯虽为婢女,但没有半点奴颜与媚骨,寿夭是因诽谤所致,难道"风流灵巧"是招来杀身之祸吗?这只是原因的一个方面。晴雯敢公开道:"……我宁可不要,冲撞了太太,我也不受这口气!"她最看不惯那些阿谀奉承主子的人。这种性格自然得不到主子和个别人的喜欢,这是招来诽谤的又一原因。以上两点固然重要,但还不足以是这些人要将其置于死地的根本原因。那么晴雯被害的真正原因是什么呢?这就是本章节所要揭示的宝晴之间的关系,从而弄清宝晴间那些鲜为人知的情感纠结。

说实在的,作者并无过多笔墨书写宝晴之间情感的文字,有涉及这方面内容,

也仅仅是晴雯作为宝玉的贴身丫鬟，照顾宝玉起居等生活方面的琐事。由于貌美，与宝玉又有某种思想上的默契，便引起袭人等妒忌，不时向王夫人打"小报告"。晴雯上佳容貌，也使王夫人放心不下，认为"这样美人似的人，心里是不能安静的"，被诬为狐狸精，生怕带坏了宝玉，更怕二人日久生情，后果不堪设想，决心快刀斩乱麻，以绝后患。以上这些也仅仅是下人逸言，王夫人揣测而已，表面上看不出宝晴二人有何"越轨"行为。

那么，宝晴之间究竟有着怎样的关系？他俩又有哪些鲜为人知的儿女情长的秘密呢？

随着晴雯被害，倘若宝玉再守口如瓶，可以想见，他们之间的隐秘，必将成为历史悬案。好在宝玉对晴雯之死，感伤、悲愤难耐，终以血以泪吟就一首《芙蓉女儿诔》长诗，把他与晴雯间相亲、相近、相爱、相处的五年零八个月多一点的时间里，那些感天动地、荡气回肠的往事告白于天下。

作者毫不吝啬地把《红楼梦》巨著中篇幅最长的赋体诗——《芙蓉女儿诔》，献给了这位年仅十六岁的"心比天高"的晴雯！

"顿违共穴之情，愧逮同灰之诮。"宝玉感到违背了与晴雯同埋一个墓穴的情谊；如今也不能实现与你同生共死的誓言。宝玉为自己有失诺言倍感内疚！

"共穴"、"同化"，此言一出，读者无不纳罕，大有语惊四座、石破天惊之势。宝玉此语绝非空穴来风。

"共穴"，通常为夫妻百年后合葬在同一墓穴；（也有一个家族几代人合葬同穴）。

"同化"，即同生共死，恋人的海誓山盟："不求同年同月同日生，但求同年同月同日死。"

《芙蓉女儿诔》中的"同穴"、"同化"首次向世人表明，宝晴关系远远超出人们的想象。纵观历史，何朝何代何地兴过，不是夫妻的一对男女而"同穴"的先例？想必宝晴这对青年男女早有相爱誓言(或定亲密约，海誓山盟之类)，内容大概是：

倘若今生无缘结为夫妻，我们对天发誓：愿"同化"、"同穴"等待来生喜结鸾俦！

真可谓不是夫妻胜似夫妻。我们首先就以这首《芙蓉女儿诔》加以剖析，可望从中得到揭示宝晴的情感隐秘。

这首长诗充满着无限哀婉、凄惨、感伤、悲愤和酸楚。诔文打动了无数读者的心，也让无数读者潸然泪下，久久不能释怀：

维太平不易之元，蓉桂竞芳之月，无可奈何之日，怡红院浊玉，谨以群花之蕊、冰鲛之縠、沁芳之泉、枫露之茗，四者虽微，聊以达诚申信，乃至于祭。白帝宫中抚司秋艳芙蓉女儿之前曰：窃思女儿自临浊世，迄今凡十有六载。其先之乡籍姓氏，湮沦而莫能考者久矣。而玉得于衾枕栉沐之间，栖息宴游之夕，亲昵狎亵，相与共处者，仅五年八月有奇。忆！女儿曩生之昔，其为质则金玉不足喻其贵，其为性则冰雪不足喻其洁，其为神则星日不足喻其精，其为貌则花月不足喻其色。姊妹悉慕媖娴，妪媪咸仰惠德。孰料鸠鸩恶其高，鹰鸷翻遭罦罬；薋葹妒其臭，茝兰竟被芟锄！花原自怯，岂奈狂飙；柳本多愁，何禁骤雨。偶遭蛊虿之谗，遂抱膏肓之疾。故尔樱唇红褪，韵吐呻吟；杏脸香枯，色陈顑颔。诼谣謑诟，出自屏帏；荆棘蓬榛，蔓延户牖。岂招尤则替，实攘诟而终。既怀幽沉于不尽，复含罔屈于无穷。高标见嫉，闺帏恨比长沙；直烈遭危，巾帼惨于羽野。自蓄辛酸，谁怜夭折！仙云既散，芳趾难寻。洲迷聚窟，何来却死之香？海失灵槎，不获回生之药。眉黛烟青，昨犹我画；指环玉冷，今倩谁温？鼎炉之剩药犹存，襟泪之余痕尚渍。镜分鸾别，愁开麝月之奁；梳化龙飞，哀折檀云之齿。委金钿于草莽，拾翠盒于尘埃。楼空鳷鹊，徒悬七夕之针；带断鸳鸯，谁续五丝之缕？况乃金天属节，白帝司时，孤衾有梦，空室无人。桐阶月暗，芳魂与倩影同销；蓉帐香残，娇喘共细言皆绝。连天衰草，岂独蒹葭；匝地悲声，无非蟋蟀。露苔晚砌，穿帘不度寒砧；雨荔秋垣，隔院希闻怨笛。芳名未泯，檐前鹦鹉犹呼；艳质将亡，槛外海棠预老。捉迷屏后，莲瓣无声；斗草庭前，兰芽枉待。抛残绣线，银笺彩缕谁裁？折断冰丝，金斗御香未熨。昨承严命，既趋车而远涉芳园；今犯慈威，复拄杖而遽抛孤柩。及闻槥棺被燹，惭违共穴之盟；石椁成灾，愧逮同灰之诮。尔乃西风古寺，淹滞青磷，落日荒丘，零星白骨。楸榆飒飒，蓬艾萧萧。隔雾圹以啼猿，绕烟塍而泣鬼。岂道红绡帐里，公子情深；始信黄土陇中，女儿命薄！汝南斑斑泪血，洒向西风；梓泽默默余衷，诉凭冷月。呜呼！固鬼蜮之为灾，岂神灵之有妒？毁诐奴之口，讨岂从宽？剖悍妇之心，忿犹未释！在卿之尘缘虽浅，而玉之鄙意尤深。因蓄惓惓之思，不禁谆谆之问。始知上帝垂旌，花宫待诏，生侪兰蕙，死辖芙蓉。听小婢之言，似涉无稽；据浊玉之思，深为有据。何也？昔叶法善摄魂以撰碑，李长吉被诏而为记，事虽殊其理则一也。故相物以配才，苟非其人，恶乃滥乎？始信上帝委托权衡，可谓至洽至协，庶不负其所秉赋也。因希其不昧之灵，或陟降于兹，特不揣鄙俗之词，有污慧听。乃歌而招之曰：天何如是之苍苍兮，乘玉虬以游乎穹窔耶？地何如是之茫茫兮，驾瑶象以降乎泭壤耶？望伞盖之陆离兮，抑箕尾之光耶？列羽葆而为前导兮，卫危虚于傍耶？驱丰隆以为庇从兮，望舒月以临耶？听车轨而伊轧兮，御鸾鹥以征耶？闻馥郁而飘然兮，纫蘅杜以为佩耶？斓裙裾之烁烁兮，镂明月以为珰耶？借葳蕤而成坛畤兮，檠莲焰以烛兰膏耶？文瓟匏以归薤兮，洒醽醁以浮桂醑耶？瞻云气而凝眄兮，仿佛有所觇耶？俯波痕而属耳兮，恍惚有所闻耶？期汗漫而无际兮，捐弃予尘埃耶？倩风廉之为余驱车兮，冀联辔而携归耶？余中心为之慨然兮，徒嗷嗷何为耶？卿偃然而长寝兮，岂天运之变于斯耶？既窀穸且安稳兮，反其真而又奚化耶？余犹桎梏而悬附兮，灵格余以嗟来耶？来兮止兮，卿其来耶？

若夫鸿蒙而居，寂静以处，虽临于兹，余亦莫睹。搴烟萝而为步障，列苍蒲而森行伍。警柳眼之贪眠，释莲心之味苦。素女约于桂岩，宓妃迎于兰渚。弄玉吹笙，寒簧击敔。征嵩岳之妃，启骊山之姥。龟呈洛浦之灵，兽作咸池之舞。潜赤水兮龙吟，集珠林兮凤翥。爰格爰诚，匪簠匪簋。发轫乎霞城，还旌乎玄圃。既显微而若逋，复氤氲而倏阻。离合兮烟云，空蒙兮雾雨。尘霾敛兮星高，溪山丽兮月午。何心意之怦怦，若寤寐之栩栩。余乃欷歔怅怏，泣涕彷徨。人语兮寂历，天籁兮筜篁。鸟惊散而飞，鱼唼喋以响。志衷兮是祷，成礼兮期祥。呜呼哀哉！尚飨！

天高气爽、荷花竞放、桂花飘香的八月，悲痛无奈的宝玉，精挑细选晴雯生前素爱鲜嫩的花蕊、洁白如冰的绢绸、渗入芳香的泉水，还有用那枫露煮成的香茶，来祭拜心爱的晴雯。祭品虽然轻微，但我对你虔诚守信之心尽显其中。诔文接着说明未能见上最后一面的原因，对此深感歉疚，乞求能得到宽恕和谅解。

今天我不顾触犯母亲的威严，拄着拐杖来到你的灵前。

一个血气方刚的宝玉，一夜之间连行走都要拄着拐杖，仿佛上了年纪的老者。可见，他得知晴雯被害致死的消息后，如雷轰顶，悲痛欲绝，几近崩溃，致使行走拄杖。联想当年贾珍面对儿媳秦可卿之死，他竟"哭得像个泪人"，如丧考妣，要拄杖而行(无异于哭丧棒)。当年贾珍年仅四十左右。虽然二者不能相提并论，但他们都是为自己失去心爱的人悲哀之极，身心备受打击，导致行走拄拐，这点是相同的，但不同的是，当年贾珍年四十左右，而今宝玉年方二十不到，虽二人同样是拄杖，但年龄不同，体力也不同，说明宝玉悲伤程度远远超过当年的贾珍。足见晴雯在宝玉心中的位置。

母亲的威严，对晴雯虔诚。宝玉选择了后者。今天他背着家慈来祭拜晴雯(此举有违母亲意愿)。那个时代忠孝是人们行为的准则,仿佛千年不变的天条,谁敢违抗?今日,宝玉勇敢地冲破封建礼教的束缚,宁可冒着不忠不孝罪名,也要前来向至诚至爱的晴雯献上这首痛断肝肠的《芙蓉女儿诔》。

泪痕满面的宝玉,面对晴雯的亡灵涕吟道:

金玉比不上你的高贵品质;冰雪比不上你那洁白的体肤;太阳、星星比不上你纯净的心灵神韵;花朵、月亮比不上你美丽的容貌。人们羡慕你的美丽和文雅,有人敬仰你的贤惠和美德。

对一个丫鬟,宝玉竟如此高度评价其德、其美、其善、其才,这在《红楼梦》中绝无仅有。

美德、美貌、灵巧,这是宝玉深爱晴雯的重要因素,也是他们建立深厚情感的基础。

当晴雯被恶人栽赃陷害至死,宝玉悲愤万分,竭尽全力为她复仇。他在《芙蓉女儿诔》中把迫害晴雯的人,比作斑鸠、鸩鸟、蛊虿、鬼蜮、蒺藜、苍耳、诐奴、悍妇等;而把晴雯喻为健鹰、猛鸟、白芷、兰花等。这一贬一褒表明宝玉憎爱分明。

宝玉怒不可遏地写道:"毁诐奴之口,讨岂从宽?剖悍妇之心,忿犹未释!"宝玉十分清醒:晴雯之死不是神灵的意旨,而是人间鬼蜮酿成的悲剧,是被那些"诐奴","悍妇"迫害致死的。他对悍妇、诐奴之流痛恨之极,要毁她们的口,挖她们的心,剥她们的皮,即使这样,也难解心头之恨。以无比犀利的言词,锐利的锋芒直指冷酷无情的"悍妇"——王夫人;还有狗仗人势、阴险奸诈的"诐奴"——袭人之流。

当年与袭人难忘良宵,情意绵绵,同枕共床,"初试云雨"之情,如今荡然无存。

大某山民在读完相关章回后评曰:"晴雯以被撵之后,宝玉犹私行探望。……彼以指甲与贴身袄报之。其归来不告袭人,可见袭人非宝玉之真知也。"①

几年来,耳闻目睹多少丫鬟婢女惨死于王夫人手下。宝玉在诔文中谴责其母的残暴、冷酷,是个杀人不见血的刽子手!

"剖悍妇之心,忿犹未释!"宝玉不仅为晴雯复仇,也在为被王夫人迫害致死的所有人复仇。可谓大义灭亲,令人可敬可佩!

诔文中透露宝晴鲜为人知的隐私,宝玉能在睡眠、梳理洗漱的时候,能在吃饭休息游玩的夜晚,能和你亲近亲热相处在一起,时间长达五年零八个月多一点的时间。人非草木,在这近六年朝夕相处的时间里,岂不生情?

你轻烟似的双眉,仿佛昨日我才给你描画;今后你手指上戴的玉环觉得凉了,

033

①　引自《石头记》,清,曹霑,国际文化出版公司出版,1996年5月,第1057页

谁替你握在手中温暖？怡红院里的炉鼎上，还留有你尚未服完的药，你留下的衣服胸襟上的泪痕还没有干。

晴雯的双眉，宝玉亲自为她描画，晴雯冰凉的双手，宝玉用温暖之手给她焐热，无论白天还是夜晚，吃饭休息游玩，你我都能亲近亲热相处在一起。往日里，你陪我睡在同一红色的绸帐里，你我的情意多么深厚。通过这些细节叙述，让人看到宝晴间的关系非同一般，远远超出主奴关系。

前章我曾提及，爱情是男女双方的互爱。前面介绍了许多宝玉对晴雯的浓浓爱意，主要表现在日常生活的诸多方面，特别是不遗余力为晴雯复仇的行为令人感动。九泉之下的晴雯倘若有知，定会为之动容。

接下来，我们看一看，晴雯对宝玉的爱又是如何表现的。

晴雯曾用五色丝线，为宝玉已折断的鸳鸯腰带一针一线织补好；晴雯为宝玉裁剪银笺、缝制衣裳；是晴雯用烧了香炭的金斗，为宝玉熨烫整理褶皱的冰丝织成的衣服。

最让人印象深刻的莫过于第五十二回，"勇晴雯病补雀毛裘"。由于织补匠、裁缝、绣匠、女工都不敢揽下此活，嬷嬷只好将雀毛裘拿回来，生病多日的晴雯为使宝玉不扫兴，第二天可穿它出去应酬，决定抱病补雀毛裘。

作者一连用"头重身轻"、"满眼金星"、"实实撑不住"、"狠命咬牙挣着"、"织补不上三五针，便伏在枕上歇一会"、"嗽了几阵"、"好容易补完了"、"'嗳哟'了一声"、"便身不由主倒下了"，表现了晴雯舍命为宝玉"病补雀毛裘"，只为使宝玉"不扫兴"、"不着急"。此乃金玉也换不来的真情啊！作者就是通过这点点滴滴的日常生活小事，体现晴雯对宝玉的真情、真心、真爱！

大某山民评曰：

写晴雯织补雀毛裘，细微周到，淋漓尽致，真是形容得无以复加①。

再看身在一旁的宝玉，深深被晴雯舍命为己缝补衣裳所感动，那么他又有怎样的表现呢？作者仅用一组排比句式加以描述：

　　一时又问：吃些滚水不吃？一时又命：歇一歇！一时又拿一件灰鼠斗篷替她披在背上，一时又拿个枕头与他靠着。

宝玉对晴雯如此无微不至的关心体贴，让天下多少情侣羡慕有加。

晴雯见宝玉陪着自己熬夜，不忍心央道："小祖宗！你只管睡罢，再熬上半夜，明儿眼睛抠搂了，那可怎么好？"晴雯言简意赅，一语道出对宝玉无限深情，她关心

---

① 引自《石头记》，清，曹霑，国际文化出版公司出版，1996年5月，第695页

宝玉远超过关心自己。两人的情，两人的爱，尽显今夜"勇晴雯病补雀毛裘"的过程中，晴雯的针针线线紧连着宝晴两颗心。这是爱的宣言，这是一幅多么动人的情感交融的画卷。

作者在第七十七回《俏丫鬟抱屈夭风流　美优伶斩情归水月》中，把宝晴生死别离描写到极致，再次将宝晴间的情爱推向高潮。

作者写晴雯忽闻有人唤他，"强展双眸"见是宝玉，"又惊"，"又喜"，"又悲"，"又痛"，"一把死攥住他的手"，"哽咽了半日"，方说道："我只道不得见你了！"

晴雯自知来日无多，在这弥留之际，她最想见的人就是宝玉。当宝玉真的出现在她面前时，作者以"又惊"、"又喜"、"又悲"、"又痛"来形容晴雯此时此刻悲喜交加的心情。"强展"二字说明晴雯已病入膏肓，身体虚弱得无力睁眼。这样一个重病人，被"悍妇"、"诐奴"之流置于人间地狱，使其生不如死。眼前的晴雯，已不见往日的"风流灵巧"，昔日红色樱桃嘴唇今何在？过去红杏似的脸儿已难寻觅。取而代之的是瘦如枯柴。此情此景，宝玉悲痛万分，仿佛万箭穿心。

作者写"黑煤乌嘴的吊子"、"油膻之气"、"不大像茶"、"咸涩不堪"、"如得了甘露一般"、"一气都灌下去了"，表明"悍妇"、"诐奴"迫害晴雯心狠手辣，不择手段，使晴雯身处惨不忍睹的境地。"宝玉看看，眼中泪直流下来，连自己的身子都不知为何物了"。宝玉岂容心上人受如此之罪，无限悲愤涌上心头，决心为晴雯，也为被"悍妇"残害致死的所有姐妹们复仇。他对"悍妇"、"诐奴"之流所作所为，义愤填膺，恨之入骨，誓不两立。

现在对宝玉为何要毁诐奴之口，挖悍妇之心，剥悍妇、诐奴之皮也就不难理解了。

作者在同一章回里，多处描写宝玉触景生情，禁不住落泪的情形，从而表现对晴雯的一往情深。

宝玉"含泪伸手轻轻拉她悄唤两声"，宝玉"忙拭泪问：'茶在哪里'"、"宝玉看看，眼中泪直流下来，连自己的身子都不知为何物了"，"宝玉拉着她的手，只觉瘦如枯柴，腕上犹戴着四个银镯，因哭道：'除下来，等好了再戴上去吧'"。这是何等撕心裂肺的临终安慰，这分明是善意的谎言。

在这短短相见的时间里，宝玉一次又一次地流泪，这点点滴滴晶莹剔透的泪水，凝聚着多少宝玉对晴雯的情和爱，也体现了宝玉对晴雯的无限同情，无奈的感伤！

当晴雯把手指搁在口边狠命一咬，只听"咯吱"的一声，把两根葱管般的指甲齐根咬下，拉着宝玉的手，将指甲搁在他手中，接着回手硬撑着，连揪带脱，在被窝内将贴身穿的一件红绫小袄儿脱下，递给宝玉。如此虚弱的病人，怎经得起这样抖

035

搜,早已上气不接下气了。

作者用"狠命一咬"、"咯吱"一响、"硬撑着"、"连揪带脱"、"贴身穿的",一个如此垂危的病人,为了能给心上人留下纪念之物,她已耗尽全部心力。晴雯对宝玉情有多深,爱有多真从中可见一斑。

2块指甲和一件贴身穿的红绫小袄儿,在宝玉眼里可是无价之宝。少女的秀发美甲,古代多为女方送给男方定亲之物。今天,晴雯公开而大胆地向宝玉赠送此物。宝玉连忙解开外衣,将自己的袄儿褪下来,盖在他身上,却把这件穿上,不及扣扭,只用外间衣服掩了。

晴雯要宝玉扶他起来坐坐,好容易欠起半身,晴雯伸手把宝玉的袄儿往自己身上拉。宝玉帮她穿好袄儿,又把她给的指甲装在荷包里。

晴雯自知"捱一刻是一刻,捱一日是一日,我已知横竖不过三五日的光景,我就好回去了"。这哪里像是情侣在互换信物时的情景,简直是幅生死别离、令人荡气回肠的悲哀场面。

大某山民在读完此章回后评曰:"晴雯被撵之后,宝玉犹私行探望。其两人之百千万种情绪,此以泪酬。"①

作者以无比同情之心,再次塑造一对青年男女生死之恋的悲剧,从而揭示封建统治阶级及其爪牙是制造悲剧的罪魁祸首。

晴雯对宝玉的关心非常细致,她对宝玉的爱纯真无瑕。当宝玉被不要脸的嫂子,死缠硬磨百般调情时,晴雯"又急"、"又臊"、"又气",竟当场晕死过去。她对宝玉纯真的情爱,尽显红楼相关章回中。

宝玉对晴雯的爱不仅仅表现在上述内容中,在《芙蓉女儿诔》中,赞美晴雯的秉性贞烈,悲惨遭遇超过了昭君;歌颂晴雯品格、被人嫉妒,那愤恨程度可比之于贾谊。这是导致宝玉"弃袭爱晴"的十分重要的原因。

宝玉如此尊重品格高尚、秉性贞烈、傲岸不羁、宁死不屈的晴雯,因此宝晴间的关系,始终都保持着那份纯真无瑕的情爱。

笔者认为,宝玉与袭人虽有性爱但无情爱;宝玉与晴雯仅有情爱却无性爱。这点作者在第七十七回《俏丫鬟抱屈夭风流　美优伶斩情归水月》中得到证实。作者写道:

> 晴雯哭道:"你去吧! 这里肮脏,你哪里受得? 你的身子要紧,今日这一来,我就死了,也不枉担了虚名!"

---

① 引自《石头记》,清,曹霑,国际文化出版公司出版,1996年5月,第1057页

晴雯对宝玉敢于冒犯母亲意愿前来探视,并互换情物,了却心事,感激之情难以言表,故道出了"今日这一来,我就死了,也不枉担了虚名!"

晴雯此话有两层含义:一是向世人澄清"悍妇"、"诐奴"之流以往的种种诬陷、造谣均属不实之词,都是无中生有。晴雯为此承受着与宝玉关系暧昧的虚名,进一步表明宝晴之间的关系是清白的,自己也是无辜的。二是晴雯对宝玉顶着母亲和"诐奴"的压力前来看望他,并且还互赠情物,表明宝玉对晴雯一片虔诚之心,晴雯已经很知足了,对过去自己所遭受的冤枉、诽谤和打击也觉得值得了,即使现在就死去也无遗憾。

不仅如此,作者在同一章回里写道:

晴雯呜咽道:"有什么说的?……只是一件,我死也不甘心!我虽生得比别人好些,并没有私情勾引,怎么一口死咬定了我是个狐狸精!我今日既担了虚名,况且没了远限,不是我说一句后悔的话,早知如此,我当日——"说到这里,气往上咽,便说不出来,两手已经冰冷。

晴雯满怀悲愤,再次表明自己的清白,她没有做出任何勾引宝玉的事,更无半点不轨行为,你们凭什么咬定我是个狐狸精。

妙就妙在作者突然收笔。"早知如此,我当日——",给读者留下无限猜想空间。当日如何呢?不得而知。众所皆知,天下难事之一,莫过于文人为人续书,修补残句。今日笔者斗胆猜想,晴雯"早知如此,我当日——"后文之大意。

心志比天高的晴雯,被"悍妇"、"诐奴"无休止的打击、迫害,横遭摧残,如今行将死去。十六年来堂堂正正为人,赢得众人和宝玉的尊重。为了维护自身的尊严,她不同袭人奴才相,为了讨好主子,献上肉体不以为耻反以为荣。晴雯历来洁身自好,从不在主子面前卖弄风情。尽管如此,不但没有得到好结果,反招来诸多莫须有的罪名,这是什么世道呀,简直是黑白颠倒,鬼蜮成灾的人间地狱!

早知如此,不如当初也与宝玉共享"云雨"之情,也不枉白担"虚名"。

晴雯的一句气话,再次揭示宝晴之间关系的清白纯洁。晴雯虽然走了,但留给宝玉将是无尽的怀念。当宝玉看见晴雯带病织补的那件雀毛裘,人亡物在,触景生情,余痛顿生。他再次以极其虔诚之心、怀念之情写下这首《悼晴雯词》:

怡红主人焚付晴姐知之:酌茗清香,庶几来飨!

随身伴,独自意绸缪。

谁料风波平地起,

顿教躯命即时休;

孰与话轻柔?

东逝水，无复向西流。

想象更无怀梦草，

添衣还见翠云裘；

脉脉使人愁！

译文：

你是我形影不离的伴侣，

而今我独自单行，深厚缠绵依旧。

岂料风波平地起，

恶人诽谤让你身死命休；

现在谁来与我柔情蜜语相倾诉？

江河之水日夜向东奔去，

不再回头向西流。

找不到怀梦草，无缘与你再同眠。

加衣时见到你补过的雀毛裘；

怎不令我悲痛忧愁！

　　此词，宝玉再次肯定了晴雯的清白和无辜。她的惨死，不是由于她有什么过错，而是被"悍妇"、"诐奴"陷害、摧残致死。

　　这首词出于高鹗笔下，基本上延续了原作者的思路。宝玉触景生情，思念晴雯这是人之常情，符合常理。但比起充满无限激愤的《芙蓉女儿诔》来显得异常软弱无力，与之相比逊色颇多。

　　曹雪芹以天才之笔，再塑一对青年男女无缘"顿为共穴之情，愧逮同灰之诮"的悲剧，读后让人感触万千，浮想联翩：假如没有"悍妇"、"诐奴"从中诬陷、迫害；假如没有封建社会剥削阶级的残酷统治；假如青年男女握有婚姻自主权；假如……。可以断言：宝晴间的情感一定会得以升华，最终实现"同化灰尘"、"共穴之情"的海誓山盟。

《红楼梦》中的"明白人"

曹雪芹在《红楼梦》中塑造了众多人物形象。我在《红楼寻径——解不尽读不完的红楼梦》一书中作了较为详尽的介绍。在这众多人物中曹公不惜笔墨描写刻画了许多"明白人"。作者将自己所要表达的思想内容、所要揭示这部巨著的主题思想，以及当时社会的黑暗、统治者的昏庸和无能等诸如此类的社会问题，无不借助书中这些"明白人"之口加以表达，也正是通过这些"明白人"的无情揭露和鞭挞，才使《红楼梦》斗争锋芒所向披靡！

二百余年来，曹雪芹的《红楼梦》赢得了后人的高度评价。毛泽东同志说："中国古代小说写得好的是这一部，最好的一部。"毛泽东还称它是"中国封建社会的百科全书"①。

跛足道人与甄士隐

有人把跛足道人的"好了歌"与甄士隐的"'好了歌'解注"这两首诗当作《红楼梦》全书的主题歌，是引领全书的政治主题。这两首诗是中国封建社会从鼎盛时期走向衰亡的前奏曲，它敲响了"康乾盛世"的丧钟。

《红楼梦》的作者曹雪芹，不仅有个"百年望族"之家，而且还是个具有文学修养的"诗礼之家"。后因宫廷内部矛盾，相互倾轧，其父被革职，其家被抄。他从一个极度奢侈豪华的生活到"举家食粥酒常赊"的急剧变化中清楚地看到：封建社会行将灭亡！眼前的"乾隆盛世"不过是死亡之前的回光返照。封建社会的腐朽、没落是绝对的，它的崩溃和灭亡也是历史发展的必然！

跛足道人的"好了歌"是封建地主阶级行将消亡的挽歌！他极其深刻的揭示：功名、金钱、娇妻、儿孙是统治阶级和地主阶级的理想和追求。为达到目的，他们不择手段，明争暗斗，演绎了一出又一出"乱哄哄你方唱罢我登场"的历史丑剧。

跛足道人以深邃的政治眼光加以科学的推理，准确地预测了未来封建社会行

039

① 引自《毛泽东文艺论集》

将消亡,以及贵族地主阶级的穷途末日。伴随着统治阶级内部矛盾的日益加深,农民战争和农民起义的风暴即将到来!封建社会濒于崩溃的历史命运无法挽回!识时务者为俊杰,跛足道人真是《红楼梦》中的明白人。

"'好了歌'解注"所揭示的主题思想与"好了歌"相比,笔者认为有过之而无不及,"'好了歌'解注"是一首引领全书的政治主题。曹公借甄士隐之口,道出了封建社会末期统治阶级内部由于严重的政治、经济危机所造成的"悲剧"。"君不见,当年笏满床"的诗礼簪缨之族,如今衰败破落,只剩下那"陋室空堂";过去曾是欢歌曼舞的"钟鸣鼎食"之家,如今杂草丛生、蛛网布满残垣断壁和雕梁;往日金银满箱的百万富翁,转眼之间,成了沿街乞讨的流浪汉;当年的王孙公子、纨绔子弟,如今成了强盗;那名门闺秀的千金小姐,如今沦为烟花巷里的娼妓。

曹雪芹通过甄士隐这首"'好了歌'解注",采用抚今追昔的对比手法将书中的贾、史、王、薛四大家族从极富极贵走向崩溃,表现得如此生动形象!《红楼梦》的作者也从"乾隆盛世"的假象中,看到了封建社会行将走向尽头的历史命运!使《红楼梦》主题思想表现得更加鲜明、突出!

贾宝玉

作者曹雪芹精心写就的《西江月》二首,对贾宝玉这个典型进行了高度的艺术概括。

西江月二首

> 无故寻愁觅恨,有时似傻如狂。纵然生得好皮囊,腹内原来草莽。
>
> 潦倒不通庶务,愚顽怕读文章。行为偏僻性乖张,那管世人诽谤!

又曰:

> 富贵不知乐业,贫穷难耐凄凉。可怜辜负好韶光,于国于家无望。
>
> 天下无能第一,古今不肖无双。寄言纨绔与膏粱:莫效此儿形状!

宝玉的父亲贾政,其母王夫人,千方百计、软硬兼施强迫儿子贾宝玉从小"委身于仕途经济",以求得"功名奕世,富贵流传"。然而,贾宝玉却有自己的思想主张,他看透了像贾雨村这样的昏官,更清楚官场里充满着虚伪、丑恶,冷酷和无情!他义无反顾地拒绝了父母的安排,选择了自己对社会叛逆的人生道路。于是有人认为宝玉"似傻如狂"、"腹内草莽"、"不通庶务"、"行为乖张"、"无能第一"、"不肖无双"、"于国于家无望"。这些批评之词,不正说明贾宝玉是《红楼梦》中绝对"明白人"吗?! 宝玉是一个地地道道的封建社会的叛臣逆子!

贾宝玉的"明白人"还表现在他极端蔑视靠科举当官的人,骂这些人为"禄蠹"、"国贼禄鬼",不愿与他们交往。贾宝玉对为国为君而捐躯的死谏死战之臣的评价淡如水,说他们是沽名钓誉而已,是"胡闹"。他自己宁可生活于女儿之间,死后为灰为烟,也不愿做此种人臣。

贾宝玉鄙弃功名利禄的思想感情,包括对他家的皇亲关系有时也不热衷。但对处于社会最底层的妇女乃至婢女却寄予无限的同情。

在大观园中,他从不拿主子架势欺压婢女。第六十回春燕对她娘说:

"妈,你若好生安分守己,在这屋里长久了,自有许多好处。我且告诉你句话。宝玉常说,这屋里的人,无论家里外头的,一应我们这些人,他都要回太太,全放出去,与本人父母自便呢。你只说这一件,可好不好?"

她娘听说,高兴地忙问:"这话果真?"便烧香拜佛。这不能不说是贾宝玉的"明白人"之举。

贾宝玉把功名富贵看得一文不值。他曾说:"'富贵'二字,真真把人荼毒了。"八股文章无非是"拿他诓功名混饭吃"的敲门砖而已,并把贾雨村之流一概斥为"国贼禄蠹"。有次,宝钗劝其读"圣贤"书,走"仕途经济"的道路,宝玉听了勃然大怒,将宝钗轰走。

在宗法封建社会里,青年男女的婚姻只能通过"父母之命、媒妁之言"来决定,而宝玉却与黛玉自由相恋,私订终身。宝黛爱情是建立在相互倾慕基础上的生死不渝之情。既是情爱,又是心灵的契合,是志趣相投和纯真感情的交流。这不仅同封建礼教、封建婚姻制度背道而驰,而且与现代社会某些取决于财产、地位的"自由恋爱"也不同。宝黛之间的爱情,不止是婚姻自由的要求,而且体现了人类对情爱和美好婚姻的理想。他们在婚姻问题上具有超前意识,敢于冲破旧观念、旧习俗的束缚。尽管宝黛婚姻最终以悲剧结束,但宝玉选择了婚姻自主之路,可谓"明白人"之举,可叹! 可赞!

以上种种表现,足以说明宝玉是《红楼梦》里的"明白人",可圈可点之处颇多,笔者就不一一罗列了。

林黛玉

林黛玉和贾宝玉一样,都是封建贵族的叛逆者。林黛玉的性格特点、为人处世,都是违背封建贵族大家闺秀的要求的。她的叛逆思想和行为与封建制度、封建礼教、封建传统观念产生了不可调和的矛盾。

在宝玉眼里，林黛玉是大观园里唯一不说"混账话"的人。"黛玉傲世的品格、诗人的灵性、渴求自由的意识，使宝玉找到了他理想中的美，得到了精神上的慰藉。同样，宝玉离经叛道的性格，聪俊灵秀的风采，黛玉也最能理解、最为欣赏，从而引为知己。"

林黛玉是一个和贾宝玉志同道合的封建叛逆者的形象。在她身上，一定程度地体现了封建社会里妇女的不幸命运，反映了她们勇于反抗和对自由爱情的热烈追求！

题帕七绝三首，是林黛玉利用诗歌形式，对自己爱情的一次大胆表露。她在诗中表达了对宝玉真挚的爱情，以实际行动对宝玉的叛逆思想和行动表示了同情和支持，是她勇敢地面对封建制度的一种挑战和抗争！也是她在挣脱封建礼教精神枷锁斗争中迈出的坚定一步！

林黛玉以一首感情极为丰富的抒情诗——《葬花辞》，将自己孤高自许、多愁善感的个性，敢于反抗的精神，对幸福自由、美好生活的向往，都在诗中得到了完美的表现！

林黛玉在诗中尽情抒发她的内心情感，倾诉她的衷肠，也表示出她对封建社会的厌恶和抗争！

林黛玉的绝代才华和叛逆思想在《葬花辞》里得到了充分展示。她十分明白自己的思想和行为必将遭到正统势力的迫害和摧残，她预感到不幸终将降临到自己头上。林黛玉向往人间美好生活，她渴望幸福和自由，但心里又十分清楚，在这黑暗的封建社会里，她的理想和向往是无法得到实现的。于是她把这种理想和向往寄予遥远的天际，在那里寻求幸福和自由！

"愿侬此日生双翼，随花飞到天尽头。"尽管这只是一种精神寄托，但她对现实却看得非常清楚，对封建社会黑暗、腐败，认识得非常透彻！真不愧为一个大彻大悟的"明白人"。当"宝钗出闺成大礼"时，林黛玉已彻底看清了封建势力的狰狞面目，用"焚稿断痴情"和"魂归离恨天"的行动，践行了"质本洁来还洁去，不教污淖陷渠沟"的誓言。她用自己的青春和生命向封建制度、反动势力、宗法思想进行了最后的控诉和抗争！

林黛玉生活在封建社会的险恶环境里，她怀着满腹的哀怨泣诉："梁间燕子太无情，风刀霜剑严相逼。"在这极其恶劣的环境里，她依然顽强地挣扎着、抗争着，希望能挣脱封建牢笼。然而，她的努力仍然找不到幸福在何方，理想在哪里?！

"天尽头，何处有香丘?"她不肯同流合污，孤傲的她，除了以死来保持自身的高洁外,别无他路。二百多年前黛玉的抉择,不能不说也是明白人之举!

"人去梁空巢已倾,花落人亡两不知。"诗句尽管充满着伤感、哀怨、低沉和无比凄凉,但是我们不能用今天的目光去指责和批判林黛玉或《红楼梦》的作者曹雪芹怎么如此悲观、消极,一点奋发向上的精神都没有,简直是在荼毒、坑害后人。亲爱的朋友,我们能不能反过来想一想、问一问,造成这种腐败的社会根源在哪里? 是谁把曹雪芹笔下最心爱的女主人公林黛玉逼上死路?!(前文已作了叙述,不再赘述)难道林黛玉不向往幸福和自由吗? 她临终时用整个生命和全部心力喊出了"宝玉你好!"的绝句,足以说明她是一个多么热爱生活的人啊! 我们不能用今日的目光,去考量二百多年前的林黛玉或《红楼梦》的作者曹雪芹,这样有失公允。我们依然要祝愿红楼中的又一"明白人"黛玉小姐,一路走好!

贾元春

元春是贾家的大小姐,是贾政与王夫人的长女。因正月初一生,故名元春。元春为人贤孝才德,被选入宫中作女史,后封为凤藻宫尚书,加封贤德妃、元妃。

二十年来辨是非,榴花开处照宫闱。

三春争及初春景,虎兕相逢大梦归。

这首判词概括和总结了元春短暂的一生。在作者的笔下,仅有一次出场的人物,然而就是这位贾府大小姐的风采和省亲时的光芒四射的形象,给读者留下了深刻的印象。"她像深夜长空中飞过的一道流星,虽然一闪即逝,可那耀眼的光辉却长留在人们的记忆中。令人遐想,让人思念。"[①]这是因为贾元春在《红楼梦》的众多女性中,是又一个有思想、有远见、有政治敏感的"明白人"。从以下两个方面加以叙述。

一、二十年来辨是非

贾元春死时四十三岁。她被选入宫,当在二十岁之前。在宫中生活了二十多年,这些"有德"的后妃,除了物质上暴殄天物,肆无忌惮地挥霍奴隶们所创造出来的物质财富外,她们的社会地位也被视为那个阶级的妇女们所能猎取到的最大荣耀。一人被选入宫,鸡犬升天,全家荣耀,这是封建社会许多人的追求,也是人们传

---

① 引自陈绍初等《红楼寻径——解不尽、读不完的红楼梦》,东南大学出版社,2008年,第166页

统观念中的"望女成凤"。多少人为之终生奋斗。然而,身为"德妃"的贾元春,却有她的不同看法和见解。

二十多年宫中的生活,使她懂得了辨别是非。元春明白,自己不过是封建社会最高统治者皇帝用来发泄性欲的工具而已。

二十多年,让她耳闻目睹了宫中多少见不得人的事情,亲身感受到了这里充满着龌龊和肮脏、反动和虚伪、黑暗和腐败。所有这些,让她领悟到反动的统治政权已经到了无可挽救的地步!贾元春已经失去了对统治阶级的任何希望,所有幻想都被打破了。她极其厌恶宫中生活,对这里的一切充满着恶心,也充满着仇恨!但对外却不能说,她只能将这一切深埋在心底里,时时折磨着自己,痛苦的泪水只能向心里流淌。然而,外人和亲人们却把"德妃"的痛苦当幸福,将其不幸当荣耀!这其中的原委只有元春"明白"。

当浩浩荡荡的省亲队伍进入贾府之后,元春终于脱下了她那象征权力和荣华富贵的"凤袍",恢复她作为贾家大小姐本来的身份和面目。

曹雪芹写道:"茶已三献,贾妃降座,乐止。退入侧殿更衣,方备省亲车驾出园。至贾母正堂,欲行家礼。贾母等俱跪止不迭。贾妃满眼垂泪,方彼此上前厮见。一手挽贾母,一手挽王夫人。三个人满心里皆有许多话,只是俱说不出,只管呜咽对泣。邢夫人、李纨、王熙凤、迎春、探春、惜春三姊妹等俱在旁围绕,垂泪无言。半日,贾妃方忍悲强笑,安慰贾母、王夫人道:'当日既送我到那不得见人的去处,好容易今日回家娘儿们一会,不说说笑笑反倒哭起来。一会子我去了,又不知多早晚才来。'说到这句,不禁又哽咽起来。"

此时此刻,权力、等级早已失去威严,只有人性的骨肉亲情在支配着人们的言行!曹雪芹又接着写道:"又有贾政至帘外问安,贾妃垂帘行参等事。又隔帘含泪谓其父曰:'田舍之家,虽齑盐布帛,终能聚天伦之乐。今虽富贵已极,骨肉各方,然终无意趣。'"元春对其父说的这段话含义深刻,具有政治卓见的"明白人"方有此见识。农耕之家,自给自足,家人团聚在一起,和睦融融,尽享人间天伦之乐!为官者,金玉满堂(像我们家富贵的不得了),但骨肉分离,到头来还不知会怎么样,真无聊没趣。

元春在父女之间道出了久埋心灵深处的苦楚和辛酸,是对"当日既送我到那不得见人的去处"表示极大的后悔和不满。更直白地说,那"去处"简直就是牢房,就是人间地狱!

曹雪芹敢如此直言、毫无掩饰地把斗争锋芒直指神圣不可侵犯的皇权,充分表现了作者大无畏的战斗精神!而"明白人"元春,二十年来辨是非。短短的十四个字"当日既送我到那不得见人的去处"就把皇宫内的种种劣迹揭露得体无完肤。"不得见人"四个字说明了多少问题? 读者可以打开遐想空间,尽情想象皇宫内究竟干了哪些"不得见人"的丑事、脏事。真可谓是个劣迹斑斑、臭气熏天的地方。这是元春对二十多年皇宫生活的一个概括和总结!

二十多年,元春在皇宫里度日如年,虽然物质上得到了满足,但精神上的痛苦是无法弥补的。她厌恶宫中的寄生生活,她需要的是红墙外的自由,是与家人的团圆。而今离她却是那么遥远!

二十年来,在宫中的生活,犹如一只小鸟被关在了鸟笼里,就连喜、怒、哀、乐的自由都没有。你的心情再不好,但在皇上面前也要强装笑颜。其苦、其悲、其痛向谁诉?

元春的哭、元春的泪,昭示普天之下的人们:请君莫将地狱(那不得见人的去处,皇上住的地方)当天堂! 二十年,才得以回家一日与亲人相聚。一日苦短,分别时辰已到,此时此刻元春的心情又是如何呢?

曹雪芹接着写道:

"众人谢恩已毕。执事太监启道:'时己丑正三刻,请驾回銮。'贾妃听了,不由的满眼又滚下泪来。却又勉强堆笑,拉住贾母、王夫人的手,紧紧的不忍释放,再四叮咛:'不须挂念,好生自养……'贾母等已哭的哽噎难言了。贾妃虽不忍别,怎奈皇家规范,违错不得,只得忍心上舆去了。"

"皇家规范,违错不得"。白傅诗云:"含情欲说宫中事,鹦鹉前头不敢说。"众所周知,这里的鹦鹉喻指太监。他们会向皇帝学舌,故离别之时元春欲说又止。作者又一次将批判的矛头指向了最高统治者——皇帝! 是他离散了普天之下多少的女子?!

"当日既送我到那不得见人的去处"真是"明白之人"道出了言简意赅的"明白之语"!

二、成由俭,败由奢

元妃奉旨于正月十五上元之日回府省亲,浩浩荡荡的省亲队伍"声势之浩大,仪仗之壮观,场面之隆重"实属罕见。

贾府为迎接贾妃回府省亲,特建一豪华园林"天上人间诸景备"取名为"大观"的园。贾元妃在轿内看此园内外如此豪华,默默叹息道"奢华过费"。当她即将上轿离开大观园回宫时,又一次说道:"倘明岁天恩仍许归省,万不可如此奢华靡费了!"在这短短的一天里,元妃两次说道"奢华过费"这四个字,这是"明白人"的有感而发。她语重心长地叮咛家人"万不可如此奢华靡费",元妃预感到将由此引发的后果不堪设想。

古人云:"成由俭,败由奢。"无论是一个家族,还是一个国家,都应该永远记住的一个硬道理、大道理——不可铺张浪费。元妃先后两次叮嘱家人"万不可如此奢华靡费",这也是对她在皇宫"二十年辨是非"的又一次验证。对贾府由于"奢华靡费"即将带来的严重后果,元妃心知肚明。她在一天之中曾两次告诫家人"万不可奢华过费",可见元春具有一定的政治、经济眼光,多少也流露出了元春爱家、惜家的表现。她依然想极力挽回可能由此给自家带来的灭顶之灾!她对这个大家族未来的一种担心并不是没有道理的。也只有"明白人"才能意识到事情的严重程度,贾府即将面临大厦将倾的残酷现实。

由于"奢华过费"给贾府造成经济上的亏空,如何得以弥补?小说第五十三回里,读者可以读到令人不胜惊异和感叹的情节。

贾珍皱眉道:"我算定了你至少也有五千两银子来。这够作什么的!如今你们一共只剩了八九个庄子,今年倒有两处报了旱涝,你们又打擂台,真真是叫人别过年了。"

贾珍道:"我这边都可已……比不得那府里这几年添了许多花钱的事,一定不可免是要花的,却又不添些银子产业。这一两年倒赔了许多。不和你们要,找谁去!"

贾蓉等忙笑道:"你们山坳海沿子上的人哪里知道这道理。……纵赏银子,不过一百两金子,才值了一千两银子,够一年的什么。这两年,哪一年不多赔出几千银子来。头一年省亲连盖花园子,你算算,那一注共花了多少,就知道了。再两年再一回省亲,只怕就净穷了。"

贾珍笑道:"所以他们庄家人老实,外明不知里暗的事。黄柏木作了磬槌子——外头体面里头苦。"

贾蓉又笑向贾珍道:"果真那府里穷了……"

康熙四十九年九月初二日康熙皇帝在曹寅"奏进晴雨录折"曾经批道:

"知道了。两淮情弊多端,亏空甚多,必要设法补完,任内无事方好,不可疏忽。千万小心,小心,小心,小心!"

为什么"两淮情弊多端,亏空甚多?"原因很清楚,正如元妃所言"奢华过费"造成的。未来的贾府避免不了被查抄,官员被革职的厄运!

作者曹雪芹正是通过元妃之口,将自己所要表达的主题思想和反对皇权的思想表现出来。"见不得人的去处",语言何等尖锐、犀利!斗争锋芒直指皇宫内的最高统治者——皇帝老爷!

作者把毫无掩饰的反封建、反皇权的语言给予了元妃,更平添了读者对"明白人"元妃的印象!

后来元妃虽然命归黄泉,但她依然梦托家人,发出最后的寻告"儿命已入黄泉,天伦啊,须要退步抽身早"!这是何等深沉的忠告!这是"明白人"元妃最后挽救贾府的一个绝招,三十六计,走为上计。

"亲人啊,儿命已归天,你们须从富贵和官场中,早点退步抽身才好!

免得登高跌重的下场。记住啊!越快越好!"

字里行间流露出元妃无比深沉的爱家惜家的思想感情!虽然她爱的、挽救的尽管是一个统治阶级贵族的地主阶级的家,但这丝毫无损元妃作为《红楼梦》中的一个名正言顺的"明白人"。

贾探春

"秋爽斋"是探春的住处,人如其斋,斋如其人。

她是贾政之女,赵姨娘所生,贾环的胞姐,贾宝玉同父异母之妹。贾府小姐大排行为三姑娘,金陵十二钗正册人物。

曹雪芹在第五十五回有段王熙凤与平儿的对话,写出了对探春的评价:

"还有一件,我虽知你极明白,恐怕你心里挽不过来,如今嘱咐你,他虽是姑娘家,心里却事事明白,不过是言语谨慎,他又比我知书识字,更厉害一层了。如今俗语:'擒贼必先擒王',他如今要作法开端,一定是先拿我开端。倘或他要驳我的事,你可别分辨,你只越恭敬,越说驳的是才好。千万别想着怕我没脸,和他一犟就不好了。"

王熙凤这段话,让我们知道这位大观园里的三小姐"心里却事事明白"。探春的"明白"莫过于对"抄检大观园"之事的理解。探春曾说过,自己但凡是一个男人就要到世上去干一番事业,这正是要实现"自我"价值的心声。这是一种政治家的气魄和风度。正因为如此,在贾府中探春最早感觉出这个大家族所潜伏的种种危机。一个具有政治头脑的人方能敏锐地觉察出来,并且敢于指出弊端及其严重后果,这也只有"明白人"方能做到这一点。作者曹雪芹在第七十四回发生"抄检大观园"的问题上,将探春的"明白人"刻画得无比生动、透彻!

047

曹公写道:

……探春冷笑道:"我们的丫头,自然都是些贼,我就是头一个窝主。

既如此,先来搜我的箱柜,他们所有偷了来的都交给我藏着呢。"说着便命丫头们把箱柜一齐打开,将镜奁、妆盒、衾袱、衣包若大若小之物一齐打开,请凤姐去抄阅。"……我的东西倒许你们搜阅;要想搜我的丫头,这却不能。我原比众人歹毒,凡丫头所有的东西我都知道,都在我这里间收着,一针一线他们也没的收藏,要搜所以只来搜我。你们不依,只管去回太太,只说我违背了太太,该怎么处治,我去自领。你们别忙,自然连你们抄的日子有呢! 你们今日早起不曾议论甄家,自己家里好好的抄家,果然今日真抄了。咱们也渐渐的来了。可知这样大族人家,若从外头杀来,一时是杀不死的,这是古人曾说的'百足之虫,死而不僵',必须先从家里自杀自灭起来,才能一败涂地!"

探春说着说着不禁流下泪来,探春悲愤之泪,是对决策抄检大观园者的一种愤怒和抗争! 也为这个家族被这些昏庸无能之辈所糟蹋而感到无比痛心疾首! 探春"明白人"的形象被作者塑造得如此完美无缺!

在第七十五回里,探春还说:

"咱们倒是一家子亲骨肉呢,一个个不像乌眼鸡,恨不得你吃了我,我吃了你!"

探春对这个腐败的家族有着自己的观察和判断,表面"烈火烹油"之盛的贾府,实质上行将走向崩溃。在贾府内部,所谓的亲骨肉,而今却成了陌路人,相互之间的关系竟发展到"恨不得你吃了我,我吃了你"的地步。联想到贾府大厦即倾,而家族内部成员之间如此钩心斗角,骨肉亲情丧失殆尽,面临分崩离析的贾府,作者写道:

才志精明志自高,生于末世运偏消,

清明涕送江边望,千里东风一梦遥。

译文:

尽管你的才华和志向都很高,

但生于衰败时代命运真不好。

清明时节泪流满面江边眺望,

梦随东风欲归故里山高路遥。

探春对家族及其骨肉亲情失去了任何希望。彻底绝望中的探春,义无反顾地选择了远嫁,这也不失为一个"明白人"明智而有远见的抉择!

平 儿

平儿是王熙凤的通房大丫头,又是贾琏的侍妾。在荣国府的丫环里,平儿的地位最高,权力最大。王熙凤的钥匙都让平儿掌管。许多事平儿自己就能做主。平儿从不仗势欺人,处事公正,体恤下人,她心地善良,又善于随机应变,尽管生活在贾琏之俗、凤姐之威间,却能周全妥帖,实属不易。

平儿聪慧干练还表现在凤姐生病期间,探春、李纨代理家政,平儿陪侍。有些人借机出难题,惹是生非,对这类事,平儿竟能应付自如,处置得体。

平儿对探春提出改革不仅表示支持,而且还道出一番早就该改而未改的道理,既不伤害探春,又保全了凤姐的面子。凤姐生病期间,平儿不计前嫌(指贾琏与鲍二家的偷情时,被突然回家的王熙凤撞上,王熙凤不仅打了鲍二家的,同时错怪平儿,狠狠打了平儿一巴掌,打得平儿有口难辩),寸步不离,忠心耿耿地服侍凤姐。王熙凤死后,贾琏无钱办理丧事,急得团团转。平儿说:"我还有些东西,就拿去当着使唤罢。"贾琏表示日后要还她,平儿说:"我的也是奶奶给的,什么还不还! 只要这件事办的好看就是了。"难怪有人这样评价平儿:"平和宽容善良心,顾全大局第一人。"

何妈追打春燕,搅闹怡红院,麝月、袭人等都制止不了,直到平儿传令要把她打四十板子并撵出去,她才老实了,泪流满面地央告求饶。玉柱媳妇欺迎春懦弱,与绣橘大吵大闹,亏得探春叫来平儿才辖制住。平儿十分同情地位与其相仿或更低的奴仆。虽为凤姐的得力助手,却常常背着凤姐做些好事。在茯苓霜和玫瑰露事件中,她劝凤姐施恩放手,从而使柳家母女免受灾难。充分表明平儿不仅是个心善的人,而且还是个明白之人。

最令人难忘的莫过于这一故事情节:

贾环恼恨凤姐昔日待他刻薄,趁凤姐已死,贾琏不在家,勾结贾芸、贾蔷、王仁、邢大舅,企图将巧姐卖给外藩王爷,并合伙骗得巧姐祖母邢夫人做主。当外藩派人来相看巧姐时,引起平儿的警觉,赶忙告诉李纨、宝钗、王夫人,设法阻止。当那藩王三天内就要娶人时,恰巧刘姥姥来贾府,给出了个"扔崩一走"的办法。王夫人做主,平儿和巧姐一起跟刘姥姥逃到了乡村,躲过了被拐之祸。

当平儿知道贾雨村关于讹诈石呆子扇子一案时,作者这样写道:

平儿咬牙骂道:"都是那贾雨村,半路途中,那里来的饿不死的野杂种! 认了不到十年,生了多少事出来! 今年春天,老爷不知在那个地方看

049

见了几把旧扇子,回家看家里所有收着的这些好扇子都不中用了,立刻叫人各处搜求。谁知就有一个不知死的冤家,混号儿世人叫他作石呆子,穷的连饭也没的吃,偏他家就有二十把旧扇子,死也不肯拿出大门来。二爷好容易烦了多少情,见了这个人,说之再三,把二爷请到他家里坐着,拿出这扇子略瞧了一瞧。据二爷说,原是不能再有的,全是湘妃、棕竹、麋鹿、玉竹的,皆是古人写画真迹,因来告诉了老爷。老爷便叫买他的,要多少银子给他多少。偏那石呆子说:'我饿死冻死,一千两银子一把我也不卖!'老爷没法子,天天骂二爷没能为。已经许了他五百两,先兑银子后拿扇子。他只是不卖,只说'要扇子,先要我的命!'姑娘想想,这有什么法子?谁知雨村那没天理的听见了,便设了个法子,讹他拖欠了官银,拿他到衙门里去,说所欠官银,变卖家产赔补,把这扇子抄了来,作了官价送了来。那石呆子如今不知是死是活。老爷拿着扇子问着二爷说:'人家怎么弄了来?'二爷只说了一句:'为这点子小事,弄得人坑家败业,也不算什么能为!'

在这是非面前,平儿能持公道,爱憎分明,对贫穷的弱者石呆子的不幸遭遇给予无比同情,并时刻惦记着石呆子被贾雨村陷害后的命运如何。她骂贾雨村是"半路途中那里来的饿不死的野杂种"、"没天理"、"讹他"、"拿他(指石呆子)到衙门"等贬语,将贪官徇私枉法的贾雨村骂得既干脆又痛快!

平儿是个明白人还表现在第五十九回的末尾,作者写道:

> 只见平儿走来,问系何事。袭人等忙说:"已完了,不必再提。"平儿笑道:"得饶人处且饶人,得省的将就省些事也罢了。能去了几日,只听各处大小人儿都作起反来了,一处不了又一处,叫我不知管那一处的是。"

这就是平儿对下人"作反"的态度,字里行间透露着平儿对他们的理解、宽容和呵护!"得饶人处且饶人,得省的将就省些事也罢了。"在平儿看来,介入制止、控制或打击下人"作反"的行为都是不可取的,尽管主子令其查处下人"作反"事宜,但平儿只是睁只眼闭只眼敷衍了事。其搪塞理由是:"能去了几日,只听各处大小人儿都作起反来了,一处不了又一处,叫我不知管那一处的是。"平儿干脆一处也不管。她的聪慧和远见卓识尽显其中,对涉及如此敏感问题,不仅亮出了自己的正确看法,而且还付之行动。平儿是大观园里同情下人作反、理解下人作反、暗中保护下人"造反"的第一人。

在大观园里,那些思想糊涂、眼光短浅的主子们对"作反者"的处置是十分严厉的。

作者在第六十回里写道：

芳官正与袭人等吃饭，见赵姨娘来了，便都起身笑让："姨奶奶吃饭，有什么事这么忙？"赵姨娘也不答话，走上来便将粉照着芳官脸上撒来，指着芳官骂道："小淫妇！你是我银子钱买来学戏的，不过娼妇粉头之流！我家里下三等奴才也比你高贵些的，你都会看人下菜碟儿。宝玉要给东西，你拦在头里，莫不是要了你的了？拿这个哄他，你只当他不认得呢！好不好，他们是手足，都是一样的主子，哪里有你小看他的！"芳官哪里禁得住这话，一行哭，一行说："没了硝我才把这个给他的。若说没了，又恐他不信，难道这不是好的？我便学戏，也没往外头去唱。我一个女孩儿家，知道什么是粉头面头的！姨奶奶犯不着来骂我，我又不是姨奶奶家买的。'梅香拜把子——都是奴儿'呢！"……赵姨娘气得便上来打了两个耳刮子。……芳官挨了两下打，哪里肯依，便撞头打滚，泼哭泼闹起来。口内便说："你打得起我么？你照照那模样儿再动手！我叫你打了去，我还活着！"便撞在怀里叫他打。众人一面劝，一面拉他。晴雯悄拉袭人说："别管他们，让他们闹去，看怎么开交！如今乱为王了，什么你也来打，我也来打，都这样起来还了得呢！"

外面跟着赵姨娘来的一干人听见如此，心中各各称愿，都念佛说："也有今日！"又有一干怀怨的老婆子见打了芳官，也都称愿。

当下藕官、蕊官等正一处作耍，湘云的大花面葵官，宝琴的豆官，两个闻了此信，慌忙找着他两个说："芳官被人欺侮，咱们也没趣，须得大家破着大闹一场，方争过气来。"四人终是小孩子心性，只顾他们情分上义愤，便不顾别的，一齐跑入怡红院中。豆官先便一头，几乎不曾将赵姨娘撞了一跌。那三个也便拥上来，放声大哭，手撕头撞，把个赵姨娘裹住。晴雯等一面笑，一面假意去拉。……赵姨娘反没了主意，只好乱骂。蕊官、藕官两个一边一个，抱住左右手；葵官、豆官前后头顶住。四人只说："你只打死我们四个就罢！"芳官直挺挺躺在地下，哭得死过去。

其实，说到这几个戏子，王夫人不止一次地说："唱戏的女孩子，自然更是狐狸精了。"又说："他们都会戏，口里没轻没重，只会混说，女孩儿们听了，如何使得！"

芳官的干娘一边打芳官，一边骂她："不识抬举的东西。怪不得人人都说，戏子没一个好缠的。凭你什么好的，入了这一行，都学坏了！"

这几位戏子的处境十分艰难，留在大观园里，受尽百般虐待和屈辱；离开大观园，如此之大的人世间，却无她们容身之地。

抄检大观园,其实与芳官、藕官、蕊官三人无任何牵连,但在王夫人眼里,这些戏子都是狐狸精,一气之下都将她们撵出大观园。这几个戏子在走投无路的情况下终于造反了,离开贾家后"就疯了似的,茶饭都不吃","寻死寻活,只要绞了头发做尼姑去","越闹越凶,打骂着也不怕,实在没法"。一贯以"宽厚待下"的王夫人终于命人将她们毒打一顿,看她们还闹不闹!在打骂无果的情况下,王夫人将芳官送给了水月庵的智通,蕊官、藕官二人送给了地藏庵的圆信去做活使唤,事实上她们只不过是从朱门丫头变为了空门丫头。

面对下人"作反"一事,平儿的态度是"得饶人处且饶人,得省的将就省些事也罢了"。字字透出平儿善解人意、心地善良的内心世界,一个具有远见卓识的明白人——平儿,给读者留下深刻而难忘的印象。

而一贯标榜自己"宽厚待下"的王夫人,却采取了残酷的高压政策——打、骂、撵。充分暴露了王夫人的目光短浅,对下人心狠手辣,是镇压下人"作反"的刽子手!两者相比之下,明白人——平儿更显得光彩夺目!而作为封建社会的卫道士——王夫人必将留下千古骂名!

秦可卿

秦可卿上吊天香楼,死讯传出后"彼时合家皆知,无不纳罕"。贾府全家大小都很伤心,"长辈想她素日孝顺,平辈想她和睦亲密,下辈想她素日慈爱,仆从老小想她怜贫惜贱,爱老慈幼,莫不悲号痛哭"。

敬老爱幼乃中华民族的优良传统,漫长的封建社会历程中,统治者始终将"忠、孝"视为"治国安邦"的法宝。"不忠不孝"意味着什么?秦可卿自然心知肚明,那时的女人,必须严格遵循"三从四德"、"三纲五常"的条条框框行事,不得违反。秦可卿平日里孝顺长辈,平辈和睦亲密,慈爱小辈,即尊老爱幼,是属"三从四德"、"三纲五常"所要求的范畴内。这些长处与社会上许许多多妇人相比,也无何特别之处。但细心的读者不知注意到了没有,作者曹雪芹有句"仆从老小想她怜贫惜贱",读来很简单,也觉察不出有何特别之处。其实,这句话很不简单,正是秦可卿与大观园里其他主子的不同之处。

身为宁府贾蓉之妻、贾珍的儿媳,又是贾母重孙媳妇第一个得意之人,其在宁府中的身份和地位是多么显赫,在宁府上上下下也称得上可以任意发号施令之人,但在曹雪芹笔下,似乎找不到有关秦可卿仗势凌弱、欺负下人的只言片语。然而作者对她善待下人却称赞有加。

在大观园里，主子打、骂、撵下人的事情常有发生，王夫人还逼死多名丫环婢女。

曹雪芹在第三十回写道：只见王夫人翻身起来，照金钏儿脸上就打了一个嘴巴，指着骂道："下作小娼妇！好好的爷们，都叫你们教坏了。"王夫人便叫玉钏儿："把你妈叫来，带出你姐姐去。"金钏儿听说，忙跪下哭道："我再不敢了。太太要打骂，只管发落，别叫我出去，就是天恩了。我跟太太十来年，这会子撵出去，我还见人不见人呢！"

最后，王夫人还是将其撵出荣府，金钏儿终于含羞忍辱跳井自尽。

作者在第七十四回写道：

> 王善保道："别的都还罢了。太太不知道，一个像个西施的样子，在人跟前能说惯道，掐尖要强。一句话不投机，他就立起两个骚眼睛来骂人，妖妖趫趫，太不成个体统。"王夫人听了这话，猛烈触动往事，便问凤姐道："上次我们跟了老太太进园逛去，有一个水蛇腰，削肩膀，眉眼又有些像你林妹妹的，正在那里骂丫头。我的心里很看不上那个轻狂样子，因同老太太走，我不曾说得。后来要问是谁，又偏忘了。今日对了坎儿，这丫头想必就是他了。好好的宝玉，倘或叫这蹄子勾引坏了，那还了的！"

后来王夫人在晴雯病得"四五日水米不曾沾牙"的情况下，命人将晴雯从炕上拉下来，又把她贴身的衣服搁出去。晴雯被撵出去后，不久就死了。

《红楼梦》第七十七回，司棋被查出潘又安给她的定情之物香袋和书信等，王夫人认定这些东西有伤风化，决定将司棋撵出大观园。随后，司棋之母蛮横不讲理，百般干涉她与潘又安的婚事。万念俱灰的司棋，一头撞在墙上当场身亡！潘又安盛殓了司棋，选择了自刎殉情。至于芳官等人，王夫人认为"唱戏的女孩子，自然更是狐狸精了"，"调戏宝玉，无所不为"，于是被撵出大观园。大观园里主子打骂丫头婢女如同家常便饭，第三回里写宝玉脾气发作，把那块玉摔了，贾母就急忙搂着他说："孽障！你生气，要打骂人容易，何苦摔那命根子！"

曹雪芹在第四十四回中，较详细地描写了王熙凤打小丫头的经过：

王熙凤一到家，穿廊下一个小丫头见她来了，回身就跑。她忙叫，但没叫住。她连叫几声，那丫头只得回来。王熙凤见此情景，虽还不知道这里面发生了什么事，便大发雷霆了。作者写道：

坐在小院子的台矶上，命那丫头跪了。喝命平儿："叫两个二门上的小厮来，拿绳子鞭子，把这眼睛里没有主子的小蹄子打烂了。"王熙凤说着，扬手一巴掌，打在脸上，打得那小丫头子一栽。这边脸上又一下，登时小丫头子两腮紫胀起来。王熙凤还叫"烧了红烙铁来烙嘴"。后来又"向头上拔下一根簪子来,向那丫头嘴上乱戳"。

再如曹雪芹在小说第五十七回里,贾母只当紫鹃得罪了宝玉,"拉紫鹃命他打",也是做得很自然的。贾母这样做的时候,她并不知道究竟紫鹃冒犯了宝玉什么。

诸如此类的打、骂、撵,书里不知有多少。也不是只对丫头,对所有的奴婢都是如此。

"红楼"中的奴婢、丫头们处境何等艰难,无依无靠。生命得不到保障,随时面临主子的打、骂、撵的厄运。尽管自身许多弱点,但是作者曹雪芹还是让读者从他的作品中看到了一股潜在力量在涌动!

作者在第六十五回里,兴儿评价王熙凤是:"嘴甜心苦,两面三刀,上头笑着,脚底上使绊子,明是一盆火,暗是一把刀,他都占全了。"

司棋与潘又安的定情之物被查出,她"低头不语,也并无畏惧惭愧之意"。

"豁啷"一声,晴雯将箱子掀开,两手提着底子,往地上一倒。

平儿怒骂贾雨村。

鸳鸯怒斥贾赦。

焦大痛揭贾府不得见人的老底。

……

语言何等尖锐犀利!

作者曹雪芹让多少读者难以忘怀的是:

"金钏儿四顾茫然,跃身入井的时候;

晴雯病榻辗转,含冤抱屈的时候;

鸳鸯引刀断发,芳官斩情出家的时候;

司棋求救无门,不得已而走的时候;

入画'或打或杀或卖'无人救援的时候,

她们怀着何等愤恨的心情!"[1]

形势就像一堆干柴,只要出现一颗火星就会熊熊燃烧起来。

贾母、王夫人、王熙凤、贾珍、贾蓉等既是拾柴者又是引火者,他们是使主奴矛盾激化的制造者,又是加速封建社会走向灭亡的"推动者"!

马克思、恩格斯在《共产党宣言》中说:"在阶级斗争接近决战的初期,统治阶级

---

① 引自张毕来《漫说红楼》,人民文学出版社,1978 年

内部的、整个旧社会内部的瓦解过程,就达到非常强烈、非常尖锐的程度。"

《红楼梦》的作者,对被奴役、被压迫者的现实进行了深刻而细致的描写和揭露。"末世"阶级对立无比尖锐,主奴之间的矛盾达到了一触即发的程度,而推动阶级矛盾的激化者,比起前文提到的那些"明白人"来显得多么愚蠢和无知,他们对未来的形势毫无预见、鼠目寸光,成天为非作歹,欺压下人。而"明白人"秦可卿、贾宝玉、林黛玉、平儿等从不拿主子的身份去欺压婢女、丫鬟,他们善待下人,缓和了主仆之间的矛盾,他们的行为是延缓封建统治社会走向灭亡的"刹车皮",是那个时代的"明白人"。他们对未来社会发展趋势心知肚明。毛泽东说:"曹雪芹在《红楼梦》里还是想补天,想补封建制度的天。"这些"明白人"也都是想补封建制度的天。

"《红楼梦》是曹雪芹依据自己的生活感受,通过高度的艺术手腕,所唱出的封建贵族阶级走向灭亡的挽歌。曹雪芹在一定的程度上对于他的时代,还保有某种伤感的气息——依恋和徘徊。因此,从他这部作品中的世界观看,不可避免地流露着若干对垂死阶级的悲悯情致。但是,在方法论上,毋庸置疑的,作者身上所满蕴的现实主义得到了伟大的胜利。这部不朽的著作不但是描写了一个贵族之家走向败坏的三代生活,抑且卓越地描绘出封建贵族阶级的无耻和堕落,进而明显地暗示封建时代的必然消亡。"[1]

《红楼梦》中的"明白人"虽然想补封建制度的天,尽管他们想让"末世"封建统治阶级得以苟延残喘,这是他们的主观愿望,但客观上确实起到缓和阶级矛盾的作用,所以无论是贾宝玉、林黛玉还是秦可卿都无愧为《红楼梦》中的"明白人"。

① 王耳,《关于红楼梦的几点理解——周着:红楼新证待序》

红楼烈女有几多

烈女，按字面解释应是刚直、严正、刚烈，为正义而死难的女子。旧时也指刚正有节操的女子，以及拼死保全贞节的女子。《红楼梦》一百二十回中，有几十条人命，大都是女性，她们中间有哪些够得上"烈女"的称号呢？

司 棋

贾迎春的丫鬟，王善保家的外孙女。性格倔强刚烈，与其主子"二木头"的性格恰恰相反。相衬之下，贾迎春倒像个丫头。

一次，司棋想吃碗炖鸡蛋，柳嫂将鸡蛋藏起来，说厨房没有鸡蛋。司棋知道后，带着几个丫头把厨房闹了个底朝天，狠狠教训了柳嫂一顿，"看你以后还敢不敢欺负丫头们"，事情处理得如此干脆、利落。

司棋从小和姑表兄弟潘又安一起长大，逐渐产生了爱情，二人又出落得品貌风流。暗地里买通大观园里的老婆子，常趁天黑溜进大观园幽会，海誓山盟，互送信物。正当二人情浓意切时，被鸳鸯撞着，鸳鸯发誓不告发。司棋在慌乱中不慎丢失绣春囊，酿成了抄检大观园的诱因。"东窗案发"，胆小怕事的潘又安出走他乡，而司棋一脸平静，毫无愧色，从容面对。既不求情，也不求饶。直到被撵出大观园也没有表现出半点悔意。司棋面对着家庭与社会的巨大压力，她顽强、无怨无悔地默默承受着，等待着潘又安早日归来。几年后，潘又安积攒了点钱回来，准备娶司棋为妻时，不明事理的司棋母亲又是骂又是打。司棋见状，只好出来屈求母亲道："一个女人嫁一个男人，我一时失脚上了他的当，我就是他的人了，绝不肯再跟着别人的。我只恨他为什么胆小？一人做事一人当，为什么逃了呢？就是他一辈子不来，我也一辈子不嫁人的。妈要给我配人，我愿拼着一死。今儿他来了，妈问他怎样？要是他不改心，我在妈跟前磕了头，只当是我死了，他到哪里，我跟到哪里，就是讨饭吃也是愿意的。"她妈说："你是我的女儿，我偏不给他，你敢怎么着？"

司棋这段屈求之语，表明了自己是一个坚贞专一的女人。她跟潘又安是跟定了，是铁了心的。"绝不肯再跟别人的……他一辈子不回来，我也一辈子不嫁人的。

妈要给我配人，我愿拼着一死。今儿他来了，妈问他怎样？要是他不改心，我在妈跟前磕了头，只当是我死了，他到哪里，我跟到哪里，就是讨饭吃也是愿意的。"何等的痴心，何等的专一！"愿拼一死"充分表现了司棋为了追求婚姻自主，哪怕是舍命也在所不惜的精神！在屈求无果的情况下，司棋撞墙身亡。她用生命召唤千百万青年男女为实现爱情自主、幸福、自由而战！

千百年来，广大妇女被压在社会的最底层，"三纲五常"、"三从四德"就像绳索将广大妇女牢牢地捆绑在封建社会的枷锁上。18世纪中叶，中国广大青年男女渴望婚姻自主、幸福和自由日益强烈。曹雪芹塑造司棋这一形象是对人类真正的爱情婚姻进行了热情的讴歌和颂扬，得到了青年男女的强烈共鸣。

司棋与潘又安私订终身，用现代话讲就是自由恋爱，但在二百多年前，父母包办儿女婚姻的时代，此举难能可贵。要冲破这一禁锢需要多大的勇气和决心。他们私订终身具有超前的思想意识，值得肯定和赞扬！女大当嫁、男大当婚历来如此，他们何罪之有？！但在王夫人眼里，这种再正常不过的恋爱、结婚、生子的事情却是伤风败俗的行为，严加干涉，抄检大观园，直至把司棋赶出大观园。实际上，王夫人是在颠倒黑白，混淆视听。在大观园里，究竟是谁在做伤风败俗之事？记得焦大曾经骂道："如今生下这些畜生来！每日偷狗戏鸡，爬灰的爬灰，养小叔的养小叔……"。这等乱伦丑事都是谁干的？！难道王夫人不清楚吗？不正是堂堂贾府内衣冠禽兽的贾赦、贾珍、贾琏、贾蓉、贾蔷、贾瑞之流吗？他们成天在外寻花问柳、偷鸡摸狗、爬灰养小叔，这些见不得人的伤风败俗之事查过吗？只许州官放火，不许百姓点灯。这是什么世道？！整个封建社会已经到了好坏、良莠、曲直不分的地步！

作者充分揭示封建社会的黑暗、腐败。人民的觉醒，历史的前进，反动势力的灭亡都是不可避免的，只是时间迟早问题。司棋的血不会白流，司棋的命不会白丢！我的一位学生深有感触的写道："司棋，你是好样的，敢爱敢恨！你是《红楼梦》中的一道亮丽的风景，你坚贞专一的精神将永世长存！你是当之无愧的红楼烈女！"

尤三姐

尤三姐是贾珍妻子尤氏继母带来的女儿，她不同尤二姐，性格比较复杂，可以说是荡女、奇女、烈女都兼备，但在《红楼梦》里只是昙花一现，又像一朵怒放的花蕾，顷刻之间遭夭折，让读者具有同情、悲情、怜情，无可选择的心结。

说到烈女，尤三姐足够是一个刚烈的女子。她在贾珍、贾蓉等坏男人面前不是讨好服从，而是玩弄男人，抓住他们的弱点臭骂一顿。尤三姐站在炕上，指着贾琏笑道："你不用和我花马吊嘴的，清水下杂面，你吃我看。见提着影戏人子上场，好歹别戳破这层纸儿。你别油蒙了心，打量我们不知道你府上的事，这会子花了几个臭钱，你们哥俩拿着我们姐儿两个权当粉头来取乐儿，你们就打错了算盘了。"

又有："拿他兄弟二人嘲笑取乐，竟真是她嫖了男人，并非男人淫了她。一时，他的酒足兴尽，也不容他兄弟多坐，撵了出去，自己关门睡去了。自此后，或略有丫鬟婆娘不到之处，便将贾琏、贾珍、贾蓉三个泼声厉言痛骂，说他爷儿三个诓骗了她寡妇孤女。贾珍回去之后，以后亦不敢轻易再来。"

以上这段描写表明了尤三姐刚强的个性，尤三姐心知肚明，这些臭男人看重的无非是她的容颜。尤三姐抓住了他们好色又不敢声张的特点，进行了一场"倒嫖"男人的示威。

说到尤三姐真正烈性还算是小说第六十六回描写她拔剑自刎的壮烈场面。曹雪芹这样写道："那尤三姐在房明明听见，好容易等了他来，今忽见反悔，便知他在贾府中得了消息，自然是嫌自己淫奔无耻之流，不屑为妻。今若容他出去和贾琏说退亲，料那贾琏必无法可处，自己岂不无趣。一听贾琏要同他出去，连忙摘下剑来，将一股雌锋隐在肘内，出来便说：'你们不必出去再议，还你的定礼。'一面泪如雨下，左手将剑并鞘送与湘莲，右手回肘，只往项上一横，可怜'揉碎桃花红满地，玉山倾倒难再扶'。"刚烈的尤三姐失去她心存的一线希望，精神彻底崩溃，这突如其来的变故，令湘莲追悔莫及。

小说第六十五回这样写道："贾琏道：'前儿我曾回过大哥的，他只是舍不得。'我说：'是块肥羊肉，只是烫得慌。玫瑰花儿可爱，刺太扎手。咱们未必降得住，正经拣个人聘了罢。'"然后贾琏和尤二姐去试探，结果尤三姐说出自己心里话，她对柳湘莲已经相思五年。曹雪芹这样写道："尤三姐便知其意，酒过三巡，不用姐开口，先便滴泪泣道：'姐姐今日请我，自有一番大礼要说。但妹子不是那愚人，也不用絮絮叨叨提那从前丑事，我已尽知，说也无益。既如今姐也得了好处安身，妈也有了安身之处，我也要自寻归结去，方是正礼。但终身大事，一生至一死，非同儿戏。我如今改过守分，只要我拣一个素日可心如意的人方跟他去。若凭你们拣择，虽是富比石崇，才过子建，貌比潘安的，我心里进不去，也白过了一世。'"

曹雪芹再次展示18世纪中叶的中国青年男女强烈要求婚姻自主，反对包办婚姻，向往婚姻幸福自由的潮流已经在千百万青年人心中涌动！"若凭你们拣择，虽是富比石崇，才过子建，貌比潘安的，我心里进不去，也白过了一世。"尤三姐自主择偶思想表现得多么强烈、多么迫切！其择偶要求袒露得如此明白清楚！她不为富而动心,不为财勉强而嫁,不为貌而随从。她要的是情投意合,能走进她心里的男人。那么她心中的人是谁呢?五年前她暗恋柳湘莲,尤三姐是个有情有爱的女人,她也向往和追求真爱,她认为只有姓柳的来便嫁他,而且从今以后吃斋念佛,服侍母亲,等他来了嫁了他去。若一百年不来,自己修行去了。说着,将一根玉簪击作两段,如有一句不真,就如这簪子。又一个痴情烈女!曹雪芹笔下又一个坚贞专一、为追求真正爱情而献身的烈女屹立在读者面前!

湘莲为尤三姐的美貌和刚烈所惊叹!他泣道:"我并不知是这等刚烈贤妻!可敬,可敬!"

尤三姐,你以死来证明自己的无辜和清白;也为开辟婚姻自主、幸福和自由之路而献出宝贵的生命!你是当之无愧的"红楼烈女"!

金钏儿

金钏儿是玉钏儿的姐姐,王夫人的丫鬟。一天中午,王夫人午睡,让金钏儿给她捶腿。这时宝玉悄悄进来,先摘金钏儿的耳坠子。金钏儿睁眼,见是宝玉,便示意他出去。宝玉则恋恋不舍,便从自己的荷包里取出一粒雪津丹放入金钏儿的嘴里,接着去拉金钏儿的手,轻声道:"我和太太讨了你,咱们在一处吧。"金钏儿不应。宝玉又说:"等太太醒了,我就说。"金钏儿道:"你忙什么?金簪儿掉在井里头——有你的只是有你的。连这句俗语难道也不明白?我告诉你个巧方儿:你往东小院儿里头拿环哥儿和彩云去。"王夫人翻身起来,给了金钏儿一个嘴巴,恶狠狠地骂道:"下作小娼妇儿!好好个爷们,都叫你们教坏了!"宝玉见状,立即溜去。王夫人不由金钏儿分辩,执意赶她出去。金钏儿有口难辩,成日里以泪洗面。

在旧社会倘被传言是勾引男人的女人,这意味着什么?况且从整个事件的过程,实在看不出金钏儿有教唆宝玉做坏事的嫌疑。事情的发生是由宝玉一手挑起,首先摘金钏儿的耳坠子,接着又将雪津丹放入金钏儿的嘴里,并拉金钏儿的手要与她一起。究竟是谁在调戏谁?一目了然!事情发生后,宝玉一走了事。把一切莫须有的罪名全加在一个丫鬟身上。王夫人一贯颠倒是非,曲直不分。在她身上有多条命案记录在册。金钏儿在孤独无助下,为了证明自己的清白和无辜,她选择了投井自尽!

这是封建贵族阶级及其主子的昏庸、残酷,再加上不合理的奴婢制度、等级制度把金钏儿给活活逼死的。金钏儿以生命向封建社会做最后的抗争,她向世人昭示:为追求人类的平等,为了人格和尊严,金钏儿愿以生命铺就通往"香丘"之路!

金钏儿虽死犹存！

鸳　鸯

鸳鸯是贾母的贴身丫鬟。她的哥哥金文翔是贾母的买办，其嫂子是贾母处浆洗班头，父母均为贾府看房子，全家老小均为贾府的奴仆。

鸳鸯在丫头中享有较高地位。她自重自爱，行事做人温柔可靠，深得贾母喜欢和信赖，视为左右手。她从不仗势欺人，对大观园内众姐妹和丫鬟婢女关心体贴，深得上下各色人等好感和尊重。最令人感动的是司棋与表弟潘又安夜间在大观园幽会，二人正情浓意切时被鸳鸯撞见，司棋羞愧难当，鸳鸯不但不去告发邀赏，反而百般体贴地劝慰司棋安心养病。

鸳鸯被贾赦看上，要纳她为妾。无论邢夫人、哥嫂如何劝说，鸳鸯死活不从。这就是《红楼梦》中有名的"鸳鸯抗婚"情节。

贾赦见鸳鸯不依，便让金文翔过话给她："'自古嫦娥爱少年'，他必定嫌我老了，大约他恋着少爷们，多半是看上了宝玉，只怕也有贾琏。果有此心，叫他早早歇了心。我要他不来，此后谁还敢收？此是一件。第二件，想着老太太疼他，将来自然往外聘做正头夫妻去。叫他细想，凭他嫁到谁家去，也难出我的手心。除非他死了，或是终身不嫁男人，我就服了他！若不然时，叫他趁早回心转意，有多少好处。"

鸳鸯虽为下人，出身贫贱，但有自己的主见，为维护自身尊严与人格，为争得人身自由，毅然凛然，针锋相对，宁可死，宁可终身不嫁。她针对贾赦的恐吓慷慨陈词："别说大老爷要我做小老婆，就是太太这会子死了，他三媒六证的娶我做大老婆，我也不能去！"她还发誓说："我这一辈子，别说是宝玉，就是'宝金'、'宝天王'、'宝皇帝'，横竖不嫁人就完了。就是老太太逼我，一刀子抹死了，也不能从命。""老太太在一日，我一日不离这里。若是老太太归西去了，他横竖还有三年的孝呢，没个娘才死了他先纳小老婆的！等过三年，知道又是怎么个光景，那时再说。""纵到了至急为难，我剪了头发做姑子去，不然还有一死，一辈子不嫁男人，又怎么样！""家生女儿怎么样？'牛不吃水强按头'？我不愿意，难道杀我的老子娘不成？""若有造化，我死在老太太之先；若没造化，该讨吃的命，服侍老太太归了西，我也不跟着我老子娘哥哥去，我或是寻死，或是剪了头发当尼姑去！若说我不是真心，暂且拿话来支吾，日后再图别的，天地鬼神，日头月亮照着，从嗓子里头长疔烂了出来，烂化成酱在这里！"鸳鸯字字铿锵有力，像鞭子般抽打在贾赦身上，痛在贾府上上下下主子们心上。

一个无依无靠的丫环,不畏一个有钱有势的主子的威胁诬蔑,置贾赦声称要"报仇"于不顾,与穷凶极恶的贾赦进行了理直气壮、义正词严的抗争!把贾赦无耻、无理、凶狠、下作、横蛮的丑态揭示得淋漓尽致,也使鸳鸯的刚烈、孤注一掷、义无反顾、不畏强权的内心世界得以升华!

贾赦以有钱有势的主子身份,强迫一个无依无靠的弱女子为妾。当他的要求遭到拒绝时,居然恐吓鸳鸯的哥哥金文翔,如不从中帮忙就要他的命,还气急败坏地声称要对鸳鸯"报仇"。

贾母逝世后,鸳鸯自知逃脱不了贾赦的魔掌,便在老太太灵前痛哭一场,毅然悬梁自尽,以自己的生命兑现了生前"不自由,毋宁死"的承诺!

红楼又一烈女——鸳鸯!是你以死保持了一个奴仆的清白和尊严!

晴　雯

> 霁月难逢,彩云易散。
>
> 心比天高,身为下贱。
>
> **风流灵巧招人怨,寿天多因毁谤生,多情公子空牵念。**

这是"太虚幻境"第一首判词,是写晴雯的。霁月:雨止云散后的月光,暗示一个"晴"字。彩云:有文采的云霞,暗示一个"雯"字。因为"雯"就是彩云的意思。判词开头两句暗示:晴雯将遭到悲惨的命运。

"身为下贱"的晴雯处在封建社会的最底层。她无名无姓,就连自己生于何方都不知晓。她是大观园里的家奴赖大买来作为礼物送给贾母的。晴雯的自由和生命便操在所有者的手里。但晴雯"心比天高",她认为接受主子们"赏赐"剩下的衣物是一种莫大的耻辱。她蔑视王夫人为笼络小丫头所施的小恩小惠,她说:"那是把好的给了别人,挑剩下的才给了你,你还充有脸呢!"还说:"我宁可不要,冲撞了太太,我也不受这口气!"晴雯从不去阿谀奉承那些主子,在荣国府这样一个势利熏天、人妖混杂的环境中,她始终保持了一个被奴役、被压迫者的尊严。她坚持着傲岸不羁、刚烈而顽强的反抗到底的精神。她具有"宁可冲撞太太,也不受这口气"的倔强性格。她身为奴隶,却没有丝毫的奴颜与媚骨。这是何等难能可贵啊!

当王熙凤带王善保家的一干人等抄检大观园时,晴雯不屑一顾,挽着头发进来,"豁啷"一声将自己的箱子掀开,两手提着底子,朝天往地下尽情一倒,将所有之物尽都倒出,当众把王善保家的臭骂一顿。"风流灵巧招人怨"的晴雯美而慧,她的姿容与性格和林黛玉有点相似,便引起了王夫人的仇恨,再加上袭人从中挑拨生事,王夫人更将晴雯视为眼中钉。王夫人认为"这样美人似的人,心里是不能安静的",生怕带坏了宝玉,决心要将晴雯置于死地。抄检大观园时,无中生有,对晴雯进行百般的诽谤。随后王夫人还亲自出马扫荡怡红院,王夫人的贵族阶级的本性是多么凶残!她深知,宝玉和晴雯,一个是封建主义统治阶级的叛逆者,一个是对剥削阶级具有无比仇恨的女奴。如果他们二人在一起厮混日子久了,这对培养宝玉作为他们阶级的接班人是极其不利的。万一产生爱情,后果就更加严重了。王夫人不得不使出浑身解数,以快刀斩乱麻的方式将重病垂危"四五日水米不曾沾牙"的晴雯从炕上拉下来,撵出大观园,活活将她治死。已经失去了人性的王夫人,心狠手辣,充分暴露了贵族阶级惨无人道的兽性!晴雯之死,是她与整个封建统治阶级矛盾冲突的必然结果。

不久前,有位不知姓名的红学爱好者,曾撰文写道:

作品中写她的地方不多,但每当她出现,便会光芒四射:晴雯撕扇、晴雯补裘、晴雯倒箧、晴雯屈夭……青春美丽活泼野性天真高洁灵慧勇敢,"娇憨满纸","清水出芙蓉,天然去雕饰","出淤泥而不染,濯清涟而不妖","零落成泥碾作尘,只有香如故"。晴雯那优美的性格,强烈的反抗,惨痛的牺牲,震撼了无数的读者。她的一笑一颦、举手投足都有着独特的魅力。她活得坦荡,过得明白,让我们在纯美和壮美中返璞归真。雪芹尊她为芙蓉花神,把她与屈原、贾谊、鲧并举,他们正是"中国的脊梁"。

"心比天高"的晴雯,是你以自己的言行谱写了一曲向封建统治阶级顽强抗争的颂歌!冠予你"红楼烈女"当之无愧!

秦可卿与瑞珠

秦可卿是宁国府长孙贾蓉的妻子,贾珍的儿媳。她"生的袅娜纤巧,行事温柔和平"。瑞珠是秦可卿的丫鬟。

甲戌本《石头记》第十三回脂批说:"秦可卿淫丧天香楼,作者用史笔也。"这就明确说秦可卿是因丑事败露在天香楼上吊自杀的,与判词及画一致。所谓"用史笔",是说不明写,但字里行间有贬恶诛邪之意。

那么秦可卿究竟有何见不得人的丑事?《红楼梦》第七回里,宁府的奴才焦大喝醉酒耍酒疯,骂出了真话:"我要往祠堂里哭大爷去!哪曾望到如今生下这些畜生来,每日家偷鸡戏狗,爬灰的爬灰,养小叔的养小叔,我什么不知道!"焦大说得爬灰的爬灰,指的就是秦可卿与公爹贾珍乱伦之事。按封建礼法,这是极不成体统的，是伤风败俗、见不得人的丑事。

有人指秦可卿是一个淫妇，不守妇道。如此评价秦可卿的确有些偏颇，对秦可卿欠公正，也使其长期蒙受不白之冤。就"乱伦"一事，我们首先要弄清楚社会背景。18世纪中叶，中国封建社会即将走到尽头，贵族阶级"乱伦"之类的禽兽丑行，是这个阶级腐化堕落的阶级本性所决定的，并非由于某个女人"擅风情，禀月貌，便是败家的根本"。以男性为中心的封建社会，惯于把一切罪过都推到妇女头上，这是极不公平的。应该说秦可卿倒是个受害的弱者，而贾珍这类衣冠禽兽则是罪魁祸首。

曹雪芹果然采纳了脂砚斋和畸笏叟的建议，删去了"遗簪"、"更衣"诸文，放弃了作者最初将秦可卿写成"淫妇"的典型，以秦氏与"节妇"典型李纨相对照，从而达到扬弃之目的。

"淫丧天香楼"把"乱伦"的一切罪过全推到秦可卿身上，让一个原本就是受害者的人，再去承受一切不该由她再来承受的压力和无休止的指责。这是何等的不公平呀！曹雪芹删去这部分内容是明智而有道理的。因为贾珍才是"乱伦"事件中的罪魁祸首！秦可卿之死，贾珍是有责任的。从这个意义上说，是贾珍逼死秦可卿的！

笔者认为，脂砚斋和畸笏叟建议雪芹删去相关内容，理由有二：

1. 秦可卿魂托凤姐贾家后事两件，其言其意令人悲切感服。

2. "秦可卿淫丧天香楼"对秦可卿不公，岂能让无辜者受罚、有罪者逍遥。

秦可卿是营缮司郎中秦邦业的养女，出身并非名门之家。平日里，她行事温柔和平，见了人总是有说有笑的，亲戚长辈都喜欢她，是贾母重孙媳妇中第一个得意之人。

秦可卿之死，令贾府全家大小都很伤心，长辈想她素日孝顺，平辈想她和睦亲密，下辈想她素日慈爱，仆从老小想她怜贫惜贱、爱老慈幼，莫不悲号痛哭。

秦可卿生活环境是如此和谐、祥和，人们对她爱护、尊重有加，没有人会去说三道四。即使"乱伦"败露，人们更多的会去指责贾珍。同情弱者，人之常情。秦可卿并没有受到什么社会压力，精神上也没有受到外来的打击，她是贾母重孙媳妇中第一个得意之人，她完全没有必要选择自尽。但事实告诉我们，她确实上吊天香楼！笔者认为，这才是问题的关键所在。常言道："好死不如赖活。"秦可卿即使不死，也不存在"赖活"问题。生活如此滋润、惬意的她为何偏偏选择这条不归之路呢？

笔者认为：

首先，有没有可能秦可卿是被贾珍强迫就范？其次，有了第一回，贾珍会不会经常纠缠秦可卿做这等见不得人的"乱伦"丑事呢？她想痛改前非、重新做人，可贾珍能给她重新做人的机会吗？她只能选择"死"，只有死才能彻底摆脱贾珍无休止的纠缠。只有死或许还有希望洗清罪名，得到上上下下的同情与原谅，也才能表明自己的清白和无辜！只有死，才能了结这段见不得人的"乱伦"之事，败坏名声的影响才能就此打住！秦可卿自杀，更多的是来自于自我的压力，她的精神备受摧残！贾府内那么多爱她的长辈、平辈、下辈乃至仆人老小，一旦"乱伦"之事败露，她将如何面对？人们爱她愈深，她的压力愈重。或许，这也是她选择自杀的原因之一吧！

瑞珠见自己的主子秦可卿命丧天香楼，便选择了触柱身亡，这是何等蹊跷之事？难道是出于对主子的忠心去"殉主"吗？肯定不是。那是为什么呢？

这与秦可卿非正常死亡有关。很可能贾珍与秦可卿"乱伦"时被瑞珠撞见了，而秦可卿上吊，贾珍会把上吊的原因推到瑞珠身上。因为丑事被你撞见，所以秦可卿上吊。现在自己落入了贾珍之手，日后会有好果子吃吗？等死，不如自己去死来得痛快些！主子与丫鬟都如此刚烈无比，令人可赞可叹！

当我即将完成本章节写作时，发现要力石先生一部新作《红楼梦经典释义800题》中有一节关于"秦可卿与贾珍的关系是自愿还是被迫"的精彩描述：

从小说来看，在与贾珍的关系中秦不可能自愿，也不会是被勾引与贾珍相爱。最有力的证据就是，秦可卿是突然病倒，精神负担极重。因此一定是发生了突然事故。在排除了所谓政治阴谋等等原因后，那么会不会是由于被丫环发现而变得紧张、害怕呢？这两个丫环绝对不敢得罪贾珍这样的主子，秦可卿死后两个丫环的表现，瑞珠自杀，宝珠愿为义女，可以证明。所以只剩下唯一的可能，那就是秦可卿在万般无奈的情况下被迫屈从贾珍的淫威，而这个情形被两个丫环得知了。

更多"红楼烈女"不一一罗列，尚待"红学"爱好者继续挖掘整理。我们热切期待更多、更精彩的"红楼烈女"展现在读者面前！

曹雪芹烹饪技艺遭质疑

《红楼梦》作者曹雪芹"在这部鸿篇巨制中,用了三分之一的篇幅,描述了众多人物丰富多彩的饮食文化活动,不仅为读者提供了一张未穷尽的美食单,更重要的是作者为我们创造了一个完整的红楼饮食体系,为我们展示18世纪中叶的饮食风貌"①。

在这部小说中描写到的食物多达186种,堪称中国饮食艺术化的典范之作。

曹雪芹精于烹饪之道,《红楼梦》中的一些菜肴不仅有恰如其分的美妙名称,而且还把制作方法详细描写出来,如"茄鲞"就是其中一例。

来自乡下的刘姥姥听说菜名"茄鲞"不明所云,于是问其制法,见如下一段精彩描述:

  ……凤姐儿听说,依言撮些茄鲞送入刘姥姥口中,因笑道:"你们天天吃茄子,也尝尝我们的茄子弄得可口不可口。"刘姥姥笑道:"别哄我了,茄子跑出这个味儿来了,我们也不用种粮食,只种茄子了。"众人笑道:"真是茄子,我们再不哄你。"刘姥姥诧异道:"真是茄子? 我白吃了半日。姑奶奶再喂我些,这一口细嚼嚼。"凤姐儿果又撮了些放入口内。刘姥姥细嚼了半日,笑道:"虽有一点茄子香,只是还不像是茄子。告诉我是个什么法子弄的,我也弄着吃去。"

  凤姐笑道:"这也不难。你把才下来的茄子把皮刨了,只要净肉,切成碎丁子,用鸡油炸了,再用鸡脯子肉并香菌、新笋、蘑菇、五香腐干、各色干果子,俱切成丁子,用鸡汤煨干,将香油一收,外加糟油一拌,盛在瓷罐子里严封,要吃时拿出来,用炒的鸡瓜子一拌就是。"刘姥姥听了,摇头吐舌说道:"我的佛祖! 倒得十来只鸡来配他,怪道这个味儿!"

有读者认为茄鲞制作过程如此复杂细致,是不是作者的"狡诈"之笔,为调侃读者而"杜撰"出来的。

也有人认为"茄鲞"之名未见"著录"。这道菜有谁吃过、烧过,闻所未闻。

065

---

① 引自胡文彬《入迷出悟品红楼》,京华出版社,2007年,第43页

更多人质疑茄鲞的制作方法不合理。试想茄丁，经"九蒸九晒"使其硬脆可能吗？

我也不排除凤姐在介绍茄鲞制作过程虽有夸张成分，但就"茄鲞"一词并非作者为调侃读者而"杜撰"出来的。胡文彬先生在《入迷出悟品红楼》中指出，早在乾隆十七年(1752)山东日照丁日曾所撰《农圃便览》一书，就记载了"茄鲞"的名字和粗制方法。丁氏著作在《红楼梦》成书之前行世，从时间上看，曹雪芹用了"茄鲞"并非出于杜撰，而且"茄鲞"在民间已有粗制方法。曹雪芹在此基础上进行再加工、再提高，充分说明曹雪芹在烹饪技术上的精益求精，善于将民间好的烹饪技艺方法加以创新提高，使之更趋完美。

近几年来，随着讲学的增多，大家提的问题也不断增多。记得 2005 年一个秋夜，学院阶梯教室座无虚席，当晚我讲的主题是"红楼饮食与特点"。当我介绍曹雪芹关于"茄鲞"这种制作方法时，有位安徽籍的学生站起来提出一个很有代表性的问题，他说在他的家乡，有专业烹调师傅，照《红楼梦》中的要求，按其配料、制作方法，结果加工出来的菜肴特难吃，结果招来不少听者的共识。

后来，我给江苏省江阴市老年大学讲"红楼"，当讲到"红楼饮食与特点"时，同样引起老年朋友的质疑，听者中有的还是该校烹饪班的学员，他们说，照"红楼"书上要求，加工出来的菜确实不好吃。

其实冠以曹雪芹烹饪大师一点也不为过。为什么在二百多年后的今天，他的烹饪技艺却遭到如此之多的质疑？问题究竟出在哪里呢？其实，只要大家认真思考一下，问题并不难得到解答。

《红楼梦》问世后的一百多年间，在这个问题上提出质疑者几乎没有，更找不到有更多的相关文字记载。而随着时间的推移，工业化的发展和速度的加快，这种质疑愈加突出。究其原因如下：

二百多年前，公元 18 世纪上半期，资本主义开始萌芽，曹雪芹就生活在这个时期，即乾隆时代。写《红楼梦》的时候，生产力依然十分低下，手工劳动占主要比例。工业很不发达，自然生态没有因工业所带来的污染而破坏。处处青山绿水，蓝天白云下生长着各种家禽走兽和蔬菜水果。无论来自人海还是来自湖泊，各类水产品均在无污染环境下生长，其味鲜美无比。用这种动植物做原料，再配上各种没有受到污染的天然佐料，如八角、桂皮、干果、花椒、枸杞、当归、葱、姜、蒜、酒等配料，加上无污染的水，无论是蒸、是炖、是熘、是炒还是炸，其鲜美的口感必定无与伦比。

但如今许多饲养场、养殖场，为了盲目追求效益大多采用激素饲料。据说从出壳小鸡到上市销售仅用二十多天。为了迎合广大消费者喜欢吃瘦肉的特点，饲养场用催其只长瘦肉不长肥肉的"瘦肉精"喂养,除了皮就是瘦肉。水产养殖业中,有人向甲鱼池里投放避孕药,据说可以催其生长。养虾、养鱼者投放激素饲料是众所周知的秘密。水果蔬菜专业户,过度使用化肥、农药,甚至给瓜果注射色素等等,其结果不仅使原有的鲜美可口的品质荡然无存,更给人类带来看不见的慢性伤害。

用上述受到环境污染以及人为催生剂和过度使用农药、化肥培育出来的动植物和水产品来做主材料,配以受过污染而生长出来的各种佐料,再加上受污染的水,不管你如何严格照曹公的配方烹饪,其结果肯定难吃。更何况不同时代人们口感也不同,有人说,即使曹公在世也未必能烹饪出当年的美味佳肴! 在曹雪芹的《废艺斋集稿》中的第八册是专讲烹调的。在这一册中尽显曹雪芹的烹调技艺和深厚功底,对每一道菜的选料和制作过程均做了详细介绍,二百多年来备受人们的青睐。例如,蛇羹是由蛇为主料烹制而成。又如,"牛乳蒸羊羔",那"不见天日的东西",倘不经过精细加工,人们连看一眼都不愿意。由于经过了加工,有一种食物的艺术美,其味、其色、其形在人们的感官上产生了一种特殊的美感,从而得到人们的喜欢和认可。

《红楼梦》一书之所以在二百多年间能经久不息地传播,直至产生出"红学"这一门学问,与它精彩的饮食描写也是密不可分的。当下,人们的质疑一旦被解释清楚了,曹公"烹饪大师"的称号也将会被千百万读者所接受。

走近汉军八旗，了解旗籍、旗人、旗地

曹雪芹、高鹗都是汉人入了旗籍的。

曹雪芹是汉军正白旗人，高鹗是汉军镶黄旗人。

何谓"八旗"？"八旗"实际上是中国满族的一种社会制度，是生产和军事合一的组织形式。早在明神宗万历二十九年(1601)，努尔哈赤在统一女真各部落的过程中，以旗帜颜色为标志，起初仅以黄、白、红、蓝四旗，后来由于归附的部落激增，只好在原有四旗上镶边作为标志，于是出现了镶黄、镶白、镶红、镶蓝四旗。以初设四旗为左翼，后镶边的四旗为右翼，这样就出现了八旗。不打仗时搞生产，战时从征。随后又不断扩大范围和地区，如东北的蒙古族以及汉族人也都陆续加入，便编成蒙古八旗和汉军八旗。凡蒙、汉人参加八旗统称入了"旗籍"。凡满、蒙、汉三族人民被编入八旗的，统称"旗人"。他们属于社会的底层，是被奴役、被剥削的阶级。

关于曹家旗籍的问题上，依然是个争论不休的问题，众说纷纭。

冯其庸先生认为曹家原是归附后金的明朝军官，在天命、天聪时原属汉军旗，后归入满洲正白旗；李华则说曹家应是正白旗满洲尼堪(汉人)，乾隆后"属于内务府包衣拨出者"，有拨入正白旗汉军的可能。

而周汝昌却说："其实'汉军'二字是大错的。"他认为曹家不是汉军，而是"满洲旗人"。

张书才于1982年在《红楼梦学刊》发表《曹雪芹旗籍考辨》一文，通过考辨大量史料后认为曹家不仅先世是汉人，而且在被掳入旗并辗转成为皇室家奴之后，仍然被编在包衣汉军佐领之下，属于正白旗包衣汉军旗籍，一般称为内务府汉军旗人，简称内汉军。曹家的这种身份，使其处于旗人社会的底层，所谓"内府世仆"、"包衣下贱"，既受着皇室主子的压迫，又为平民旗人所"贱视"。

胡适从《四库提要》、《清史稿》、《八旗文经》、《雪桥诗话》、《八旗画录》等官书和私家著述中，认定曹雪芹是"汉军正白旗人"。

汉军八旗是在清太宗皇太极崇德七年(明崇祯十五年，即公元1642年)正式编成的，具有军事、行政和生产三个方面职能。入关后，清统治阶级大量圈地，作为八旗庄田，分拨给八旗的宗室和属员。皇族占有的称"皇庄"，内务府官僚占有的称

"官庄",而一般旗人所得的"分地"(每丁五垧)则称为"旗地"。旗地主要分布于北京附近各县和辽宁地区。旗地也按正黄、正白、正红、正蓝、镶黄、镶白、镶红、镶蓝八旗的名称来划分区域,称为"旗营"。属于哪个旗的人只能分在他那个旗的旗营内,称为"拔旗归营",到后来往往成了旗人获罪或无法生活以后的居留地。

旗地内有严格的制度,到康熙、乾隆年间才准许越旗居住和自由买卖。

曹雪芹在乾隆十六年按拔旗归营之例移居北京西郊时,是在本人的正白旗区域内,后来越旗居住,迁到了香山脚下镶黄旗营内的北上坡。曹雪芹死后仍归葬于原先居住的正白旗营内,名为地藏沟的旗地上。他做到了真正意义上的"拔旗归营"。

曹雪芹其人其事

《红楼梦》的作者曹雪芹，是举世公认的最伟大的中国文学家之一。可惜的是他生前和死后相当一段时间却默默无闻，没有任何传记材料留下，以致今日我们对他的生平只能知道零星片段。

曹雪芹所经历的一切，并非一般人的经历。他生长的家庭，是一个与宫廷关系甚为密切的豪门望族，使其亲眼目睹到或者亲身感受到的许许多多重要社会现象的折光。曹家的兴衰变化给他留下了刻骨铭心的记忆，这些都为他创作旷世之作——《红楼梦》奠定了基础。

二十多年前，应必诚先生曾经这样评价《红楼梦》：

"据记载在它出世后不久，就不知有多少人为之动容变色，寝食并废，长叹悲啼，涕泪交流，以至到今天，它仍然拨动着人们的心弦，震撼着人们的灵魂，在古今中外的悲剧作品中，大概只有很少的几部才能与之相比吧！"

曹雪芹留给后人可供研究的资料太少了，这给"红学"爱好者研究、了解曹雪芹其人其事带来了诸多不便，所以在这方面的研究进展依然缓慢。笔者只能在零星的、残缺不全的史料中去追寻这位伟大文学家的生活足迹。

康熙五十四年农历五月初三(1715 年 6 月 4 日)，曹雪芹出生于南京大行宫利济巷织造署内，祖籍辽宁省辽阳。入了旗籍，为汉军正白旗包衣人，是曹颙的遗腹子。关于曹雪芹的生父是谁，一直是红学界争论不休的问题。

康熙五十三年(1714)腊月，曹颙病故于北京，身后留下身怀有孕的妻子马氏与母亲李氏两代孤孀。

康熙皇帝给内务府的谕旨说：

"曹颙系朕眼看自幼长成，此子甚可惜。朕所使用之包衣嗣中，尚无一人如他者，……是个文武全才之人。他在织造上很谨慎，朕对他曾寄予很大的希望。"

康熙怜念先臣，特命将曹寅的四侄儿曹頫入嗣为李氏之子，故曹頫既是曹雪芹的亲叔叔又是曹雪芹的养父。

证明曹雪芹是曹颙遗腹子的史料还有，康熙五十四年三月七日，曹頫给朝廷的

奏折中也证实了这一点:

"……奴才之嫂马氏,因现怀妊孕已七月,恐长途劳顿,未得北上奔丧,将来倘幸而生男,则奴才之兄嗣有在矣"。①

另则史料同样可以证明曹雪芹的生父是曹颙。曹家《氏族谱》:

"曹玺玄孙曹天佑'现任州同'。

按氏族谱系乾隆皇帝于雍正十三年十二月命修至乾隆九年十一月刊成者,其云'现任'时限确切……"②。

杨钟羲先生在他的《雪桥诗话续集》卷六,页二三,也说:

敬亭(清宗室敦诚字敬亭)……尝为《琵琶亭传奇》一折,曹雪芹(霑)题句有云:"白傅诗灵应喜甚,定教蛮素鬼排场。"雪芹为栋亭通政孙,平生为诗,大概如此,竟坎坷以终。敬亭挽雪芹诗有"牛鬼遗文悲李贺,鹿车荷锸葬刘伶"之句。

清朝爱新觉罗·裕瑞云:"闻前辈姻亲有与之交好者,其人(指雪芹)身胖,头广而色黑。"《癞和尚赞》中有"鼻如悬胆两眉长,目似明星蓄宝光"。当书中写到一僧一道"生得骨骼不凡,丰神迥异"时,戚序本有批曰"这是真像,非幻像也";靖藏有眉批曰"作者自己形容"。我们也只能从这些零星片断中去想象曹公的大体相貌。

少年的曹雪芹时常到舅祖李煦家看戏,此时他们两家都养有戏班子。至于曹雪芹在《红楼梦》中提到贾蔷已从姑苏买了十二个女孩子并聘了教习,这是贾家进一步充实旧戏班,为接驾做准备。

雍正元年因其生母薨逝,曹家戏班子遣散,想必李家的戏班子也不复存在了吧。

据乾隆时人有记:雪芹"不得志,遂放浪形骸,杂优伶中,时演剧以为乐"(见周绍良先生藏善因楼版《批评新大奇书红楼梦》上乾隆间人批语,此书现归杜春耕先生收藏。此批语在"满纸荒唐言"诗的眉端)。曹家戏班解散之后,香玉、柳蕙兰同时做了曹雪芹的伴读。他们朝夕相处亲如手足,随着年龄的增长、友谊的加深,逐渐产生了爱情。

1983年6月版的《北京名园趣谈》中有段与曹雪芹有关的文字:

传说在雍正元年(1723)四月初十日,年仅九岁的曹霑(曹雪芹)跟随他的表哥、平郡王的儿子福彭(十四岁)游圆明园。到闳乐园听戏时,见到了雍正及后妃、皇子等。由于福彭曾经做过皇四子弘历(乾隆)的伴读,经福彭介绍,小小的曹霑兴高采

①　引自《关于江宁织造曹家档案史料》,中华书局,1975年
②　引自周汝昌先生《红楼新证》,人民文学出版社,1976年

烈地拜会了当时年仅十二岁的弘历。弘历很高兴，称赞曹霑"秀外慧中，必承祖业无疑"，希望曹霑长大成人后，"要秀而实方可"。惜别时弘历解下自己佩带的用丽江宝峰石磨制而成的十八粒串珠，赠给了曹霑，曹霑接过串珠，拜谢而辞。

这则趣闻轶事，虽为传说，但很有参考价值，因为作者将这件事，几乎原封不动地写进了《红楼梦》中。再一次表明作者开篇所言：

……至若离合悲欢，兴衰际遇，则又追踪蹑迹，不敢稍加穿凿，徒为供人目之而反失其真传者。

第十五回《王凤姐弄权铁槛寺，秦鲸卿得趣馒头庵》写道：

……宝玉忙抢上来参见，世荣连忙从轿内伸出手来挽住。见宝玉戴着束发银冠，勒着双龙出海抹额，穿着白蟒箭袖，围着攒珠银带，面若春花，目如点漆。世荣笑道："名不虚传，果然如'宝'似'玉'。"因问："衔的那宝贝在哪里？"宝玉见问，连忙从衣内取了递与过去。世荣细细的看了，又念了那上头的字因问："果灵验否？"贾政忙道："虽如此说，只是未曾试过。"世荣一面极口称奇道异，一面理好彩绦，亲自与宝玉带上，又携手问宝玉几岁，读何书。宝玉一一的答应。世荣见他语言清楚，谈吐有致，一面又向贾政笑道："令郎真乃龙驹凤雏，非小王在世翁前唐突，将来'雏凤清于老凤声'，未可量也。"世荣又道："只是一件，令郎如是资质，想老太夫人、夫人辈自然钟爱极矣，但吾辈后生，甚不宜钟溺，钟溺则未免荒失学业。昔小王曾蹈此辙，想令郎亦未必不如是也。若令郎在家难以用功，不妨常到寒第。小王虽不才，却多蒙海内众名士，凡至都者，未有不另垂青目，是以寒第高人颇聚。令郎常去谈会谈会，则学问可以日进矣。"……世荣又将腕上一串念珠卸了下来，递与宝玉道："今日初会，仓促竟无敬贺之物，此系前日圣上亲赐鹡鸰香念珠一串，权为贺敬之礼。"玉连忙接了，回身奉与贾政。贾政与宝玉一齐谢过。

雍正五年（1727），由于宫廷内部矛盾，清世宗大批杀害异己，曹頫因亏空大量公款、属下扰乱驿站等罪名受到牵连，南京曹家被查抄，江宁织造一职被罢免。曹家衰败于雍正之手，这一事实被越来越多的读者所认可。如果说曹家被抄是因"织造款项亏空甚多"，不如说是雍正排斥异己，屠杀亲党的专项举措，雍正的上谕是这样写的：

江宁织造曹頫，行为不端，织造款项亏空甚多。朕屡次施恩宽限，令其赔补。伊倘感激朕成全之恩，理应尽心效力；然伊不但不感恩图报，反而将家中财物暗移他处，企图隐蔽，有违朕恩，甚属可恶！着行文江南总督范时绎,将曹府家中财物固封看守,并将重要家人,立即严拿;家人之财产,亦著固封看守,俟新任织造官员隋赫德到彼之后办理。伊闻知织造官员易人时,说不定要暗派家人到江南送信,转移家财。倘有差遣之人到彼处,着范时绎严拿,审问该人前去的缘故,不得怠忽!钦此。

此上谕雍正帝罗列曹家种种罪名,大有赶尽杀绝之势!皇帝忠实的臣子奴才,自然不敢怠慢,都想在围剿曹家与"奸党"中立功受赏,接替曹頫江宁织造的隋赫德于雍正六年(1728)七月初三,具折雍正皇帝:

窃奴才查得江宁织造衙门左侧万寿庵内,有藏贮镀金狮子一对,本身连座共高五尺六寸。奴才细查原由,系塞思黑于康熙五十五年遣护卫常德到江宁铸就,后因铸得不好,交与曹頫,寄顿庙中。今奴才查出,不知原铸何意,并不敢隐匿,谨具折奏闻。或送京呈览,或当地毁销,均乞圣裁,以便遵行。奴才不胜惶悚仰切之至。谨奏。

以上史料告诉我们,曹家获罪的原因,虽有"织造款项亏空甚多"之因素,但"行为不端"才是雍正要惩治曹頫的根本原因。早在雍正二年(1724)甲辰,五月初,曹頫有折报晴雨麦收之事,雍正的朱批是:

蝗蝻闻得还有,地方官为甚么不下力扑灭?二麦虽收,秋禾更要紧。

据实奏!凡有一点欺隐作用,是你自己寻罪,不与朕相干。

雍正这则朱批,明白人一看便知,皇上是在寻曹頫的事,这条"朱批"对曹頫及其家人来说,确系凶多吉少。同年还有一条关于曹頫交怡亲王看管的"特谕",内容与"朱批"相比,言辞更直白、措辞更激烈:

……不要乱跑门路,瞎费心思力气买祸受。……因你们向来混帐风俗惯了……主意要拿定,少乱一点,坏朕名声,朕就要重重处分,王子也救不下了。特谕。

雍正六年,曹氏全家迁居北京(见《永宪录读编》、清世宗抄曹頫家谕旨和雍正六年(1728)隋赫德奏折)。记载这一历史事件的还有曹家档案史料中,有《江宁织造隋赫德奏细查曹頫房地产及家人情形折》一件。雍正将曹家"所有田产房屋人口等项",赏给隋赫德。又有《内务府总管允禄等奏李煦家人拟交崇文门监督变价折》中有云"李煦家属及其家仆钱仲璿等男女并男童幼女共二百余名口,在苏州变卖",后解来北京。雍正批示:"大将军年羹尧人少。将送来人着年羹尧拣取","余者交崇文门监督"。崇文门监督五十一(人名)就是专管变卖这些家人的。

曹家被抄的结果如何呢?周汝昌先生在《作者与时代背景》一文中,做了较为详细的叙述:

此时他家"财力"如何？抄家报告表明："(住房亩、家下人口之外)除则桌椅床杌旧衣零星等件,及当票百余张外,别无他项。"证以当时人《永宪录》明载："(頫)因亏空罢任,封其家赀,止银数两,钱数千(即铜制钱数吊),质票(当票)值千金(即银千两)而已。"

至于所谓"亏空",并非私用公款之罪,而是康熙多次"南巡"时的惊人花费及盐商的虚报捐资,造成假账所致,而雍正却严追逼缴,使曹頫陷于绝境。

周汝昌先生认为:雍正五年(1727)腊月二十四日抄家严令下达,到江南总督、将军执行时正为六年的元宵佳节之时——此节遂成为雪芹命运大转折的标志和"象征"。

这突如其来的灾难,在少年曹雪芹心灵上受到何等的创伤,而且这种创伤将是刻骨铭心、终生难忘的。

作者将他家发生在元宵佳节的重大事变,记录在《红楼梦》中:

> 惯养娇生笑你痴,菱花空对雪澌澌。
>
> 好防佳节元宵后,便是烟消火灭时。

雍正六年(1728),曹雪芹十四岁,香玉十三岁,曹頫携家眷进京请罪。黄进德《曹頫考证》一文说:"曹頫自己,扛上六十斤重的木枷,戴罪在京。"[①]

这时曹母为曹雪芹、竺香玉以喝茶方式定了亲。

雍正七年七月二十九日,刑部为移会事。全文如下:

> 江南清史司案呈:
>
> 先据署苏抚尹(继善)咨称:奉追原任江宁织造曹寅名下得过赵世显银八千两一案,随经即令上元县遵照勒追去后。今据该县详称:具详织造,随批开,前任织造之子曹頫已经戴罪在京,所有家人奉旨赏给本府,此外并未遗留可追之人。等情。查曹寅应追银两,原奉部文在于伊子名下追缴。今一年限满,既据查明伊子曹頫现今在京,又无家属可以着追,上元县承追职名似应缴免。等因咨部。
>
> 本部以曹寅名下应追银两,江省既无可追之人,何至限满始行详报,明属玩延,行文该旗作速查明曹頫是否在京,并江省有无可追之人,咨复过部,以凭着追。仍令该抚将承追不力职名补参,并知会办理赵世显事务之王大人等在案。
>
> 今于雍正七年五月初七日,准总管内务府咨称:原任江宁织造员外

---

① 见《曹雪芹江南家世丛考》,黑龙江教育出版社,213 页

郎系包衣佐领下人,准正白旗满洲都统咨查到府。查曹頫因骚扰驿站获罪,现今枷号。曹頫之京城家产人口及江省家产人口,俱奉旨赏给隋赫德,后因隋赫德见曹寅之妻孀妇无力,不能度日,将赏伊之家产人口内,于京城崇文门外蒜市口地方房十七间半,家仆三对,给与曹寅之妻孀妇度命。除此,京城,江省再无着落催追之人。相应咨部。等因前来。

据此,应将内务府所咨曹寅之子曹頫京城及江省家产人口,俱经奉旨赏给隋赫德缘由,知会办理赵世显事务之王大人等可也。

雍正七年七月二十九日

(内务府来文)

附录

江宁织造隋赫德奏细查曹頫房地产及家人情形折
(雍正朝)

江宁织造·郎中奴才隋赫德跪奏:为感沐天恩,据实奏闻,仰祈圣鉴事:窃奴才荷蒙皇上天高地厚洪恩,特命管理江宁织造。于未到之先,总督范时绎已将曹頫家管事数人拿去,来讯监禁,所有房产什物,一并查清,造册封固。及奴才到后,细查其房屋并家人住房十三处,共计四百八十三间。地八处,共十九顷零六十七亩。家人大小男女共一瓦十四口。余则桌椅、床杌、旧衣零星等件及当票百余张外,并无别项,与总督所查册内仿佛。又家人供出外有所欠曹頫银,连本利共计三万二千余两。奴才即将欠户询问明白,皆承应偿还。

再,曹頫所有田产房屋人口等项,奴才荷蒙皇上浩荡天恩特加赏赉,宠荣已极。曹頫家属蒙恩谕少留房屋以资养赡,今其家不久回京,奴才应将在京房屋人口酌量拨给。(下略)

(载《故宫周刊》第八十五期)

雍正八年(1730)香玉十五岁,曹頫之妻王氏将红玉认作女儿,改名曹香玉,代替李香玉(曹母李氏的侄孙女)入册达部,香玉入宫作了两年御用小尼。这事从一开始就埋下了一根可怕的导火索,雍正抄了雪芹的家,现在又夺雪芹之所爱,后果不堪设想,估计是相关部门在选秀过程中"政审"方面出了问题,导致雍正帝身边隐藏着杀身之祸。

雍正十年(1732)初夏,雍正纳十七岁(虚龄)的香玉为皇贵妃。

香玉十五岁离家进宫,雪芹没齿难忘,时刻想念心上人香玉,致使芹自毁自弃,香玉则因天佑不肯自惜而感伤落泪,这种史实通过一条脂批揭示出来:

> 补不完的是离恨天,所余亡石岂非离恨石乎?而绛珠之泪偏不因离恨而落,为惜其石而落,可见惜其石必惜其人。其人不自惜,而知己能不千方百计为之惜乎?所以绛珠之泪至死不干,万苦不怨。所谓求仁得仁又何怨?悲夫!(第三回回后总批)。

雍正十一年六月十一日香玉为雍正生下皇子弘瞻。第二天即六月十二日香玉被册封为皇后。

雍正十三年八月二十二日夜,香玉、雪芹合谋用丹砂毒死了雍正帝。曹雪芹终于报了雍正"抄其家、夺其爱"之仇。

乾隆元年九月,香玉到北京香山卧佛寺旁的姑子庵出家为尼,带发修行。曹雪芹与竺香玉在庵中了却情缘,此后他们二人度过了十六七年甜蜜而幸福的爱情生活。

1735 年(雍正十三年九月初三日,即雍正驾崩后的第十天),乾隆帝在太和殿登基。

曹頫起官内务府员外郎,并追封曹振彦为资政大夫,其妻欧阳氏、袁氏为夫人;曹宜为护军参领兼佐领加一级。曹家又成了一个中兴的局面。

美国历史学家史景迁是这样叙述曹家这段历史变故的:"经由这场变故,曹頫在历史上就此消失。但到乾隆初年,曹家显然得到了宽宥。曹宜——这位曹寅最小的弟弟还活着,并且担任护军参领兼左领,他的先人也得到追赠的荣誉。或许也就在此时,曹頫被授予内务府员外郎的小官职。然而,曹家没有能因此获得长久的复兴。"

乾隆八年(癸亥,1743),有诗人赋诗写道:"……诗书家计皆冰雪,何处飘零有子孙?!"

此时的曹雪芹过着颠沛流离的生活,时常乞助亲朋好友,却常遭白眼。

乾隆十年(1745)前后,曹雪芹曾以贡生的资格一度在北京左翼宗学担任职务,大概是助教之类。当时敦敏、敦诚也在这里读书。这是曹公与他们认识的开始。

敦诚《四松堂集·寄怀曹雪芹》诗:

> 少陵昔赠曹将军,曾日魏武之子孙。
> 嗟君或亦将军后,于今环堵蓬蒿屯。
> 扬州旧梦久已绝,且著临邛裈鼻裩。

爱君诗笔有奇气，直追昌谷披篱樊。

当时虎门数晨夕，西窗剪烛风雨昏。

接䍦倒著容君傲，高谈雄辩虱手扪。

感时思君不相见，蓟门落日松亭樽。

劝君莫弹食客铗，劝君莫叩富儿门。

残杯冷炙有德色，不如著书黄叶村。

虎门，即宗学。

乾隆十六年(1751)，香玉为雪芹生下一子。香玉生怕乾隆旧案重查，把孩子转移出去后，自己悬梁自尽。雪芹逃禅。

后来曹雪芹生活又变得十分贫困，曹𫖯等下落何方？曹家究竟又遭到了何种变故，致使曹雪芹悲歌燕市，以卖画为生，过着"举家食粥酒常赊"的艰难日子？

有人揣测，大概是皇室内部的政治冲突，使曹家二次被查抄，二次蒙难，致使曹家彻底败落，一蹶不振。遗憾的是笔者至今尚未查寻到相关的史料加以支撑，也只是人们猜想而已。其观点正确与否尚待人们进一步考证。

乾隆十七年前后，据说雍正之死以贼案了结。曹雪芹不仅找回了儿子，还娶了故旧柳蕙兰为妻，直至乾隆二十四年(即1759年秋)柳氏去世。

曹雪芹在北京实在待不下去了，只好迁居西郊旗地——"拔旗归营"，过着极端贫困的生活，时常靠卖画度日，有时依赖亲友的接济。据说，他家起初住在香山正白旗区域的四王府和峒峪村一带，后来才迁到香山脚下镶黄旗营的北山坡。此间，清政府允许可以越旗居住。

乾隆二十三年(1758)，曹雪芹在白家疃自盖茅草屋四间，随后迁入新居。曹雪芹迁居白家疃，《南鹞北鸢考工志》附敦敏《瓶湖懋斋记盛》中记录了这一史料。

有人认为曹雪芹的《红楼梦》当在迁居西郊后开始创作。

乾隆二十四年(1759)秋，曹雪芹应两江总督尹继善的邀请，到南京去做他的幕宾。曹雪芹果真答应尹的邀请，这一行为令许多人费解，显然与曹雪芹平生性格不相一致。其实尹继善虽是个大官僚，同时也是个文人，他们又有通家之谊，交往不疏，情不可却，故而应聘前往。

也有人认为，曹雪芹之所以答应前往做尹的幕宾是因为曹雪芹生于南京，少年离去，怀旧心切，趁此可以故地重游。但是这种师爷生活，终究与其性格不合，故次年秋便辞职回京。

松江陆厚信绘雪芹小照记云："雪芹先生……尹公望山(尹继善)时督两江，以通家之谊，罗致幕府。"

《清史稿·疆臣年表一、二》，尹继善自雍正九年(1731)至乾隆三十年(1765)曾四督两江，其第四次督两江，在乾隆十九年(1754)至三十年，敦敏《懋斋诗钞》在乾隆二十五年秋怀曹雪芹诗有"忆昨西风秋力健，看人鹏翮快云程"之句；后来在明琳家中遇到曹雪芹，感成长句诗，序云"别来已一载余矣"。故知曹雪芹去南京是在乾隆二十四年至二十五年，当尹继善第四次督两江时。

吴新雷在他的《曹雪芹》一书中也说：

"大约是在乾隆二十四年雪芹四十五岁的时候，他完成了将近八十回的《石头记》修订稿，便交给脂砚斋先生去传抄。正好南京有人请他到两江总督那里做幕宾，他一方面为了生计，一方面对江南十分怀念，而且还准备为创作收集补充材料，于是便欣然应聘。他这次动身，仍是沿运河南下。"

"曹雪芹的此次南行，还有一些流传于民间的遗闻逸事，如传说他到了瓜洲渡口，突然天气变化，封江停航。适逢瓜洲镇上有一姓沈的大户人家，久慕雪芹文才，热情款待，留他住下。临别时，曹雪芹为了答谢沈家，特地画了《天官图》、《鲤鱼图》相赠。

回到阔别多年的南京，曹雪芹对本家十三处故居一一重访。当他看到当年的织造府已经翻成乾隆皇帝的专用行宫，门禁森严、不准入内，内心的感觉是难以名状的。他还去了乌龙潭东面本属曹家所有的小仓山，这里的美景依然如画，自被隋赫德接管后，已称'隋织造园'了。

隋赫德被撤职后，此园又被著名的'性灵派'诗人袁枚在乾隆十三年买下，改名为'随园'，著名的《随园诗话》便因此而得名。

裕瑞在《枣窗闲笔》中说：

'闻袁简斋家随园，前属隋家者，隋家前即曹家故址也。'明琳的堂兄明义也说：'曹子雪芹出所撰《红楼梦》一部，备记风月繁华之盛。盖其先人为江宁织造府，其所谓大观园者，即今随园故址。'在他赠袁枚的诗中甚至有'随园旧址即红楼'的句子。袁枚也在《随园诗话》中公开宣称：'所谓大观园者，即余之随园也。'曹雪芹重返南京，在情理中势必去以前的小仓山、现在的随园一游，凭吊昔日的繁华，怀念那些风流云散的故人……"。①

曹雪芹体貌丰腴，高谈阔论，娓娓然使人终日不倦。陆厚信所画小照以及裕瑞斋《枣窗闲读》中都有记载。晚年的曹雪芹，其家庭情况如何呢？吴新雷所著《曹雪芹》一书中写道："据说，曹雪芹的原配夫人在西山病逝了，雪芹到南京后，便寻访当

---

① 引自胡邦炜《红楼梦》悬案解读，四川人民出版社，2004年，第79—80页

年江宁织造府里的'旧人'。她们在曹家败落时都被隋赫德夺了去,但隋赫德于雍正十一年也被撤职查办,这批旧人因此离散。几经察访,其中有一位雪芹少年时熟识的丫头,如今沦落在秦淮市井之间,孤苦伶仃。雪芹对她十分同情,便聘为续夫人。为纪念这次秦淮奇缘,雪芹根据南曲《西厢记·佛殿奇逢》中'花前邂逅见芳卿'的名句,给这位新夫人取名为'芳卿'。"这段文字交待的十分清楚,原配夫人在西山病逝,后来的确再续夫人。敦诚在《挽曹雪芹》:四十萧然太瘦生,晓风昨日拂铭旌。肠回故垄孤儿泣(前数月伊子殇,因感伤成疾),泪迸荒天寡妇声……而另一首题目仍叫《挽曹雪芹》:四十年华付杳冥,哀旌一片阿谁铭?孤儿渺漠魂应逐(前数月伊子殇,因感伤成疾),新妇飘零目岂瞑……敦诚两首诗中都提到儿子,有儿必有妻,原配夫人(竺香玉,应是这个孩子的生母)已悬梁自尽。

曹雪芹时常抨击当权者的昏庸和无能,语言尖锐犀利,家人、好友极怕因此招来横祸,将其关在房内,不让他与外人接触。在与外界隔绝的情况下,曹雪芹仅靠一年一本的老黄历正反两面著书,年复一年,几年后写满了厚厚几本黄历和废纸。也许这就是《石头记》的初稿,这也仅是民间传说而已,但曹雪芹伤时骂世在《石头记》里随处可见,(另章节专述)在此略举一二,如:《姽婳词》不经意读来,似乎是颂扬当今皇帝有褒奖,前代所遗落的可嘉人事之圣德,实质上则是指桑骂槐,揭露当朝统治者的昏庸腐朽:

> 天子惊慌恨失守,此时文武皆垂首。
>
> 何事文武立朝纲,不及闺中林四娘!

再如,宝钗诗云:

> 桂霭桐阴坐举觞,长安涎口盼重阳。
>
> 眼前道路无经纬,皮里春秋空黑黄。
>
> 酒未敌腥还用菊,性防积冷定须姜。
>
> 于今落釜成何益,月浦空馀禾黍香。

"坐举觞"、"盼重阳"表达作者对恶人、恶势力的无比憎恨,盼他们早日垮台、完蛋;"无经纬"、"空黑黄"是作者谩骂恶人恶势力横行霸道阴谋落空,由于他们太歹毒,连食其肉也要提防,最后恶人落釜,作者拍手称快。斗争锋芒直指统治者,语言何等尖锐犀利。

乾隆二十六年(1761)左右,此时的曹雪芹生活相当贫困,仿佛度日如年,然而他不为贫困所屈服,而以贫困骄人、脚不踏显贵人之门。敦诚《寄怀曹雪芹》云:"接䍦倒著容君傲",又《赠曹芹圃》诗云:"步兵白眼向人斜"。敦敏《瓶湖懋斋记盛》也云:"里中巨室亦多求购(画)者,雪芹固贫,饔飧有时不继,然非其人虽重酬不应也。"

如此贫困潦倒的曹雪芹却对穷苦人表现出异常关切，竭诚救助。友人于景廉，残废失业，一家老小无以生活，乃教以扎糊风筝，得免饥寒。

又如，邻居白媪，贫病交迫，孤苦无依，雪芹照顾她的生活，医治她的疾病；及白家疃新屋落成，分给她一间，使她不致流离失所。敦敏《瓶湖懋斋记盛》一书记录了这一史实。

世界伟大文学巨匠之一的曹雪芹，你的精神何等高尚！中华民族千百年来的优良传统被你诠释得如此完美无缺！

曹雪芹的诗歌也是很出色的，写诗本领很大。很可惜，曹雪芹到今天为止没有留下一首以他自己身份来写的诗。唯一留下的只有两句话，那是一首诗的最后两句。这首诗是题在《〈琵琶行〉传奇》上的。他有一次在敦诚、敦敏的家里看《琵琶行》演出，看的时候题了一首诗，这首诗没留下来，但是敦诚、敦敏写笔记的时候，引了最后两句：

"白傅诗灵应喜甚，定教蛮素鬼排场"。

"白傅"就是白居易，他认为是已经过去的人了，讲他的灵魂、诗灵应该高兴得很。

"定教蛮素鬼排场"，蛮素，一个蛮，一个素，是白居易身边的两个侍妾，两个服侍他的女子，一个跳舞特别好，一个唱歌特别好。意思是：我想如果白傅看到这个的话，一定高兴得不得了，一定会叫他的两个小丫头、侍妾来"鬼排"。因为这个都是前人的，所以只能是编鬼来排练一番了。

我们现在看到的曹雪芹的诗，《红楼梦》之外的就这两句，完整的一首诗都没有了。在《红楼梦》里，曹雪芹拿自己名义写，自己出面写的只有二十个字。小说假托他从石头那里拿来的稿子，在那里批阅、增删，批完后题了，二十个字："满纸荒唐言，一把辛酸泪。都云作者痴，谁解其中味?"好不好? 让历史评说。

曹雪芹多才多艺，小说诗文，工艺美术，无所不通。小说有《红楼梦》八十回；诗文大都已散失；工艺美术有《废艺斋集稿》。1943 年，北京北华美术学院日本籍雕塑教师高见嘉十拟编中国的风筝谱，从日本商人金田那里借到这部《废艺斋集稿》收稿本，据说是金田从清皇族金鼎臣家以重金买来的。高见叫学生仅把有关风筝部分抄下来，他们根本不知道这本书的珍贵。抗战结束，金田不知去向，这部手稿也就杳无信息。《文物》1973 年第三期吴恩裕的《曹雪芹的佚著和传记材料的发现》详细介绍了这一过程。

《废艺斋集稿》其内容八种共分八册，有许多册是为残疾人谋生计而撰的。

第一册是讲刻印章的，凡选石、制纽、制印、边款、章法、刀法等都有详细的说明和彩画的图式。曹雪芹酷爱雕刻，他的黄蜡石笔山，刻有"曹霑"二字，同时刻有诗两句，脂砚斋砚题记。都是出自曹雪芹之手，虽非正规印章，文字却有缪篆之风。

第二册是讲扎风筝的，此册即是为了帮助于景廉而编写的，叫做《南鹞北鸢考工志》，有董帮达的序，曹雪芹的自序和题画石诗，敦敏的《瓶湖懋斋记盛》，讲扎、糊、绘、放风筝的技术，及各式风筝的彩图。

第三册是讲编织工艺的，据序文中说，曹雪芹是为盲人编写的，他还亲自教会了几个盲人，并有以精于此艺称于时的。

第四册是讲脱胎工艺的，把标本制成阴阳模子，由盲人用纸浆做脱胎，再由非盲人帮助彩绘。

第五册是讲织补的。

第六册是讲印染的。

第七册是讲雕刻竹器和扇骨的。

第八册是讲烹调的，由于内有部分工艺和残疾人有关，故称"废艺"。

"通常介绍曹雪芹生平，认为他最终潦倒不堪到举家食粥的地步，但最近曹雪芹研究会第一任会长胡德平等学者经过考证，找到了证明曹雪芹另一部著作《废艺斋集稿》真实性的有力证据。在这部著作中《瓶湖懋斋记盛》一文中记载了曹雪芹曾帮助朋友敦敏鉴定的两幅画作：《秋葵彩蝶图》、《元人如意平安图》均为乾隆收藏，这对于曹雪芹的研究有了更翔实全面的了解。同时，胡德平对于曹雪芹的生平得出如下结论：

1. 曹雪芹离京后并不是过着单纯著书的隐居生活，而是以积极的心态参与多项社会活动，扶贫救残，创办自救自养事业。他和朝廷的上层仍然有联系，并且加深了对下层旗人、寒士和穷人生活的了解。

2. 曹雪芹不但写有《红楼梦》，而且还写有叙述总结中国古代百工的工艺图书——《废艺斋集稿》。

3. 曹家被抄回京以后，曹雪芹与其养父，实为亲叔曹頫，乾隆二十三年期间，寓住寺庙之中。

4. 曹雪芹以内务府旗人身份和本人的才学技艺，和皇家的如意馆画苑自始至终维持着一定关系。

5. 曹雪芹善画，并擅西洋画技，但绝无可能卖画糊口。

6. 曹雪芹于乾隆戊寅年（1758）'徙居'在怡亲王允祥的家庙……香山卧佛寺山后的白家疃，可知曹頫、曹雪芹终身都与怡亲王家族有着抹不掉的关系。曹家一时脱离不了内务府旗籍,曹頫、雪芹终其一生也未离开怡亲王的掌控。

7. 曹雪芹住香山正白旗军营与徙居白家疃并不矛盾。

上述资料的发现是曹学研究取得的又一个重大突破,曹雪芹身世的研究更加全面立体化了。"①

曹雪芹四十几岁就死去了,而且"四十萧然太瘦生",可见作者生前生活多么艰难。乾隆二十八年(1763)中秋节,年仅11岁的曹雪芹爱子殇于痘症,他悲痛欲绝,贫病交加,折磨得他瘦得皮包骨(根据敦诚诗"四十萧然太瘦生")。

壬午除夕,一代文学大师怀着千古遗恨和无限的哀伤走了,身后留下一个新婚不久的妻子和几束残稿,连埋葬的费用都是他的几个好友资助的。

父子均葬于白家疃。友人敦诚有诗挽之:

> 四十年华付杳冥,哀旌一片阿谁铭?
> 孤儿渺漠魂应逐,新妇飘零目岂瞑?

---

① 引自要力石《红楼梦经典释义800题》,中国书籍出版社,2007年,第197—198页

曹雪芹的几位好友及相关人物

《红楼梦》的作者曹雪芹留给后人可供了解研究其人其事的资料极少。值得庆幸的是：从他生前的几位好友的诗、词、序，以及少量文史资料中，我们还能搜寻零星间接的相关内容，这显得格外重要和珍贵。

敦　敏

敦敏，生于雍正七年(1729)字子明，号懋斋。著有《懋斋诗钞》。清太祖努尔哈赤第十二子英亲王阿济格的五世孙，理事官瑚玖长子。敦敏原本应是所谓"天胄"贵族，因为阿济格有罪，被赐自尽，并且革除了宗籍，所以他的子孙并不显贵。

敦敏比曹雪芹小 14 岁。少年时曾与弟敦诚同读书于右翼宗学，也就是在这时认识了曹雪芹，并与其结下友情。1755 年，即乾隆二十年，敦敏与其弟敦诚一同参加宗学岁试，名列优等。1757 年其父瑚玖在山海关负责税务。此时，他被命锦州税官。1766 年，即乾隆三十一年，任右翼宗学副管。1775 年，升任总管。乾隆四十八年，即公元 1783 年，因病缠身，不得不辞官养病。

敦敏与曹雪芹交往不疏。他住在北京内城西南角太平湖旁槐园，这里是曹公常来的地方。后来尽管两家相距较远。但曹雪芹依然是槐园的常客。敦敏留有两首关于曹雪芹的诗：

赠曹雪芹

碧水情山曲径遐，薜萝门巷足烟霞。

寻诗人去留僧壁，卖画钱来付酒家。

燕市狂歌悲遇合，秦淮残梦忆繁华。

新仇旧恨知多少，都付酕醄醉眼斜。

访曹雪芹不值

野浦冻云深,柴扉晚烟薄。

山村不见人,夕阳寒欲落。

曹雪芹死时,敦敏没有参加葬礼,估计是因为两家距离较远,交通不便,信息不畅。否则,敦敏一定会同其弟敦诚一道参加曹雪芹的葬礼,并留下点诗、词、随想之类的东西,这不能不说是一种遗憾。另有一种可能,敦敏身体欠佳,行动不便,故无法参加曹公葬礼。

敦敏尚有一首与曹雪芹有关的诗,邀请曹公一起赏花饮酒。但在这首诗的写作时间上颇有争议,有人认为敦敏写这首邀请诗时,曹雪芹已经去世了;也有人认为,敦敏写诗时曹雪芹还活着。造成这种不同观点的原因是:① 后人可能把敦敏写诗时间搞错了,敦敏绝不会给一个已经死去的人发邀请,并约死人一道喝酒,除非精神有毛病;② 写诗的时间没有搞错,但如前文所述,当时曹雪芹不是什么名人,他去世时生活又是那么贫困潦倒,加上交通闭塞、信息不畅,敦敏根本就不知道老朋友已经去世的消息,故而作诗邀请他赏花饮酒。

诗名:《小诗代简寄曹雪芹》。

东风吹杏雨,又早落花辰。

好枉故人驾,来看小院春。

诗才忆曹植,酒盏愧陈遵。

上巳前三日,相劳醉碧菌。

敦敏卒于嘉庆元年以后,享年七十左右。上述资料来源于《爱新觉罗宗谱》、敦敏《懋斋诗钞》和敦诚《四松堂集》等。

敦 诚

敦诚,生于雍正十二年(1734),字敬亭,号松堂,瑚玒次子,是敦敏的胞弟,出继于从堂叔父宁仁为嗣。

敦诚比曹雪芹小 19 岁。他著有《四松堂集》诗二卷,文二卷,《鹪鹩轩笔麈》(抄本作《鹪鹩庵杂志》)一卷。他的轶事也散见于《雪桥诗话》初、二集中,同时还辑录其友人诗文为《闻笛集》。他的诗曾得到纪昀、王士禛等人好评。在宗室诗人中享有较高声誉。

1763 年敦诚挽曹雪芹的诗,先后有两稿。第一稿里"四十萧然太瘦生"。四十岁,这么年轻就死去,而且死者那么瘦。可见敦诚不仅写了挽诗,而且亲自参加其葬礼,并与曹雪芹见了最后一面,只有这样他才能写出"四十萧然太瘦生"。第二稿改为"四十年华付杳冥"。只活了四十岁就到阴间地府里去了。文字改动较大,唯独"四十"二字没有改。因此,很多红学研究者与读者都认为敦诚此诗是可信的,曹雪芹只活了四十岁,持此观点者,其依据主要来自敦诚《挽雪芹》的诗:

> 四十萧然太瘦生,晓风昨日拂铭旌。
>
> 肠回故垅孤儿泣(前数月伊子殇,因感伤成疾),
>
> 泪迸荒天寡妇声……

而另一首同名诗则是:

> 四十年华付杳冥,哀旌一片阿谁铭?
>
> 孤儿渺漠魂应逐(前数月伊子殇,因感伤成疾),
>
> 新妇飘零目岂瞑?……

敦诚还有关于雪芹的诗:

佩刀质酒歌

秋晓遇雪,芹于槐园,风雨淋涔,朝寒袭袂。时主人未出,雪芹酒渴如狂。余因解佩刀沽酒而饮之。雪芹欢甚,作长歌以谢余,余亦作此答之。

> 我闻贺鉴湖,不惜金龟掷酒垆。
>
> 又闻阮遥集,直卸金貂作鲸吸。
>
> 嗟余本非二子狂,腰间更无黄金珰。
>
> 秋气酿寒风雨恶,满园榆柳飞苍黄。
>
> 主人未出童子睡,斝干瓮涩何可当!
>
> 相逢况是淳于辈,一石差可温枯肠。
>
> 身外长物亦何有?弯刀昨夜磨秋霜。
>
> 且酤满眼作软饱,……令此浙肺生角茫。
>
> 曹子大笑称"快哉"!击石作歌声琅琅。
>
> 知君诗胆昔如铁,堪与刀颖交寒光。
>
> 我有古剑尚在匣,一条秋水苍波凉。
>
> 君才抑塞倘欲拔,不妨斫地歌王郎。

然而,曹公当年所作的那首长歌谢敦诚的内容,谁见了?好在曹雪芹的好友敦诚先生,给我们后人留下这首答曹公的诗,同时也给我们留下了一段美好的人间真情故事。

085

从这段文字和诗的内容中,可以看出他们之间的友谊。曹雪芹贫困,连喝酒的钱都没有,这与"举家食粥酒常赊"相合,表明作者的生活处于极其贫困的地步。敦诚解佩刀沽酒与曹公开怀对饮(敦诚用随身佩带的刀换酒),"曹子大笑称'快哉'!"这等侠义肝肠,令人钦佩不已!

敦诚关于曹雪芹的诗还有:

寄怀曹雪芹

> 少陵昔赠曹将军,曾日魏武之子孙。
>
> 嗟君或亦将军后,于今环堵蓬蒿屯。
>
> 扬州旧梦久已绝,且著临邛犊鼻裈。
>
> 爱君诗笔有奇气,直追昌谷披篱樊。
>
> 当时虎门数晨夕,西窗剪烛风雨昏。
>
> 接篱倒著容君傲,高谈雄辩虱手扪。
>
> 感时思君不相见,蓟门落日松亭尊。
>
> 劝君莫弹食客铗,劝君莫叩富儿门。
>
> 残杯冷炙有德色,不如著书黄叶村。

我们从《爱新觉罗宗谱》、《 懋斋诗钞》、《四松堂集》中知道,敦诚是瑚玒次子,是敦敏的胞弟,出继于从堂叔父宁仁为嗣。

少年曾和其兄敦敏同读于右翼宗学。此时他认识曹雪芹,并与之结为好友。当年与敦敏同参加岁试,也被列优等,以宗人府笔帖式记名。曾受父命分司喜峰口松亭关税务。乾隆二十四年(1759),瑚玒革职,敦诚随父回京。直到乾隆三十一年(1766),才补宗人府笔帖式,旋改太庙献爵。

其父留给他的西园,颇具名胜。其母死后,他悲伤万分,随即闭门不仕,常以诗酒自娱。在众多朋友中,对曹雪芹的才华、学识更为崇拜佩服。他是曹雪芹生前好友,也是留给后人考证曹雪芹诗文最多者。敦诚卒于乾隆五十六年(1791),享年五十八。

张宜泉

据光绪二十一年的《台湾通志》记载:

> 兴廉,字宜泉,汉军黄旗举人。咸丰八年,由闽县擢任鹿港同知。教士如师,爱民如子。比三年颂声载路。同治三年,复来任;值戴万生乱后,

鹿港兵防未撤，月饷费数万金。兴廉广为设法，义输不足，则以俸弥补之。如是三年，军无乏用；而善后事宜，亦无不办。以实心行实政，民受其益，商旅无怨言。皆兴廉之力也(《采访册》)。①

"其祖先也曾以'战功'授勋，但到他这一代已经败落，年少丧父，又受兄嫂虐待，被迫分居，流落西郊，做了乡村私塾的先生糊口度日。这种遭遇对他的心理性格自然有很大的影响，在其所著《春柳堂诗稿》的自序中，他曾不胜感叹地说：'家门不幸，书剑飘零，三十年来，百无一就。'"②曹雪芹移居西山后，两人结识，并很快成了好朋友，关系甚密。《春柳堂诗稿》，是他的诗作专辑。在这本诗作中，有四首诗是专写曹雪芹的。如《怀曹芹溪》一诗，读者了解到他们二人曾有过一段别离日子，让张宜泉十分想念曹雪芹，他的诗写道：

似历三秋阔，同君一别时。

怀人空有梦，见面尚无期。

扫轻张筵久，封书畀雁迟

何当常聚会，促膝话新诗。

笔者认为，此次分别时间应是乾隆二十四年至二十五年间。曹雪芹应两江总督尹继善之邀，赴南京去做他的幕宾。分别才一年，就使张宜泉如此想念，还专门做诗表达想念之情，他们常相聚，共同探讨交流诗作，可见二人交往甚密。如《和曹雪芹"西郊信步憩废寺"原韵》：

君诗曾未等闲吟，破刹今游寄兴深。

碑暗定知含雨色，墙攲可见补云阴。

蝉鸣荒径遥相唤，蛩唱空厨近自寻。

寂寞西郊人到罕，有谁曳杖过烟林。

历史上曹雪芹的确写过一首《西郊信步憩废寺》诗，其韵为"下十二侵"，遗憾的是此诗没能保存下来。不过根据张宜泉这首《和曹雪芹"西郊信步憩废寺"原韵》也能悟出曹诗中所反映出严谨治学态度的内容。记得唐代大诗人杜甫名言："语不惊人誓不休。"曹公何不如此，大有"诗不动人誓不休"的大家风范。"君诗曾未等闲吟"。曹雪芹严谨治学的精神与当下某些人，东拼西凑，粗制滥造，勉强出炉的垃圾文章，形成何等鲜明对照！曹公除了《红楼梦》前八十回中诗词外，人们几乎再也找不到一首曹雪芹留下的完整的诗词。这与其非高质量的诗文决不下笔的创作性格

① 注：《台湾通志》(台湾文献丛刊第130种)(台北：台湾银行，1962年)，第434页
② 引自胡邦炜《红楼梦》悬案解读，2004年1月，第75页

087

有关。曹公至今仅留下一部没有写完的《红楼梦》和一本《废艺斋集稿》，还有两句佚诗——"白傅诗灵应喜甚，定教蛮素鬼排场。"其余诗文荡然无存，这对后人而言，不能不说是一种莫大的遗憾和损失！

一首《题芹溪居士》：

> 爱将笔墨逞风流，庐结西郊别样幽。
>
> 门外山川供绘画，堂前花鸟入吟讴。
>
> 调羹未羡青莲宠，苑召难忘本立盖。
>
> 借问古来谁得似，野心应被白云留。

诗题下有原注：

> 姓曹名霑字梦阮号芹溪居士，其人工诗善画。

张宜泉的《题芹溪居士》与另一首《伤芹溪居士》及其"原注"、"自注"对广大红学爱好者学习《红楼梦》，研究曹雪芹，了解曹雪芹生前生活、创作、居住环境、爱好、特长、性格以及曹雪芹的名、字、号、享年等不可多得的极其珍贵的史料。

> 爱将笔墨逞风流，庐结西郊别样幽。
>
> 门外山川供绘画，堂前花鸟入吟讴。

这是一幅何等优美的自然画卷，如诗如画的仙景，为曹雪芹创作《红楼梦》、也为他吟诗作画提供了理想的环境。在这风景绝佳处，与亲朋好友相聚，时而高谈阔论，时而开怀畅饮，"以诗会友"、"以文会友"、"以酒会友"。每每此时的曹雪芹，其放达好饮的素性，必定表现得淋漓尽致。

这首《伤芹溪居士》吟道：

> 谢草池边晓露香，怀人不见泪成行。
>
> 北风图冷魂难返，白雪歌残梦正长。
>
> 琴裹坏囊声漠漠，剑横破匣影铓铓。
>
> 多情再问藏修地，翠叠空山晚照凉。

题下也有自注：

> 其人素性放达好饮，又善诗画，年未五旬而卒。

这是在曹雪芹逝世一年后写的。曹雪芹逝世时，大概张宜泉不在村子里，或没有得到消息。直到第二年才赶赴西山，亲临雪芹故居凭吊，并怀着无比感伤之情，以泪当墨，吟就这首催人泪下的《伤芹溪居士》。字里行间充满着对挚友雪芹无限的怀念！

永　忠

永忠,字良辅,又字敬轩,号曜仙,薰仙。生于雍正十三年(1735),卒于乾隆五十八年(1793),享年五十九。著有《延芬室集》。

永忠是康熙帝第十四子胤禵的孙子,多罗贝勒弘明的儿子。他的祖父和兄胤禛(即雍正帝)争夺王位斗争失败,被胤禛禁锢,一直到乾隆时才被释放。

永忠写有《因墨香得观红楼梦小说吊雪芹诗》三首。墨香名额原赫宜,是敦敏、敦诚的叔父,一家人都跟曹雪芹熟悉。由于墨香的借阅,永忠才得以看到了《红楼梦》传抄本。读后永忠兴奋不已,随即吟就了这三首七绝。

弘明因父亲连累,终身不得一实职,弘明给他的几个儿子各人一套棕衣、帽、拂,要他们远避名场,保全身首。永忠理解其父的用意,遂自号栟榈道人。永忠虽曾一度做过宗学总管,满洲右翼近支第四族教长,甚至封授辅国将军的虚衔。但入世消极,情近佛道,终生过着诗酒书画禅悦的生涯。

永忠不仅工诗,诗画也很有名,昭梿《啸亭杂录》卷二云:"诗体秀逸,书法遒劲,颇有晋人风味。"永忠虽有咏曹雪芹的诗,但两人并未见过面:

> 传神文笔足千秋,不是情人不流泪。
>
> 可恨同时不相识,几回掩卷哭曹侯!

永忠许多特长、爱好、性格乃至对时局的看法等等,都与曹公相似相近。如果他们相见相识,肯定有谈不完的话题,对不完的诗,画不尽的画,喝不完的酒,切磋不完的写诗作画技艺……他们定会谱写出一曲无与伦比的友情颂歌!遗憾的是"可恨同时不相识,几回掩卷哭曹侯!"

明　琳

曹雪芹与明琳一定有交往,因为敦敏是在明琳处发现曹公,已从南京回到北京。我们从敦敏的《懋斋诗钞》中知道:"芹圃曹君霑别来已一载余矣。偶过明君琳养石轩,隔院闻高谈声,疑是曹君,急就相访,惊喜意外……"这足以说明曹公与明琳友谊甚笃。遗憾的是,曹公与之交往所留下的可考史料,除此之外,至今尚无发现别的。于是许多"红迷"朋友,想从其他渠道寻找突破口。曹公与明琳的堂兄明义亦可能有所交往。但是有关明义与曹雪芹交往的具体情况,留下的可供研究的资料同样甚微。他们之间的交往不像与敦敏、敦诚那样,有诗文酬答之作。

明　义

　　明义,姓富察,号我斋,满洲镶黄旗人,都统清的儿子。在乾隆朝,做"上驷院寺卫"终其生。

　　明义的生卒年不详。著有《绿烟琐窗集诗选》。1777 年,即乾隆四十二年,他的母舅永珊,将"善园"赠送给明义,并改园名为"环溪别墅",永忠是永珊的从兄。他们常来常往,关系很亲密。尽管如此,明义与曹雪芹是否相识,尚无史料加以佐证。但其确有二十多首《题红楼梦》诗,足见明义对红楼梦痴情程度。

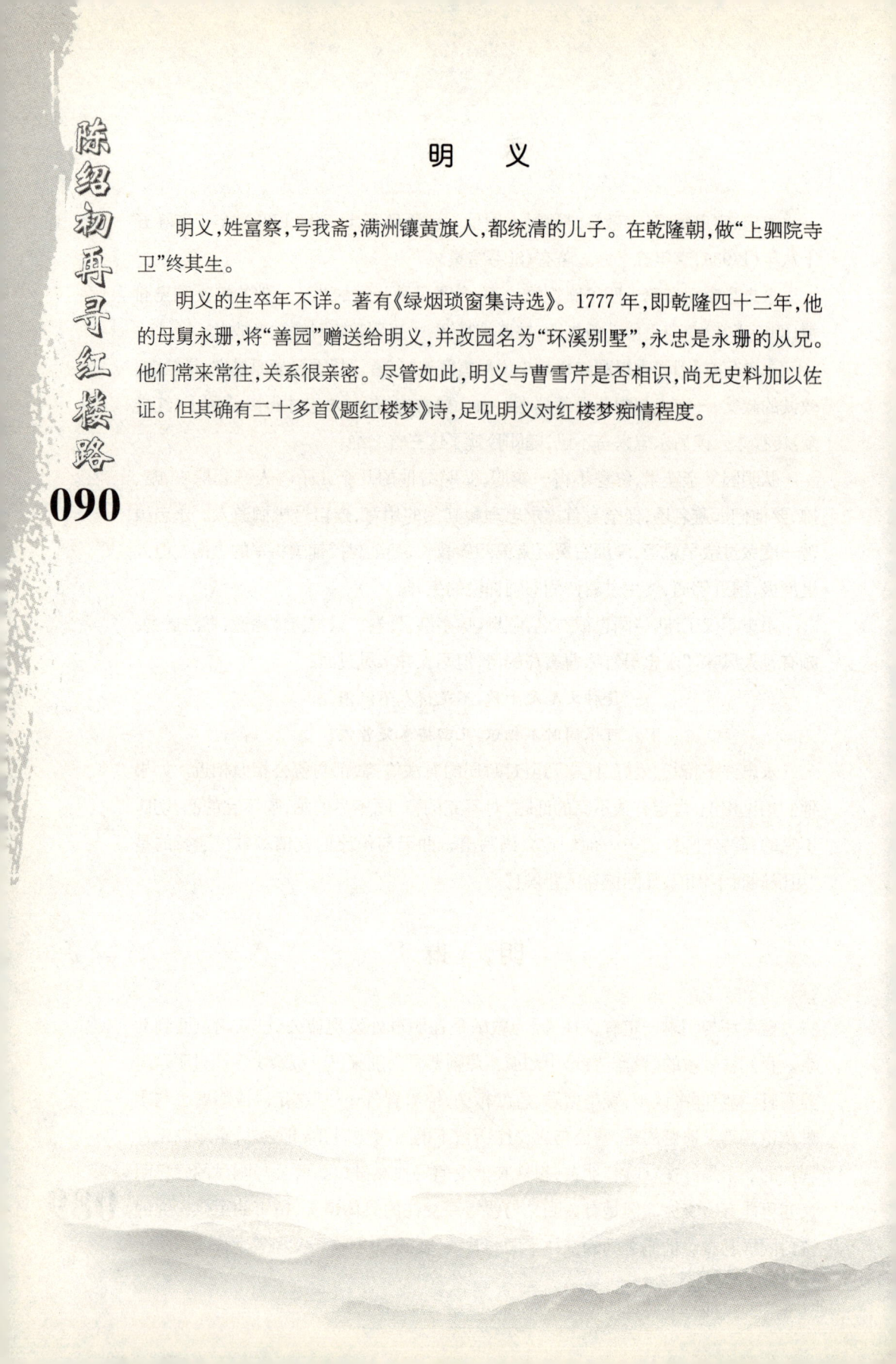

《红楼梦》后四十回作者——高鹗

高鹗,字兰墅。《清史稿·文苑二》附《李锴传》、《国朝历科题名碑录》中介绍其系汉军镶黄旗内务府人,世居辽宁省铁岭。乾隆五十六年(1791)萃文书屋活字本《新镌全部绣像红楼梦》高鹗序,自称"铁岭高鹗"。《民国铁岭县志·氏族》高氏为铁岭望族,唯高鹗遗漏未收。乾隆五十三年(1788)顺天乡试举人张问陶《船山诗草卷十六章癸集》有《赠高兰墅鹗同年》诗:

> 无花无酒耐新秋,洒扫云房且唱酬。
>
> 侠气君能空紫塞,艳情人自说红楼。
>
> 逶迟把臂如今雨,得失关心此旧游。
>
> 弹指十三年过去,朱衣帘外亦回头。

诗题下注云:

> "传奇《红楼梦》,八十回以后俱兰墅所补。知高鹗补写《红楼梦》,当在乾隆五十三年至五十六年之间。"

乾隆二十九年(1764)曹雪芹去世。高鹗续书时间为乾隆五十三年至乾隆五十六年(1788—1791),严格来说,高鹗是在曹雪芹去世后的24—27年间补续后四十回。只说高鹗是在曹雪芹逝世后三十多年才开始补续后四十回,这一说法比较笼统,也不够确切。

此外,高鹗补续红楼后四十回,此说尚有争议。有红学专家认为,在其续书之前,社会上就已经出现"百二十回本"的《红楼梦》。高鹗只是在此基础上做些修改加工而已。至于后四十回中,有无曹雪芹原先拟好的框架、书稿等,红学界颇有纷争,其结果如何尚待人们进一步挖掘研究。

张问陶,乾隆五十三年举人,五十五年(1790)进士。称高鹗为同年,可知高鹗也是五十三年的举人,六十年(1795)第三甲九十名进士。《国朝历科题名碑录》,《八旗文经》作"三甲第一名"。历官内阁侍读。嘉庆六年(1801)为顺天乡试同考官(见《郎潜纪闻二笔》卷一)。(《清秘述闻续》,卷十三作"中书")。十四年(1809),由侍读选江南道御史(《国朝御史题名录》有相关内容)。十八年(1813),升刑科给事中(见《国朝六科给事中题名录》)。

高鹗是续写《红楼梦》后四十回的作者。字兰墅,一字云士,别号红楼外史。汉军镶黄旗人。在乾隆、嘉庆两朝,曾先后做过内阁侍读,刑科给事中等官职,著有《兰墅诗钞》、《砚香词》、《兰墅文存》等书。就《红楼梦》后四十回而言,比前八十回逊色颇多。不过高鹗基本上还是遵循曹公创作的原旨,沿着宝黛爱情悲剧的主线索展开,在某些主要情节上处理也较得宜,最终给读者一个全书大致完整的感觉。

胡适先生是这样评价的:

"但我们平心而论,高鹗补的四十回,虽然比不上前八十回,也确然有不可埋没的好处。他写司棋之死,写鸳鸯之死,写妙玉的遭劫,写凤姐的死,写袭人的嫁,都是很有精彩的小品文字。最可注意的是这些人都写作悲剧的下场。还有那最重要的'木石前盟'一件公案,高鹗居然忍心害理的教黛玉病死,教宝玉出家,作一个大悲剧的结束,打破中国小说的团圆迷信。这一点悲剧的眼光,不能不令人佩服。我们试看高鹗以后,那许多续《红楼梦》和补《红楼梦》的人,哪一人不是想把黛玉、晴雯都从棺材里扶出来,重新配给宝玉?哪一个不是想做一部'团圆'的《红楼梦》的?我们这样退一步想,就不能不佩服高鹗的补本了。我们不但佩服,还应该感谢他,因为他这部悲剧的补本,靠着那个'鼓担'的神话,居然打倒了后来无数的团圆《红楼梦》,居然替中国文学保了一部有悲剧下场的小说!"

高鹗生长的历史时期与曹雪芹生长的年代几乎相同,故对当时的社会背景、社会状况乃至人们的生活习惯、语言、风土人情等,与曹雪芹感同身受,再加上深厚的文学功底,都是他续写《红楼梦》后四十回的创作基础。

《红楼梦》开始以手抄本的形式在社会上流传时,就立刻受到人们的珍爱。乾隆五十六年、五十七年,程伟之把它和高鹗所续写的四十回合在一起,用活字排印了两次,这样《红楼梦》便从北方到南方大量流行起来。也许上述诸因素,才使得这部举世巨著得以扩大和流行,高鹗功不可没!

高鹗的生卒年无考。所著有《兰墅文存》、《兰墅诗抄》、《砚香词》。文存和词都是稿本未刻,诗抄见《清史稿》。

《高鹗年谱》如下:

乾隆四七(1782),高鹗作《操缦堂诗稿跋》。

乾隆五三(1788),中举人。

乾隆五六—五七(1791—1792),补作《红楼梦》后四十回,并作序例。《红楼梦》百廿回全排印成。

乾隆六〇(1795),中进士,殿试三甲一名。

嘉庆六(1801),高鹗以内阁侍读为顺天乡试的同考官,闱中与张问陶相遇,张作诗送他,有"艳情人自说《红楼》"之句;又有诗注,使后世知《红楼梦》八十回以后是他补的。

嘉庆一四(1809),考选江南道御史,刑科给事中。——自乾隆四七至此,凡二十七年。大概他此时已近六十岁了。①

《红楼梦》的后四十回,续作者很多,补续版本自然也很多。200余年来,高鹗先生后续四十回被采用得最多。目前书市上凡有一百二十回版本的《红楼梦》后续四十回大多是用高鹗先生的补续,那么是不是说高鹗先生的后续写得最好?笔者认为,不是。高鹗先生后续四十回问题很多,比如:高鹗安排宝玉"中乡魁"贾家"延世泽"为结局,从根本上违背了曹雪芹的创作意图。《红楼梦》的主题思想也被大大削弱,这样的结局极大地影响了原书的反封建思想。宝玉与宝钗成亲更不是曹公的意愿。问题这么多,为何还要采用高鹗的后四十回作为补续?问题是迄今为止尚未发现续补的后四十回者有超过高氏后四十回的版本问世。我们热切期待,更理想、更贴近曹雪芹原创作意图的后四十回早日诞生。

① 引自《细说红楼梦》中的胡适"红楼梦考证"节选,蓝天出版社,2006年,第23页

"红楼"版本有几多

脂砚斋

脂砚,原本只是明万历时苏州名妓薛素素调和胭脂用的一块砚石,砚盖内所刻薛氏小像的旁边,镌有"红颜素心"四字篆文,砚背刻有明代著名文士王穉登书赠薛素素的一首五言律诗,其尾联云"芳心在一点,余润拂兰芝",故称之为"脂砚"。此物在四川被发现,现收藏于吉林省博物馆内,早年周汝昌先生《红楼梦及曹雪芹有关文物叙录一束》曾有专文介绍。

据说这块"脂砚"曾被清朝一个收藏者收藏,并将他的书房称为"脂砚斋"。以后在国内陆续发现了名目繁多的"脂砚斋评"《石头记》传抄本。"脂砚斋"是何人?男的? 女的? 老的? 少的? 与曹雪芹何关系? 他们是自愿的,还是受聘的? 是一个人还是几个人? 自始至终持续多少年? ……这一连串的问题一直困扰着"红学"研究者们。一百多年来,这方面的研究进展甚微。

清朝裕瑞在《枣窗闲笔》中说:"曾见抄本卷额,本本有其叔脂砚斋之批语,引其当年事甚确。"认定"脂砚斋"主人是曹雪芹的叔父,曹雪芹的养父曹頫。但周汝昌先生的《红楼新证》却说脂砚斋应是《红楼梦》中的史湘云。二者谁是谁非难辨。但有一点可以肯定的:"脂砚斋"此人对曹雪芹家况绝对熟悉,与曹雪芹关系非同一般。

现存《石头记》八十回传抄本上保存的评语、批语中,以"脂砚斋"署名的居多,但也不止其一人手笔。其中有畸笏叟(此人原先署名为畸笏,后来又自称为畸笏叟,笔者比较倾向于此人从年轻时就开始写评、批语,后来年龄大了,故而加上一个"叟"字的说法。可见他写评语、批语时间之长)、梅溪、松斋、立松轩、绮园、鉴堂、王蓝坡、棠村等等。这中间大多数用的是笔名、别名,将其真名隐去。笔者认为了解曹雪芹的除了竺香玉外,就当推柳惠兰了,她们二人是最有条件写批语者之一,《石头记》得以问世,柳氏功不可没。关于柳惠兰在本书中已另行介绍,在此不多叙述。

"脂批"为《红楼梦》的研究提供了可贵的资料,有助于我们了解曹雪芹艺术构思的变化及其创作过程。因此,"脂批"历来成为红学各派研究《红楼梦》的重要参考资料,"红学"研究者对其重视程度可想而知。如果将"脂批"喻为开启"红楼"之门的钥匙一点也不为过。

"红楼"版本有几多

《红楼梦》的版本颇多,通常分为八十回本和一百二十回本两种。八十回本是曹雪芹原作,据说曹雪芹的手稿生前就已经在亲朋好友中传阅,几经辗转传抄,致使原稿下落不明,他们还在抄本加注批语、评语之类,多以"脂砚斋"落款,世人称之为"脂砚斋评本",简称"脂评本"或"脂本",笔者按时间先后梳理如下:

一、乾隆甲戌(十九年,1754)《脂砚斋重评石头记》(人称"甲戌本"或"脂残本")

抄本,残存1—8回、13—16回、25—28回,共16回。卷首有"凡例"5条,卷末有晚清藏书家刘铨福的跋语(同治二年和同治七年写),是两次收藏合成的。第一回中的第八页正文中有"脂砚斋甲戌抄阅再评"一语,故通称"甲戌本"。据说该书于1927年发现,被一代文豪胡适先生收藏。今藏于美国康乃尔大学。1962年中华书局上海编辑所有影印本。

二、乾隆己卯(二十四年,1756)冬《脂砚斋四阅评本石头记》(简称"己卯本"或"脂配本")

抄本,残存1—20回、31—40回、61—70回,共存40回。第二册封面《石头记》书名下又注明"脂砚斋凡四阅评过",第三册书名下又注明"己卯冬月定本",故称之为"己卯本"。因其中第64、第67两回是原据别本抄配的,所以又称之为"脂配本"。今收藏于北京图书馆。根据冯其庸等几位"红学"专家考定,目前收藏于中国历史博物馆内的五回书的残页,系己卯本的遗失部分。

三、乾隆庚辰(二十五,1760)秋《脂砚斋重评石头记》(简称"庚辰本"或"脂京本")

抄本,缺第64、第67两回,共存78回,分装八册。在五、七、八册的书名《石头记》下注明"庚辰秋月定本",所以称其为"庚辰本",1955年由文学古籍刊行社用朱墨双色影印出版,其中所缺第64、第67两回据"己卯本"抄配补足。收藏于北京大学图书馆。庚辰本,其构成与己卯本相同。

四、乾隆甲辰(四十九年,1784)本《石头记》(简称"甲辰本"或"脂晋本")

抄本,共八十回,是迄今为止已发现的各种抄本中最完整的一部,卷首有甲辰

095

岁菊月中浣梦觉主人写的序,正文内有脂砚斋的评批,遗憾的是内容被梦觉主人删减过。该本是解放初期在山西发现的,藏于北京图书馆。

五、乾隆己酉(五十四年,1789)抄本《石头记》(简称"己酉本")

抄本,存1—40回,卷首有乾隆五十四年舒之炜写的序,序文中说:"就现在之五十三篇,特加雠校;借邻家之二十七卷,合付钞胥。"原本就是抄配而成的,其中的脂批已被删去。"己酉本"为北京吴晓铃收藏。

六、《国初钞本原本红楼梦》(简称"戚本"或"有正大字本"、"有正小字本")

原为乾隆时戚蓼生所藏精抄本,有脂砚斋的评批,共八十回。上海有正书局曾先后两次印行出版,首次是1912年后印大字本,第二次是1920年后印小字本(1927年曾再版)。原抄本为上海时报社所收藏,1921年毁于大火。书名原题《石头记》,有正书局石印时改题《国初钞本原本红楼梦》,卷首有藏书者戚蓼生的《石头记序》。戚蓼生字晓塘,浙江德清人,乾隆三十四年(1769)进士,授刑部主事,乾隆五十六年(1791)升任福建按察使。

1958年人民文学出版社出版的《红楼梦八十回校本》(俞平伯校订,王惜时参校),就是以"戚本"作为底本,再参校其他抄本汇校而成的(其中第67、第68回的部分则是根据一百二十回本校补的)。

七、靖应鹍过录乾隆时"夕葵书屋"抄本《石头记》(简称"靖本")

抄本,缺第28、第29两回,实存七十八回,分装十册。据周汝昌《红楼梦及曹雪芹有关文物叙录一束》(见1973年《文物》第二期)中介绍,这也是属于脂批系统的抄本,它保存了很多不同于其他诸本的朱墨批,见于他本的,也多有文字异同,小说正文也有独特的异文。此本曾发现于金陵,后不慎遗失,现落谁手尚不详。

以上介绍的几种八十回本,应该说都是最接近于曹雪芹原稿的。

1. 根据林冠夫先生的《红楼梦纵横谈》一书,关于《红楼梦》版本概述部分还提到的有:清某王府旧藏本,第七十一回回末总评后,有另笔书写"柒爷王爷"四字,显系某王府收藏过,今此书藏于北京图书馆。

2. 俄罗斯亚洲研究所藏本,此本藏于前苏联列宁格勒(今恢复古名彼得堡,属俄罗斯)亚洲研究所,故称俄藏本。

3. 郑振铎藏本,曾由郑振铎收藏,今藏于北京图书馆。

《红楼梦》问世至今,毕竟跨越了二百多年时空,这期间相互传抄、删削批语、评语,或过录抄配,加上传抄疏漏,错字别字,在所难免,致使文学方面产生了差异。

许多今天将早期的传抄书写的钞本与后期镌板梓刻的印本,二者相加,多达170多种,实际量远不止这些,期待红学专家、学者继续研究,挖掘出更多、更新的尚未被发现的相关版本和资料。

早在曹雪芹逝世前,社会上就已出现甲戌本、己卯本和庚辰本,从这些本子中可以看出芹溪没有完成他的创作计划,不仅八十回以后没有写出来,甚至就连前八十回也没有完全定稿。

一代文学巨匠,世界公认的艺术大师,留给后人的是一部没有写完的、伟大的、不朽的——解不尽读不完的《红楼梦》!

高本、程甲本和程乙本

1. 高本

曹雪芹的《红楼梦》一书,前八十回是其原作,后四十回是由高鹗先生补叙,世人称之为"高本"。补写后由其友程伟元以萃文书屋的名义付印,先后用活字排印出版了两次。

2. 程甲本

《新镌全部绣像红楼梦》简称"程甲本",全书一百二十回,卷首有程伟元和高鹗各自写的序。公元1791年(乾隆五十六年),由萃文书屋活字排印。20世纪30年代商务印书馆"万有文库"版的评点《石头记》就是以"程甲本"为底本,1957年重印。

3. 程乙本

公元1792年(乾隆五十七年),萃文书屋重印本虽然也是一百二十回,但内容上有所改动,章节有所调整。如卷首的序,高鹗的在前,程伟元的在后,同时增补了高鹗的七条《引言》,宣称:"因急欲公诸同好,故初印时不及细校,间有纰缪。今复聚集各原本详加校阅,改订无讹,惟识者谅之。"世人称此新本为"程乙本"。

1959年春发现的书名题为《红楼梦稿》扉页有"兰墅太史手定红楼梦百廿卷"的题签,78回末还有朱笔写的"兰墅阅过"四字,此本后四十回较排印本显得简略粗糙,可能是一种较早的未定稿。清朝道光年间由杨继振收藏。1963年中华书局影印出版。此本现藏于中国科学院文学研究所。

新中国诞生后,由作家出版社和人民文学出版社先后整理出版的《红楼梦》,都是依据"程乙本"为底本再参校其他版本校订而完成的,是目前最完善、最理想、最接近原著的版本。

高鹗笔下的钗嫁黛死

《红楼梦》问世二百多年来,关于"薛宝钗出闺成大礼"与林黛玉之死,二者之间有无因果关系?围绕这个问题,在读者与红学界引起了热烈而有益的争论,真是仁者见仁,智者见智,这种讨论方兴未艾,充分体现了文学界百花齐放、百家争鸣的春天已经到来!

笔者认为,宝钗出嫁与黛玉之死,有着直接的因果关系。

有备而来的薛宝钗

曹雪芹在第四回里写道:

薛蟠素闻得都中乃第一繁华之地,正思一游,便趁此机会,一为送妹待选,二为望亲,三因亲自入部销算旧账,再计新支……

作者交代得很清楚:一是送她(宝钗)进京的目的是响应"当今"的号召,竞选官中的才人赞善,想从此一登龙门做人上人,光宗耀祖;二是当她失去了一登龙门的可能性时,便把目标锁定在宝二奶奶的宝座上,实现"金玉良缘"。这虽是退而求其次,但也不失为一次关乎自己未来的最佳选择,总算千里北上没白走一趟。

薛宝钗为了达到自己的目的,一方面使自己一切行为都合于时宜,自己设限,自我控制,内敛而不外露。除了在自己母亲和兄长面前外,绝不任性做任何事,所以讨得贾府上下老幼极佳的印象。另一方面,她深懂"父母之命"在婚姻中的决定性作用,因此对贾府的当权者和能够起作用的每一个人都着意联络感情,扫去前进道路上的障碍。这种深刻的观察力和成熟的理性,不要说林黛玉不及,就是有大丈夫气概的三小姐探春也不如。

她锁定的第一对象是贾宝玉,所以自己必须在宝玉心中要占据一定的位置,给宝玉留下好印象,争得宝玉的欢心。作者在第八回里写道:

……宝钗看毕,又重新翻过正面来细看,口内念道:"莫失莫忘,仙寿恒昌。"念了两遍,乃回头向莺儿笑道:"你不去倒茶,也在这里发呆做什么?"莺儿嘻嘻笑道:"我听这两句话,倒像和姑娘的项圈上的两句话是一对儿。"宝玉听了，忙笑道："原来姐姐那项圈上也有八个字，我也赏鉴赏鉴。"宝钗道："你别听他的话，没有什么字。"宝玉笑央："好姐姐，你怎么瞧我的了呢。"宝钗被缠不过，因说道："也是个人给了两句吉利话儿，所以錾上了，叫天天带着，不然，沉甸甸的有什么趣儿。"一面说一面解了排扣，从里面大红袄上将那珠宝晶莹黄金灿烂的璎珞掏将出来。宝玉忙托了锁看时，果然一面有四个篆字，两面八字，共成两句吉谶。正面"不离不弃"四字；反面"芳龄永继"四字。

　　宝玉看了，也念了两遍，又念了自己的两遍，因笑问："姐姐这八个字倒真与我的是一对。"

宝钗抓住了宝玉配金锁这一重要的"锁链"，牢牢地将二者拴在一起，"比通灵金莺微露意"是一次成功的试探。

宝玉虽然深爱着林妹妹，但他还是提出了为什么林妹妹没有金锁的问题，可见宝钗这一手还是满灵验的。

林黛玉与贾宝玉之间的爱苗早已在"三生石畔"植入他们的心田。他们二人形影不离，"日则同行，夜则同息同止，真是言和意顺，略无参商"。但自从薛宝钗入贾府之后，宝黛之间的感情便有了裂纹，从此之后黛玉经常独自"垂泪"。"金玉"二字成了林黛玉拂之不去的心病。

宝钗为达目的，不择手段

在宝玉的眼里只有颦儿一人，宝玉爱黛玉，黛玉也爱宝玉。宝玉曾向黛玉吐露肺腑之言："任凭弱水三千，我只取一瓢饮。"宝黛之间的爱情是何等的坚贞专一。他们之间的爱情在大观园里也是一个公开的秘密，连贾琏的小厮也很清楚，将来宝二奶奶"准是林姑娘定了的"。对如此敏感的问题，身为黛玉"情敌"的薛宝钗能不知道吗？可以肯定，她不仅知晓，而且比其他人更清楚。既然知道宝黛二人相爱得你死我活，为什么还要从中插一杠呢？这是极不道德的行为，用现代话说，宝钗就是"第三者"。

当宝玉被父亲贾政打得卧床不起时，作者写道：只见宝钗手里托着一丸药走进来，向袭人说道："晚上把这些药用酒研开，替他敷上把那淤血的热毒散开，可以就好了。"说毕，递与袭人，又问道："这会子可好些？"宝玉一面道谢，说："好了。"

宝钗见他睁开眼说话，不像先时，心中也宽慰了好多，便点头叹道："早听人一句话，也不至今日。别说老太太，太太心疼，就是我们看着，心里也疼。"刚说了半句又咽住，自悔说话急了，不觉的就红了脸，低下头来。宝玉心里听得这句话如此亲切稠密，大有深意，忽见他又咽住不往下说，红了脸，低下头只管摆弄衣带，那一种娇羞怯怯，非可形容得出者，不觉心中大畅，将疼痛早丢在九霄云外，心中自思："我不过挨过几下打，他们一个个就有这些怜惜悲感之态露出，令人可玩可观，可怜可敬。"

宝钗亲自送疗伤药殷殷叮嘱袭人如何为宝玉敷药，见宝玉被打的惨状由不得"眼圈红了"，不慎脱口而出的亲昵话让她红了脸，那欲言又止的娇羞模样弄得宝玉又胡思乱想起来。作者入木三分的描述，引起读者多少遐想！究竟是"不慎脱口而出的亲昵话"，还是宝钗迫不及待地在宝玉面前袒露自己的心迹？我认为宝钗在这里不仅把自己对宝玉的痴情毫无掩饰地传递给了宝玉，还生怕不能引起宝玉的注意，于是在行动上，宝钗不仅"红了脸"，而且还低下了头，只管摆弄衣带，宝钗这一连串的表现让宝玉不仅觉得"这话如此亲切稠密"，而且"大有深意"，那欲言又止的娇羞模样惹得宝玉胡思乱想起来。宝玉睡在床上，宝钗竟毫不避嫌地坐在旁边为他缝衣。此事假如发生在今天，绝对不会有人说三道四。但问题是二百多年前封建社会的中国，宝钗此举不合时宜，一旦被林妹妹撞见，不知她又要哭出多少眼泪。此时的薛宝钗，平日里"稳重和平"、"品格端庄"、"随分守时"的贤德却荡然无存！现在的宝钗与平日里的宝钗判若两人，为了追宝玉，为了能登上宝二奶奶的宝座，薛宝钗挖空心思，不择手段。

宝玉在睡梦中脱口而出："和尚道士的话如何信得？什么是金玉良缘，我偏说木石前盟。"宝钗当时便"不觉怔了"。有朋友在网上撰文说"不觉"二字用得好，可见宝钗精神上受到何等的打击和震撼！宝玉的梦呓彻底粉碎了宝钗的一线希望，再次向宝钗表明"自己所爱的人是黛玉，而不是宝钗。"原本事情可以到此了结，但宝钗并不死心，大有不达目的不罢休的劲头。从宝玉这头进攻受阻，宝钗另辟蹊径，迂回再战。前文提到宝钗深知"父母之命"在儿女的婚姻中的决定性作用。她从进大观园那天起，时时处处，无论言语和行动都要讨得贾府内当权者和能够起作用的每一个人的欢心。只有这样，她的目的才能达到，才有希望登上宝二奶奶的宝座。

作者在第二十二回写道：

贾母因说："等过了你姐姐的生日，看了戏再回去。"史湘云听了，只得住下。贾母问宝钗爱听何戏？爱吃何物等语。宝钗深知贾母年老，喜热闹戏文，爱吃甜烂之食，便总依贾母往日素喜者说了出来，贾母更加欢悦。

这一细节的描述历来都是人们评价薛宝钗是非焦点之一，笔者认为由于宝钗的动机不纯,心术不正,导致其行为遭质疑,宝钗只有彻底放弃觊觎宝二奶奶宝座。人们才能接受对宝钗举止的正面评价。有人要翻千古冤案,要为敬老爱老的薛宝钗讨回公道。甚至有朋友认为宝钗是民族优良传统的传承者,宝钗的举止是人们效仿的楷模!也有朋友在网上疾呼谁在诋毁扭曲薛宝钗?!不管言辞多么激烈,也不管你用何等华丽辞藻来美化薛宝钗都无法掩盖其"内心藏奸"之嫌。

宝钗此招果然得到"立竿见影"的效果。第八十四回贾母与薛姨妈聊天,不知是有意还是无意,对薛宝钗、林黛玉作了如下分析和评价:

> 林丫头那孩子倒罢了,只是心重些,所以身子就不大很结实了。要赌灵性儿,也和宝丫头不差什么;要赌宽厚待人里头,却不济她宝姐姐有担待,有尽让了。

> 我看宝丫头性格儿温厚和平,虽然年轻,比大人还强几倍。前日那小丫头子回来说,我们这边还都赞叹了她一会子。都像宝丫头那样心胸儿脾气,真是百里挑一的。不是我说句冒失话,那给人家做了媳妇儿,怎么叫公婆不疼,家里上上下下的不宾服呢。

贾府内最高当权者贾母几经权衡比较,宝玉的婚事初步定局。在贾母眼里,一个百里挑一,一个由于心重身子不大结实;一个宽厚待人,一个不及宝姐姐有担待有尽让了……

宝钗的努力没有白费,奉承讨好贾母是宝钗的强项,早在第三十五回写道:

> 宝钗一旁笑道:"我来了这么几年了,凤丫头凭她怎么巧,也巧不过老太太去。"

贾母听得宝钗这一席话,不知心里有多得意,多舒畅。贾母从心底里更加喜欢上了薛宝钗。就在宝钗说完这些话的后面,贾母再次夸奖宝钗:

> 贾母道:"提起姊妹,不是我当着姨奶奶的面奉承,千真万真,从我们家四个女孩子算起,全不如宝丫头的。"

在贾母心目中对宝钗的评价已经凌驾于林黛玉、迎春、探春和惜春之上。宝钗步步逼近"宝二奶奶"宝座。宝钗吹捧、讨好贾母换取贾母的欢心,其目的一目了然。薛宝钗清楚,仅仅讨得贾母欢心,那是不够的,她还要千方百计靠近王夫人,能否得到她的认可,事关能否最终登上"宝二奶奶"宝座的关键之一。

当宝钗从一个老婆子嘴里得知,金钏儿跳井死了,她即刻撇下与她聊天的袭人,忙到王夫人处来安慰。宝钗听得王夫人胡乱编造金钏儿死因后,作者写道:

> ……宝钗叹道:"姨娘是慈善人,固然这么想。据我看来,他并不是赌气投井。多半他下去住着,或是在井跟前憨玩,失了脚掉下去的。他在上

头拘束惯了,这一出去,自然要到各处去玩玩逛逛,岂有这样大气的理!纵然有这样大气,也不过是个糊涂人。也不为可惜。"王夫人点头叹道:"这话虽然如此说,到底我心不安。"宝钗叹道:"姨娘也不必念念于兹,十分过不去,不过多赏他几两银子发送他,也就尽主仆之情了。"王夫人道:"刚才我赏了他娘五十两银子,原要还把你妹妹们的新衣服拿两套给他妆裹。谁知凤丫头说可巧都没什么新做的衣服,只有你林妹妹做生日的两套。我想你林妹妹那个孩子素日是个有心的,况且他也三灾八难的,既说了给他过生日,这会子又给人妆裹去,岂不忌讳。因为这么样,我现叫裁缝赶两套给他。……"口里说着,不觉泪下。宝钗忙道:"姨娘这会子又何用叫裁缝赶去,我前儿倒做了两套,拿来给他岂不省事。况且他活着的时候也穿过我的旧衣服,身量又相对。"王夫人道:"虽然这样,难道你不忌讳?"宝钗笑道:"姨娘放心,我从来不计较这些。"

作者通过这段王夫人与薛宝钗的精彩对话,让读者看到了这其中多少问题。

笔者不妨分析如下:

1. 宝钗为王夫人开脱罪状说:"多半他下去住着,或是在井跟前憨玩,失了脚掉下去的。他在上头拘束惯了,这一出去,自然要到各处玩玩逛逛。"宝钗把金钏儿被王夫人撵出大观园后,万般无奈跳井自杀,说成是不慎失脚而跌入井里淹死的。经宝钗这么一说,王夫人、贾宝玉,何罪之有!这完全是金钏儿个人行为,与王夫人、宝玉做了彻底的切割。至于王夫人赏银、赏衣,那是王夫人的"慈悲心肠","流泪与不安"那是王夫人"宽仁慈厚"的再现!一桩人命案,经宝钗这么颠倒黑白的编造,把王夫人的罪过推得一干二净,其不仅无罪,而且是个"慈悲心肠"、"宽仁慈厚"之人!宝钗为了自己能做宝二奶奶,竟颠倒黑白,就连人命关天之事也敢信口雌黄!

2. 宝钗接着推论,金钏儿"岂有这样大气的理!纵然有这样大气,也不过是个糊涂人。也不为可惜。"前面宝钗认为金钏儿不是跳井,而是贪玩,不慎跌入井里而死。现在,宝钗又说,即使是"赌气"而跳井,也不过是糊涂人,也不为可惜。说白了,无论原因是前者还是后者,金钏儿之死,都是金钏儿之错。前者是"大意",后者是"小心眼"。试问,金钏儿的"大气"乃至跳井,是谁造成的?不正是被王夫人的骂、打、撵的结果吗!"也不为可惜"充分表明在薛宝钗的眼里一个小小的丫头生命毫不足惜。她接着为王夫人出主意道:"姨娘也不必念念于兹,十分过不去,不过多赏他几两银子发送他,也就尽了主仆之情了。"逼死一个人,赏几两银子就打发了。

薛宝钗完全站在了统治阶级的立场上,充当地主剥削阶级的帮凶!其"内心藏奸"再次充分暴露！在对待金钏儿之死的问题上，就连逼死金钏儿的恶贯满盈、数条命案在身的王夫人，尚能佯装内疚，流泪与不安。薛宝钗的表现连王夫人都不如！在对金钏儿之死问题上宝钗的狠毒，比王夫人有过之而无不及！她一味地讨好未来的婆婆，昧着良心，歪曲真相，颠倒黑白，偷天换日，欲盖弥彰，假仁假义。平日里"罕言寡语"、"安分守时"、"品格端庄"、"稳重和平"，今何不见踪影？往日里，那些下人都说她好，她很得人心，很会做人。但此时的宝钗完全变为另一个人。其行为怎么不招来广大读者的抨击和质疑！人们既无诋毁她，也无扭曲她！更谈不上什么"红学史上的千古冤案"，她为开脱王夫人逼死金钏儿的罪责，不遗余力！王夫人心知肚明，心领神会。宝钗再次铺平通往"宝二奶奶"的宝座之路！他离终极目标近在咫尺！为了实现这一目标，宝钗不择手段，直接给"宝黛"爱情带来致命的威胁和打击！宝黛婚姻面临着危机，面临着生与死的考验！

钗嫁黛死

第九十六回当黛玉从一个丫头口里得知，宝玉娶的是宝钗时，作者写道：

> 那黛玉此时心里竟是油儿酱儿糖儿醋儿倒在一处的一般，甜苦酸咸，竟说不上什么味儿来了。……那身子竟有千百斤重的，两只脚却像踩着棉花一般，早已软了。只得一步一步慢慢地走将来。走了半天，还没到沁芳桥畔，原来脚下软了。走得慢，且又迷迷痴痴，信着脚从那边绕过来，更添了两箭地的路。……只见黛玉颜色雪白，身子晃晃荡荡的，眼睛也直直的，在那里东转西转。

在这里作者以极为细腻的手法描绘了黛玉获悉不幸消息后的痛苦表现。她唯一的希望顷刻之间破灭了，多少年来她与宝玉共同培育的爱情之花瞬间凋谢，她的心灵遭受到前所未有的打击。她的精神震撼也是空前的，这消息对黛玉来说，简直天崩地陷！她与宝玉的爱情在黛玉的眼里比生命还重要，是爱情维系着其生命得以延续，是爱情激励着她顽强地与各种恶势力抗争！"宝黛爱情"一旦破灭，其生命也将随之走向终点。然而"宝黛爱情"不仅受到封建礼教的压制；而且宝钗明里暗里的介入，加速了"宝黛爱情"走向终结，也加速了黛玉的死亡。有人说："如果黛玉死于宝钗嫁给宝玉之前，那么黛玉之死就与宝钗无关。"笔者认为：黛玉无论死于宝钗嫁给宝玉之前还是之后，宝钗对黛玉之死都难逃干系。早在第八十七回里，写雪雁、紫鹃在那里传说宝玉已经订婚，黛玉一听，"如同将身子搁在海里一般"，自己打算"不如早些死了，免得眼见了意外的事情"，又想到自己没了爹娘的苦，自今以

103

后,把身子一天天的糟蹋起来,"被子也不盖,衣也不添"。她有意糟蹋身子,只求早死。

第九十六回,当紫鹃又催道:"姑娘回家去歇歇罢。"黛玉道:"可不是,我这就是回去的时候儿了。"一语双关,暗示"无常"将到,死亡即将来临。

第九十七回"宝钗出闺成大礼"时写道:

> 一时大轿从大门进来,家里细乐迎出去,十二对宫灯,排着进来,倒也新鲜雅致。傧相请了新人出轿。宝玉见新人蒙着盖头,喜娘披着红扶着。下首扶新人的你道是谁,原来就是雪雁。宝玉看见雪雁,犹想:"因何紫鹃不来,倒是他呢?"又想道:"是了,雪雁原是他南边家里带来的,紫鹃仍是我们家的,自然不必带来。"因此见了雪雁竟如见了黛玉的一般欢喜。傧相赞礼,拜了天地。请出贾母受了四拜,后请贾政夫妇登堂,行礼毕,送入洞房……

第九十八回写道:

> 宝玉成家的那一日,黛玉白日已昏晕过去,却心头口中一丝微气不断,把个李纨和紫鹃哭得死去活来。到了晚间,黛玉却又缓过来了,微微睁开眼,似有要水要汤的光景。此时雪雁已去,只有紫鹃和李纨在旁。紫鹃便端了一盏桂圆汤和的梨汁,用小银匙灌了两三匙。黛玉闭着眼静养了一会子,觉得心里似明似暗的。此时李纨见黛玉略缓,明知是回光返照的光景,却料着还有一半天耐头,自己回到稻香村料理了一回事情。
>
> 这里黛玉睁开眼一看,只有紫鹃和奶妈并几个小丫头在那里,便一手攥了紫鹃的手,使着劲说道:"我是不中用的人了。你服侍我几年,我原指望咱们两个总在一处。不想我……"说着,又喘了一会子,闭了眼歇着。紫鹃见他攥着不肯松手,自己也不敢挪动,看他的光景比早半天好些,只当还可以回转,听了这话,又寒了半截。半天,黛玉又说道:"妹妹,我这里并没亲人。我的身子是干净的,你好歹叫他们送我回去。"说到这里,又闭了眼不言语了。那手却渐渐紧了,喘成一处,只是出气大入气小,已经促疾得很了。……
>
> 探春、紫鹃正哭着叫人端水来给黛玉擦洗,李纨赶忙进来了。三个人才见了,不及说话。刚擦着,猛听黛玉直声叫道:"宝玉,宝玉,你好……"说到"好"字,便浑身冷汗,不作声了。紫鹃等急忙扶住,那汗愈出,身子便渐渐地冷了。探春、李纨叫人乱着拢头穿衣,只见黛玉两眼一翻,呜呼,香魂一缕随风散,愁绪三更入梦遥!

当时黛玉气绝,正是宝玉娶宝钗的这个时辰……只听得远远一阵音乐之声,侧耳一听,却又没有了。探春、李纨走出院外再听时,唯有竹梢风动,月影移墙,好不凄凉冷淡!

作者详细描述了"钗嫁黛死"的经过。笔者认为除此之外,还有以下几点值得大家思考:

1."黛玉气绝,正是宝玉娶宝钗的这个时辰"(笔者对"钗嫁黛死"之说,持有不同看法,在本书另一章节做专门论述)。黛玉之死作者一针见血地点明与钗嫁有关。

黛玉之死,正是因为宝玉娶宝钗所致!"一嫁一死"且"发生在同一时辰",充分表明,黛玉之死与钗嫁有直接关系,同时也是封建礼教所致。

薛宝钗所作所为,无论是主观的,还是客观的,给"宝黛爱情"所带来的伤害无论是直接的,还是间接的,都无法摆脱人们对其行为的质疑和谴责!

2. 第九十八回,有一处是贾母对宝钗说到林黛玉之死:

"我的儿,我告诉你,你可别告诉宝玉。都是因你林妹妹,才叫你受了多少委屈。你如今做媳妇了,我才告诉你。这如今你林妹妹没了两三天了,就是娶你的那个时辰死的。如今宝玉这一番病还是为着这个。你们先都在园子里,自然也都是明白的。"宝钗把脸飞红了,想到黛玉之死,又不免落下泪来。

"把脸飞红了"是种羞态,然而,此时此刻的薛宝钗已不是害羞之状。贾母的话点出你们先都在园子里,是知道宝玉和林丫头二人之间的关系的。聪明的薛宝钗当然听得出贾母话中的弦外之音指的是什么。薛宝钗明知"宝黛正热恋中",自己还要从中插一脚,这是很不道德的,因此薛宝钗"把脸飞红了"。此时的宝钗不知是否因良心受到谴责而感内疚,还是因为过去自己所作所为导致林黛玉之死而悔恨。过去有人认为宝钗追宝玉何错之有,问题是宝钗明知别人有了心上人,你还要插足,致使出了人命这就无法原谅了。我认为宝钗现在落泪的主要原因是:黛玉之死与己脱不了干系;几年来的努力,如今虽然如愿以偿,终于登上了梦寐以求的宝二奶奶的宝座。但一百〇六回写道:"宝钗更有一层苦楚……翁姑虽然无事,眼见家业萧条;宝玉依然疯傻,毫无志气。想到后来终身,更比贾母、王夫人哭得更痛。"

早知今日,何必当初。这才是宝钗落泪的真正原因。

至此,难道还有朋友觉得黛玉之死与宝钗无关吗?就连宝钗自己都"把脸飞红了","想到林黛玉之死,又不免落下泪来"。当事人尚且心知肚明,而我们局外人还在为宝钗打抱不平,喊冤叫屈,声称还宝钗一个公道,试问如此评判对黛玉公平吗?

九泉之下的林妹妹能死得瞑目吗？

第九十八回写道：

> 猛听黛玉直声叫道："宝玉，宝玉，你好……"说到"好"字，便浑身冷汗，不做声了……

作者以十分逼真细腻的手法，描述了林黛玉临终前的情形，她以惊人的毅力，浑身的心力，呼喊出了"宝玉，宝玉，你好……"的绝句，她以此为生命画上了句号。简单的六个字，道出了黛玉对宝玉至死不渝的爱情绝唱，令多少读者潸然泪下！人们同情黛玉，为"宝黛爱情"以悲剧落幕而捶胸顿足！对那些百般阻挠、破坏"宝黛婚姻"的人表示无比的愤恨！人们扬善嫉恶的社会公德得以传承。这时宝钗成为人们质疑和谴责的对象是很正常的。宝钗既是封建社会的维护者，又是封建社会的殉葬品；宝钗既是封建社会的淑女典型，又是封建社会的受害者！

林黛玉死于心病加痨病吗

《红楼梦》问世二百多年来，林黛玉究竟是怎么死的，众说纷纭，其争论有增无减，呈现百家争鸣的繁荣态势。

林黛玉怎么死的？这不仅是红学界热衷探究的问题；也是千百万读者所关心的热点问题之一。曹公早在第三十二回就提及林黛玉的病情：

> 况近日每觉神思恍惚，病已渐成，医者更云气弱血亏，恐致劳怯之症。
> 你我虽为知己，但恐自不能久待；你纵为我知己，奈我薄命何！想到此间，
> 不禁滚下泪来。

这时黛玉的病比过去又加重了许多，她的病自幼就已缠身，自从她会张口吃饭开始，便大把大把的吃药。流泪、吃药和作诗，始终陪伴着林黛玉短暂的一生。

林黛玉听到贾宝玉在人前一片私心称扬自己时，不觉又喜又惊，又悲又叹。在同回书里写道：

> 所喜者，果然自己眼力不错，素日认他是个知己，果然是个知己。所
> 惊者，他在人前一片私心称扬于我，其亲热厚密，竟不避嫌疑。所叹者，你
> 既为我之知己，自然我亦可为你之知己矣，既你我为知己，则又何必有金
> 玉之论哉；既有金玉之论，亦该你我有之，则又何必来一宝钗哉！所悲者，
> 父母早逝，虽有铭心刻骨之言，无人为我主张。

林黛玉庆幸自己把宝玉视为知己，事实证明宝玉并没有欺骗自己。今日又在人前一片私心称扬自己，深感无比欣喜。林黛玉把她与贾宝玉的爱情看着比生命

还重要。她生怕宝钗介入,渴望自己与宝玉的爱情能够地久天长！但联想到自己身上的病,"你我虽为知己,但恐自不能久待;你纵为我知己,奈我薄命何！想到此间,不禁滚下泪来"。当她想到病魔缠身,心情急转直下,由喜转悲。她不能失去宝玉,她也不能没有爱情,她热爱生活,向往未来,憧憬着美好的明天！但这一切都将随着"病已渐成"而变得渺茫。林黛玉最为担心的就是有一天她会失去这一切。心病、痨病时刻折磨着这位花季少女的心。

第三十四回曹公继续写道:

> 林黛玉还要往下写时,觉得浑身火热,面上作烧。走至镜台揭起锦袱一照,只见腮上通红,自羡压倒桃花,却不知病由此萌。

> 黛玉近日又复咳嗽,觉得比往常又重。宝玉来望他,黛玉道:"不中用,我知道我的病是不能好的了。今年比往年反觉又重似的。"说话间,已咳嗽了两三次。

第九十六回:

> 只见黛玉身子往前一栽,哇的一声,一口血直吐出来。

第九十七回:

> 见黛玉颜色如雪,并无一点血色,神气昏沉,气息微细。半日又咳嗽了一阵,丫头递了痰盒,吐出都是痰中带血的。

纵观林黛玉病情的发展,是属循序渐进的过程。她所表现出来的浑身乏力、神经衰弱、腮上通红、神思恍惚、发烧、失眠、咳嗽、痰中带血、气喘、气短、吐血等症状,无一不属痨病征象。按现代医学临床观察,林黛玉之病,是属肺病的晚期。不言当年落后的医疗,无法治好林妹妹的病;即使医学空前发达的今天,面对如此一个痨病晚期患者,治愈其病也非易事。

以此看来,林黛玉迟早死于心病和痨病是不争的事实。既然如此,黛玉之死不就可以画上句号了吗？但问题并非这般简单。笔者认为以上所言,还不足以说明林黛玉最终是怎么死的。

当下对黛玉之死较为普遍的说法有以下几种:

1. 钗嫁黛死

高鹗先生关于"钗嫁黛死"之说,有违曹雪芹对黛玉设计初衷,显然是高鹗文学艺术创作的需要。他以这种极其感人的结局,很能打动读者的心,不仅写得凄婉动人,而且把人们无限同情黛玉的情感提升到极致,因而很能被人所接受。但当激情过后,再冷静思索,不难发现"钗嫁黛死"之说存在许多问题。按高鹗第九十八回写道:

107

当时黛玉气绝，正是宝玉娶宝钗的这个时辰。

人们皆知，肺病是属慢性病，它不同于心脏病，气急之下容易猝死；心病更不容易说死就死，气极之下顶多昏厥过去，虽然人们常言"气死"，但真正因气而猝死谁见了？此几率少之又少。因此笔者认为，林黛玉之死与钗嫁发生在同一时辰的说法不大可信，除非黛玉在钗嫁时自杀。只有在这种情形下，"钗嫁黛死"才能被更多读者所接受。

2. 被小人用药害死

有人推断黛玉是被小人用药害死的。持这种观点者，其依据是第三回贾母让人给黛玉配药，脂砚斋在此批语：

为后莒菱伏脉。

最后是莒、菱为了满足赵姨娘和贾环打击宝玉，故意配错了药，导致黛玉服药致死。

此推断难以令人信服，显得如此牵强。试问：莒、菱与赵姨娘究竟是什么关系？仅仅为了赵姨娘的一时痛快，竟冒杀人之罪去害死一个与己无冤无仇的弱女子。这值得吗？于情于理都说不通。现在只能推断赵姨娘雇凶杀人，尽管赵姨娘有过不惜花钱让马道婆作邪法，致使凤姐和宝玉得邪病的前科。但这事前前后后都被作者一一记录在案；而这次赵姨娘竟雇凶杀人，此行为已构成谋杀罪，远比前者严重，如此大案，作者本应有大手笔加以描写，奇怪的是，怎不见作者提及，难道忘了交待吗？

第八十九回，写雪雁、紫鹃在那里传说宝玉已经订婚，黛玉一听，"如同将身撂在海里一般"，自己打算"不如早些死了，免得眼见了意外的事情"，"又想到自己没了爹娘的苦。自今以后，把身子一天天的糟蹋起来"，"被也不盖，衣也不添"，只求早死。

在这种精神状态下的林黛玉还肯继续服药吗？因此黛玉死于莒、菱故意配错药的可能性不大。那么，林黛玉究竟是怎么死的？请看"沉湖之死"与"玉带林中挂"。

"沉湖之死"与"玉带林中挂"（一）

几年前,刘心武先生根据"冷月葬花魂"推论林黛玉是沉湖而死。

"冷月葬花魂",他解释说:"就是湖心倒映着寒月,而如花美眷,就沉入湖中,魂销魄散。"

人们不禁要问:这夜的"冷月"怎么只照湖,别的地方就照不到了吗？这点很重要,决定该命题是多项选择题还是单项选择题,林黛玉除了沉湖之外,难道就没有别的选择吗？而且林黛玉要寻死,连怎么死的选择余地都没有,"沉湖"竟成了林黛玉唯一的选择。

"冷月葬花魂"就其字面解释大意是:"林黛玉死于一个深秋月夜"。看不出黛玉之死与湖有什么关系。

《蔡义江解读红楼》一书 2005 年由漓江出版社出版,其中有一章节对"冷月葬花魂"作了专题解读。蔡先生在文后特附有:"此文与林冠夫先生合作。"笔者反复细读,依然读不出黛玉之死与湖有关。而我却在蔡先生的《曹雪芹笔下的林黛玉之死》读到以下文字:

"八十回后,贾府发生重大变故——'事败,抄没'。宝玉遭祸离家,淹留于'狱神庙'不归,很久音讯隔绝,吉凶未卜。黛玉经不起这样的打击,急痛忧忿,日夜悲啼,终于把她衰弱生命中的全部炽热的爱,化为泪水,报答了她平生唯一的知己宝玉。"

蔡先生的观点很明确,黛玉泪尽人亡。黛玉之死同样与湖无关。

刘心武先生关于"黛玉沉湖而死",他的依据还有,元春省亲那一段,写到演了四出戏,第四出是《牡丹亭》里的《离魂》,其实就是第二十出《闹殇》,脂砚斋批语说,这是伏黛玉之死。戏中有两句是:"人到中秋不自由,奴命不中孤月照,残生今夜雨中休！"除此之外就是:

迎春出嫁后,宝玉天天到紫菱洲一带徘徊。脂砚斋在这个地方批道:先为对景悼颦儿做引。

刘心武先生进一步写道:

请大家注意,我一再地使用着一个概念,就是沉湖。我没说投湖,投湖是站在

109

岸上,朝湖里跳,一个抛物线,咕咚掉下去,动作急促,非常惨烈。黛玉不会是那样的,她是沉湖,就是慢慢地从湖边朝湖心方向一步步走去,让湖水渐渐地淹没自己。黛玉她活着时,是诗意的生活,她死去时,也整个是在写一首诗,一首凄婉的诗。这是一个把生死都作为行为艺术来处理的诗性女子。

如此诗情画意的描写,月光下美丽动人的林黛玉背影,一步步走向湖心,湖水渐渐淹没美人儿的身影,倘能再配悲曲相随,这岂止是一首凄婉的诗,简直是一幅感天动地、荡气回肠、催人泪下的人间生死别离的画卷!

这些极其生动而优美的描写,只是刘心武先生大胆推论和自我遐想,都不足以说明林黛玉是沉湖而死的事实。

笔者对脂砚斋的批语历来不敢有丝毫马虎,前文刘先生虽有两处引脂砚斋关于黛玉之死的"批语",经反复研读,不仅读不出"脂批"有关黛玉是"沉湖而死"的文字记录,而且也没有关于黛玉之死与湖有关的暗示。于是笔者对刘先生关于"黛玉沉湖之死"的推论产生种种质疑。

疑点一:

怎样才能判断黛玉是沉湖而死、投湖而死,还是不慎跌入湖中溺亡。要做出正确无误的结论,别说二百多年前难以做到,即使二百多年后的今天,恐怕也不是一件容易的事。除非湖四周装有摄像头(曹雪芹时代不具备如此高科技)。除此之外,还有一种可能,那就是在黛玉沉湖时,有人窥视了黛玉寻死的全过程,称其为"第一目击者"。假设真有这个目击者,他看着黛玉慢慢地走向湖心,走向死亡,为何见死不救?除非有深仇大恨,否则不合情理。

刘先生推论黛玉死于沉湖,写来如同目击者般细腻而周详;文笔娴熟而动人;场面凄婉而哀怜!刘先生反反复复强调:黛玉是沉湖,不是投湖,投湖有一个抛物线,沉湖则没有这个抛物线。……刘先生如此大胆遐想的依据是什么?相关史料能否经得起推敲?

疑点二:

众所皆知,大观园中所有湖、塘景点均为人工挖凿。这种人工湖不同于游泳池,更不同于海边的沙滩,并没有斜坡。只有具备这种坡度,黛玉才有可能慢慢地、一步步地走向湖心,湖水慢慢地淹没了黛玉的身体。这种人工湖连最起码的斜坡都没有,林黛玉沉湖何以实现?退一步,即使湖中具备斜坡,试问:这湖底的淤泥究竟有多厚?刘心武先生也曾这样描述过黛玉的病态:

"从人间凡人的角度来看,黛玉体弱多病,第三回她一出场,就是那么一种身体面貌怯弱不胜的状态,她的不足之症,是一望而知的。"

如此体弱多病的林黛玉,一旦身陷淤泥,岂能如履平地? 又怎能实现一步一步地走向湖心,湖水慢慢淹没她美丽而动人的玉体?

疑点三:

刘心武先生引脂批,一处是《闹殇》一出戏里有两句:"人到中秋不自由,奴命不中孤月照,残生今夜雨中休!"脂砚斋批语说,这是伏黛玉之死。在这里,任你如何细读,也读不出脂砚斋在这里暗示读者,黛玉将死于沉湖。

刘先生引另一条脂批是:

第七十九回,写迎春出嫁后,宝玉天天到紫菱洲一带徘徊。脂砚斋在这个地方批道:"先为对景悼颦儿做引。"很可能,黛玉沉湖的具体位置,就是大观园里的紫菱洲。

迎春出嫁前常与宝玉等在紫菱洲一带玩耍。如今宝玉想念已出嫁的迎春,天天徘徊于紫菱洲一带。为此脂批道,先为对景悼颦儿做引。宝玉到紫菱洲一带徘徊,不等于黛玉就一定选择沉湖而死。因为紫菱洲一带,除了湖水外,周围还有很多假山树木,这些都为黛玉如何寻死提供更多的选择。脂批:"先为对景悼颦儿做引"。并没有表明黛玉是沉湖而死。或许黛玉死于紫菱洲一带的林子里,假山里,也不是不可能,日后想念她的人,可到紫菱洲一带碧绿的竹林凭吊死者也未尝不可。这是我对"先为对景悼颦儿做引"的理解。

"对景悼颦儿",这里至少包含三层意思:

其一,黛玉死时宝玉确实不在身边,否则,如在府中,断不会不去立刻祭奠,那就不是"对景悼颦儿"了,而是哭别林妹妹了。

其二,之所以用"对景悼"的"悼",有一个典故,古时候丧妻才称为"悼亡",这就说明宝黛生前确已私订婚约,而宝玉已将黛玉视为亡妻来悼了。

其三,没有灵堂,没有灵枢,尸体早已被"化了",而宝玉只能对着潇潇瑟瑟的竹"景"来痛悼舍他而去的林妹妹了。世间还有什么比这更让人痛断肝肠的?①

这里"对景"二字并不能说明宝玉是对湖水凭吊颦儿,宝玉面对潇潇瑟瑟的竹"景"满怀深情地痛悼舍己而去的林妹妹,仅以"对景悼颦儿"五个字就认定黛玉是沉湖而亡,实在有些牵强之嫌!

疑点四:黛玉果真沉湖而死吗?

笔者认为沉湖并非黛玉生前的愿望。大家还记得:第二十三回写林黛玉独自一人来到沁芳闸桥旁的桃花林下,"肩上担着花锄,锄上挂着花囊,手内拿着花帚"

111

_____

① 引自要力石《红楼梦经典释义 800 题》,中国书籍出版社,2007 年,第172 页

在"扫花"、"葬花"。当宝玉说把花扫起来撂在水里时，黛玉说道：

"撂在水里不好。你看这里的水干净，只一流出去，有人家的地方脏的臭的混倒，仍旧把花糟蹋了。那畸角上我有一个花冢，如今把他扫了，装在这绢袋里，拿土埋上，日久不过随土化了，岂不干净。"

花儿在黛玉眼里是何等鲜艳美丽，是一次生命的绽放，岂能受到任何污染和糟蹋！黛玉特别忌讳渠沟中的污淖。这地方是很脏的，美丽的鲜花、无比珍贵的生命岂能与之同流合污？应该把落花扫在一起，装在事先预备好的绢袋里，拿土埋上，日久不过随土化了，岂不干净。这不仅是对葬花过程的具体要求，不也是对自己身后事如何处置的一种愿望吗？

第二十七回："埋香冢飞燕泣残红"写黛玉在花冢前一面哭一面诵她的《葬花辞》：

花谢花飞花满天，红消香断有谁怜？

……

明媚鲜妍能几时，一朝漂泊难寻觅。

花开易见落难寻，阶前闷杀葬花人。

这些诗句，充分表达了黛玉对生命之美且短暂的无比感伤情怀。

在这里黛玉进一步写道：

尔今死去侬收葬，未卜侬身何日丧？

侬今葬花人笑痴，他年葬侬知是谁？

试看春残花渐落，便是红颜老死时。

一朝春尽红颜老，花落人亡两不知！

《葬花辞》因花而情动，因情动而成章，她发出"天尽头，何处有香丘？"的天问！黛玉苦苦寻遍大地苍穹，希望能找到一块神驰而向往的净土。黛玉寻觅"香丘"何用？她作了十分直白的回答：

"未若锦囊收艳骨，一抔净土掩风流。质本洁来还洁去，强于污淖陷渠沟"。

当人们读到这里时，再也分不清诗人是在葬花还是在葬人，是在悼花还是在自悼。黛玉是多么渴望自己死后，能有一堆净土来掩埋自己干净而洁白的躯体，即"未若锦囊收艳骨，一抔净土掩风流。质本洁来还洁去，强于污淖陷渠沟"。

黛玉就是在百花凋落的暮春时节拟就这首葬花辞，借花喻己，来倾吐自己满怀的愁绪和无可名状的悲愤。

清人明义《题红楼梦》诗里说："伤心一首葬花辞，似谶成真不自知。"

黛玉这首抒情诗，实际上也是隐示其命运的谶语。她有如一朵馨香娇嫩的花朵,悄悄地开放,又在狂风骤雨中被折磨得枝枯叶败,从世界上悄悄消逝。为了能找到这块"香丘",但愿此刻我的臂下生出双翅,随着落花远远飞到天的尽头。可见她的信心多么坚定!她的理想和追求多么迫切!

梁归智在《石头记探佚》中则认为,从《枉凝眉》中"……怎禁得秋流到冬,春流到夏"来看,黛玉是从秋天开始大量流泪"还眼泪债"的。也就是说,宝玉是在秋天离开贾府的。那么贾宝玉为何离家?黛玉死时他又在哪里呢?梁归智不同意贾宝玉是被抓入狱,而是认为他"被迫从军去了"。宝玉秋天离家从军,黛玉次年春末泪尽而逝……黛玉之死还因为受到赵姨娘等人的"诬蔑诽谤"。此时贾母已死,她失去了有力的保护者,"因相思和受诬","还眼泪债"而死,因此"与贾家择媳并无直接关系"。梁归智此说的关键是宝玉从军,他的证据是第三十六回宝玉对袭人力斥"文死谏,武死战",第五十四回凤姐劝宝玉:"宝玉,别喝冷酒,仔细手颤,明儿写不得字,拉不得弓",以及第六十三回宝玉给芳官改番名,且大谈"匈奴"、"犬戎"为"中华之患"等。此外第二十八回作"女儿"酒令中有"女儿悲,青春已大守空闺;女儿愁,悔教夫婿觅封侯"。他认为这两句正是"指宝玉离家从军('觅封侯'),黛玉'想林姐夫'('守空闺')的后事"。"尽管这些细节和线索都可作为证据,但仔细分析又都觉得有点勉强。比如说'觅封侯'为什么不可以说别人而非指宝玉自己呢?……"

寄人篱下的林黛玉,时时感到怅惘、迷茫,环境铸就了她多情多感、多嗔多怒、多愁多泪的个性。她孤高自许,目下无尘,可又偏偏生活在荣国府这样一个"泥淖"、"沟渠"之中。她所热烈追求的,偏偏又是她所处的生活环境所不容许的,这就铸成了她悲剧性的命运。宝黛爱情最终走向破灭,黛玉万念俱灰。痨病、心病交加。泪水伴她走过春夏秋冬,日复一日,年复一年,泪枯之时,便是她生命的尽头。这时的她只求速速死去,唯一希望就是能寻得一块"香丘",用那净土掩埋风流,自己生本纯洁,死也纯洁,一尘不染,不愿让那洁净的躯体陷进烂泥、落入又脏又臭的渠沟。充分表现了黛玉不愿受辱被污、不甘低头屈服的孤傲不阿的鲜明性格!临死之前的黛玉,对如何结束自己的生命,一定有自己的选择,而且这种最终抉择,必定是慎重而认真、缜密而周全。

沉湖与投湖的结果,必然会使自己洁净的躯体陷入污泥、渠沟,这点黛玉是十分清楚的。舍"香丘"、"净土",投"污淖"、"渠沟",绝不是黛玉最终抉择。"黛玉沉湖说"从根本上违背了林黛玉生前的意愿。这种出尔反尔的选择绝非黛玉的性格!

综上所述,笔者认为,黛玉选择沉湖或投湖的可能性不大。刘心武先生关于黛玉沉湖说依据不足,难圆其说,不能令人信服。我们热切期待广大红学专家、学者以及红迷朋友,有新的、令人信服的研究成果早日问世。还黛玉如何之死的本来面目。

113

"沉湖之死"与"玉带林中挂"(二)

写实是《红楼梦》一大特色,也是曹雪芹明确的艺术追求。作者在这部著作的开篇,就郑重声明:

其间离合悲欢,兴衰际遇,俱是按迹循综,不敢稍加穿凿,致失其真。

所以无论作者写人写事,多是真的人、真的事,与浪漫主义的夸张、极度的理想化,以及讽刺小说的夸张变形,都有质的区别。鲁迅先生称道:"正因写实,转成新鲜。"

《红楼梦》中许多神采飞扬的人物,据说在当时作者生活的周围,还能找到其原形。那么,黛玉的原形又是谁呢? 我曾多次提到过这个人,她就是贾府从苏州买回的戏子竺香玉,小名红玉,故又叫竺红玉,艺名龄官。何以见林黛玉的原形来自竺香玉呢? 作者在第二十二回里做了十分详细的暗示:

……宝玉听了,喜得拍膝画圈,称赏不已,又赞宝钗无书不知。林黛玉道:"安静看戏罢,还没唱《山门》,你倒《妆疯》了。"说的湘云也笑了。于是大家看戏。

至晚散时,贾母深爱那做小旦的与一个做小丑的,因命人带进来,细看时益发可怜见。因问年纪,那小旦才十一岁,小丑才九岁,大家叹息一回。贾母令人另拿些肉果与他两个,又另外赏钱两串。凤姐笑道:"这个孩子扮上活像一个人,你们再看不出来。"宝钗心里也知道,便只一笑不肯说。宝玉也猜着了,亦不敢说。史湘云接着笑道:"倒像林妹妹的模样儿。"宝玉听了,忙把湘云瞅了一眼,使个眼色。众人却都听了这话,留伸细看,都笑起来了,说果然不错。

……林黛玉冷笑道:"问的我倒好,我也不知为什么缘故。我原是给你们取笑的,——拿我比戏子取笑。"宝玉道:"我并没有比你,我并没笑,为什么恼我呢?"黛玉道:"你还要比? 你还要笑? 你不比不笑,比人比了笑了的还厉害呢!"……

黛玉又道:"这一节还恕得。再你为什么又和云儿使眼色? 这安的是什么心? 莫不是他和我玩,他就自轻自贱了? 他原是公侯的小姐,我原是贫民的丫头,他和我玩,设若我回了口,岂不他自惹人轻贱呢。是这主意不是?这却也是你的好心,只是那一个偏又不领你这好情,一般也恼了。你又拿我做情,倒说我小性儿,行动肯恼。你又怕他得罪了我,我恼他。我恼他,与你何干?他得罪了我,又与你何干?"

雍正十二年二月十二日,是香玉十九岁寿日(在《红楼梦》中这一天是黛玉的生日),难道这是又一个无意的巧合,而不是作者的有意安排?作者如此浓墨重彩,不惜篇幅介绍一个小戏子,你不觉得这其中隐藏着某种玄机?作者在这一章回里起码传达着以下几个信息:

1. 宝玉听了龄官的演唱,喜得拍膝画圈,忘其所以,对龄官的表现称赏不已。宝玉的行为引起在旁的林黛玉的注意,黛玉道:"安静看戏罢,还没唱《山门》,你倒《妆疯》了。"联想到第三回,黛玉进大观园,宝玉第一次见到林妹妹时的情形,其忘情表现,二者何等相似乃尔!

2. 古时演戏的职业不仅低下,而且戏子多被人瞧不起。但不知读者注意到了没有,贾妃省亲时看了龄官演唱后,却大加夸奖:"龄官极好,再做两出戏。"龄官遂做了《相约》、《相骂》两出。贾妃甚喜,额外赏了两匹宫绸、两个荷包并金银锞子之类。这种特殊待遇不是一般戏子都能享受到的。

作为大观园里最高权威者贾母对龄官"细看时益发可怜见",还令人另拿些肉果与他,又另外赏钱两串。

王熙凤更是称其长相像黛玉。

为什么一个小小戏子,会引起大观园里上上下下主子们的如此关照与厚爱?其实是作者一次次在暗示读者注意:龄官不是一般戏子,而是作者塑造黛玉这一人物形象的生活原型。

3. 作者又是如何刻画黛玉和龄官呢?

第三回宝玉第一次见到林妹妹时写道:

　　　　两弯似蹙非蹙笼烟眉,一双似喜非喜含情目。态生两靥之愁,娇袭一身之病。泪光点点,娇喘微微。闲静时如姣花照水,行动处似弱柳扶风。心较比干多一窍,病如西子胜三分。

而对龄官则是这样形容其美貌的:

　　　　色艺双绝,性格倔强。人长得很美,眉蹙春山,眼颦秋水,面薄腰纤,袅袅婷婷,大有黛玉之态。

人们已经无法分辨二者之间异同,几乎达到克隆之程度。相貌这般相像,性格如此相近。类似黛玉与龄官两个人物描写这等贴近而相似,这在《红楼梦》几百号

115

人物中也是不多见的。足以是说明龄官不同寻常戏子的一种伏笔。

4. 黛玉的原型来自竺香玉的另一依据是,她俩的性格倔强十分相同,下面例子很能说明问题:

贾妃夸奖龄官演唱极好,再做两出戏。管戏班的贾蔷命她做《游园》、《惊梦》。龄官以此两出非本角之戏,拒绝演唱,后来龄官演唱曲目是《相约》、《相骂》两出。

龄官对宝玉从不奉承,有次宝玉想起《牡丹亭·惊梦》中的一支曲子来,到梨香院请龄官演唱,结果被龄官以嗓子哑了加以拒绝!

贾蔷为了讨好龄官,花钱买了一只名为玉顶儿、会衔旗串戏的鸟儿送给她玩。龄官见了并不领情,反倒不高兴地说:

> 你们家把好好的人弄了来,关在这牢坑里学这个还不算,你这会子又弄个雀儿来,也干这浪事!你分明弄了来打趣形容我们……

龄官的话表面看起来好像是在责备贾蔷,竟做出这等伤害感情的浪事来。其实龄官这段话,何不是黛玉内心苦楚的表白!

黛玉自幼失去双亲,寄人篱下,思亲与思乡使她有一种强烈的孤独感。正如刘耕路先生所云:虽然每日里锦衣玉食,却满足不了她对精神生活的追求;虽然有大观园众姊妹簪花斗草、吟诗作赋的热闹生活,却不能从根本上给她以感情上的慰藉;特别是虽有宝玉作为她志同道合的隐秘的情人,然而,就这"木石前盟",却时时受到来自宝钗的"金锁"和湘云的"金麒麟",即"金玉姻缘"之说的威胁。"一年三百六十日,风刀霜剑严相逼",这岂不是林黛玉对她所处的冷酷无情的生活环境发出无比愤怒的呐喊!她仿佛一只无助的"玉顶儿",被关在大观园这个"牢笼里"。

林黛玉在倔强方面的表现同样突出。第十五回写道:

> 世荣又将腕上一串念珠卸了下来,递与宝玉道:"今日初会,仓促竟无敬贺之物,此系前日圣上亲赐鹡鸰香念珠一串,权为贺敬之礼。"

宝玉以得到此种礼物为荣。宝玉为讨得黛玉欢心,就将这串念珠转赠平生所爱的黛玉。黛玉不仅不领情,而且还嫌弃道:"什么臭男人拿过的,我不要这东西!"掷还不取。宝玉只得尴尬收回。在这里黛玉不但不领宝玉的情,而且蔑视权贵的思想得以充分表现。如果说龄官不买的只是主子宝玉、贾蔷的账,那么黛玉不买的却是皇亲国戚的账。

林黛玉的原形来自曹雪芹身边的丫环竺香玉,其依据还有:

"1. 曹雪芹于康熙五十四年五月初三(1715 年 6 月 4 日)出生在金陵(南

京),谱名曹天佑(长大后取名曹霑,字梦阮,号雪芹)。他是曹颙的遗腹子,生母为马氏。

2. 雪芹七岁时曹家从苏州买来一班小戏子,其中有个六岁的女孩姓竺(竹)名香玉,小名红玉。

3. 雍正元年其生母薨逝后,曹家戏班解散,之后香玉与丫鬟蕙兰同时做了雪芹的伴读。在共同的生活与学习中,三人之间友谊颇深,并产生了爱情。

4. 雪芹十四岁(香玉十三岁)时,南京曹家被抄,曹颊带领全家进京领罪。

5. 雍正八年,雪芹十六岁,香玉十五岁时,清宫聘选才女、秀女,香玉被雪芹婶娘王氏认做女儿,以曹家小姐身份进宫应选,最终以才女身份进宫作了公主、郡主的入学陪侍。该年雍正亦选十七岁的汉族女子刘氏为贵人。

6. 雍正十年夏初,雍正纳十七岁(虚龄)的香玉为皇贵妃,十一年六月十一日香玉为雍正生下了皇子弘曕。

7. 雍正十三年八月二十二日夜,香玉、雪芹合谋用丹砂毒死了雍正帝。

8. 乾隆元年九月,香玉到北京香山卧佛寺旁的姑子庵出家为尼,带发修行,此后与雪芹在庵中了却情缘。

9. 乾隆九年雪芹中举,得官州同。十六年,香玉为雪芹生下一子。由于疑心此事泄露,自惊自怕,将孩子转移出去后香玉悬梁自尽,雪芹逃禅。后来此事以贼案处置,雪芹被宫中革除不用,其家被扫地出门,曹家自此一败涂地。

10. 事平后,雪芹还俗回到香山,与蕙兰重逢,找回了香玉所生之子,一家定居在香山。雪芹立志,要借助一部小说隐写这段历史。在曹公著书立说的过程中,得到了蕙兰的支持和帮助。"①

竺香玉上吊身亡,对曹雪芹犹如晴天霹雳,肝肠寸断。几多风风雨雨,你我携手同行;几多大起大落,你我身同感受;撕心裂肺的呐喊:是谁夺去了平生所爱之人的生命? 又是谁造成"千红一窟(哭),万艳同杯(悲)"的天问?

为纪念平生所爱之人——竺香玉,曹雪芹立志著书以泄胸中悒郁!

纵观竺香玉人生轨迹,读者惊奇地发现,曹公是何等信守开篇关于"其间离合悲欢,兴衰际遇,俱是按迹循踪,不敢稍加穿凿,致失其真"的诺言。

作者在塑造林黛玉(其原形竺香玉)这一形象时,同样"不敢稍加穿凿,致失其真"。对黛玉是如何来到人世间,又是怎样离开这个世界,作者当然是按竺香玉人生轨迹循踪,不敢稍加穿凿,致失其真。这就决定了黛玉只能是上吊身亡,

117

---

① 引自霍国玲等《红楼解梦》第三集,中国文学出版社,1997年,第9—10页

改为别种死法,都会从根本上违背了作者开篇诺言,也失去了作者著书是为纪念所爱之人的初衷。但是,高鹗在续书时对黛玉之死的描写,显然违背曹公的意愿。

作者在《金陵十二钗正册判词》中写道:

> 可叹停机德,堪怜咏絮才;
>
> 玉带林中挂,金钗雪里埋。

笔者认为《红楼梦》中的判词,是作者预先隐写小说人物的未来命运和结果。人们称其为谶语。

作者在这里如此直白地告诉读者:"玉带林中挂"。判词前面还画有两株枯木,显然暗指"林"字。这还不够明白吗?林黛玉是吊死于林中(与竺香玉之死相吻合)。

当下争议最大的莫过于"玉带林"三个字。将其倒过来便成了"林带玉",其谐音自然是"林黛玉"。

刘心武先生认为:黛玉把带子挂在树上,而后沉湖身亡。人们无法理解黛玉此举所要表达的意思。难道想通过这条带子,告诉寻找她的人我就死于附近。既然要沉湖,何须宽衣解带。此解不符逻辑。

还有人说什么:……这里的"玉"字没有着落,总不会是玉做的带子等等。

"玉带林"三个字,字字都有双重含义,"林"字既指树林子,又含黛玉的姓;"带"字既与"黛"字谐音,又指带子;"玉"字既指黛玉的玉,还指白色的古代官员所用的玉饰腰带。①

笔者认为,脂批提出的泪尽夭亡说,庚辰本有一条脂批,提到"颦儿之泪枯",这与"玉带林中挂"并不矛盾。

大家想想,一个生来柔弱的身材与善感的心灵,备受恶劣环境的折磨,寄人篱下的她,同时又与宝钗、湘云等竞争宝玉的爱情,"一年三百六十日,风刀霜剑严相逼"。黛玉厌恶人情世故的冷漠和无情,恨风刀霜剑,实际上是哀怜自己的际遇。泪水流尽,继之流以血,这是多么深沉的哀痛!致使其成为悒郁病,她除了以哭来发泄内心的忧郁和惆怅外,别无选择。一年春夏秋冬不停地哭,不停地流泪,最后泪也干了,心也碎了。如今既然不能与心上人成婚,唯一支撑她生命的爱情支柱垮了,倒不如一死了之。

为实现其"未若锦囊收艳骨,一杯净土掩风流。质本洁来还洁去,强于污淖陷

---

① 这里指白色的带子。

渠沟"的愿望,她以全部心力,喊出了"天尽头,何处有香丘"的最后哀音!

林妹妹带着对人世间美好生活的无比眷恋和绝望,也带着千古遗恨,最终选择了一条洁白无瑕的带子,一步步走向林子,走向天国……

曹雪芹的一部《红楼梦》,演绎了一曲曲感天动地、荡气回肠的爱情悲歌——黛玉上吊人亡;宝玉遁入空门;宝钗独守空房;晴雯被害客死他乡;鸳鸯抗婚气壮如牛;司棋舍命撞墙,潘又安追随其后赴黄泉;宝妙苦苦暗恋;袭人易主蒋玉涵;尤三姐血染鸳鸯剑;湘云流落烟花巷……

改《红楼梦》为《金玉缘》的来龙去脉

《红楼梦》初名《石头记》，它以手抄本的形式在社会上流传时就广受人们的喜爱。乾隆五十六年(1791)，程伟元、高鹗第一次以活字版印刷出版，全书一百二十回，书名改为《红楼梦》。

二百多年来，《红楼梦》曾用过许多不同的书名，这是中国古典名著所不多见的，也是《红楼梦》有别于其他名著的特点之一。

曹雪芹在《红楼梦》一书中先后提到五个不同的书名，但主要还是以《石头记》和《红楼梦》为主。其实《石头记》是原名，曹公将"石头"拟人化。脂砚斋评本时故称之为《石头记》。细心的读者在《红楼梦》开篇里不难发现："因曾历过一番梦幻之后，故将真事隐去，而借'通灵'之说，撰此《石头记》一书也。"作者首次将书定名为《石头记》。同样在这一章回里，作者更有"将这《石头记》再检阅一遍"的文字。可见《石头记》是作者最早给该书定名的佐证。

文人墨客争相传阅之后，似乎预感到封建社会的灭亡，剥削阶级连同所有寄生者的完结都是不可避免的，只是时间迟早问题。于是在当时文人的题咏中又都称之为《红楼梦》，况且曹公在第九回里，又有概括全书情节的《红楼梦》曲子一套。这都说明作者在给该书取名时依然徘徊于《石头记》与《红楼梦》之间取舍未决。至于《情僧录》、《风月宝鉴》、《金陵十二钗》、《金玉缘》、《大观琐录》等，都不过是异名别号罢了。

依然在第一章回里，作者写道："……从此，空空道人因空见色，由色生情，传情入色，自色悟空，遂易名为情僧，改《石头记》为《情僧录》。"

东鲁孔梅溪则题曰《风月宝鉴》，在第十二回中点明了这个名称的出处。

> 后因曹雪芹于悼红轩中披阅十载，增删五次，纂成目录，分出章回，题曰《金陵十二钗》。

唯独《金玉缘》、《大观琐录》曹公从未提及。笔者认为，此名是书商或者读者传抄过程中为掩人耳目，保全此书免遭封建统治者查禁、焚毁而起的别名。

众所周知，《红楼梦》问世之后，立即引起社会的关注，各种手抄本流传于京城与乡村，清朝统治者将其视为洪水猛兽，"诲淫之书"，屡次查禁，几经焚毁。历代禁书先例数不胜数，又哪里禁得彻底，烧得干净？往往适得其反，统治者越禁，民间各种手抄本越多，传阅频率越高，或许这就是通常所说的"逆反心态"。

一部好的作品，老百姓总会千方百计将其保存下来，传承于后世，有识之士为此付出了高昂的代价！

同治年间，刽子手曾国荃盘踞南京时，曾下令严禁《红楼梦》，违者严惩法办。

随后封建卫道者丁日昌做江苏巡抚时，制定出更严厉的正式条文，可谓严刑峻法，全面查抄，收缴焚毁《红楼梦》。据有关史料记载，整整搞了十多年查禁该书运动，使书商闻风丧胆，无人敢翻印发售。

大概到了光绪年间，上海的书商再也憋不住商机的诱惑，冒险私下里改头换面，把《红楼梦》改名为《金玉缘》发行。

宝玉与宝钗拜堂成亲，显然与曹雪芹著书原意背道而驰，让我们重温一下作者是怎样描述宝黛情缘的："都道是金玉良缘，俺只念木石前盟。"当黛玉问宝玉，如果宝钗和她之间有各种各样纠葛，你将如何对待时。宝玉呆了半晌，忽然大笑道："任凭弱水三千，我只取一瓢饮。"黛玉道："瓢之漂水奈何？"宝玉道："非瓢漂水，水自流，瓢自漂耳。"黛玉道："水止珠沉奈何？"宝玉道："禅心已作沾泥絮，莫向春风舞鹧鸪。"

可以看出宝黛二人的爱情已发展到黛玉非宝玉不嫁，宝玉非黛玉不娶的地步。那么书商们难道真不知改书名将意味着什么？从根本上违背了曹雪芹著书的初衷。这点改书名者心知肚明，其实，这也是沪上书商们不得已而为之的权宜之计。现存《金玉缘》最早的本子是光绪十年(1884)上海图文书局石印本，封面题为《增评补像全图金玉缘》一卷首有华阳仙裔序。

随后，举国各书局纷纷仿照翻印，从 1888 年一直到 1914 年，陆续有石印本出版。

华阳仙裔作序的年代应该是光绪十年，但以后随着翻印的年月而改署。

如"公元 1888 年的本子题光绪十四年小阳月望日华阳仙裔识"；

又如：公元 1906 年的本子"光绪三十二年九月秋既望华阳仙裔识"；

再如：1914 年的本子题"民国甲寅年夏月后学王浩书于上海"。

可以推断《金玉缘》的书名是华阳仙裔改的。

尽管曹雪芹的《红楼梦》原稿几乎荡然无存，但其创作的《石头记》前八十回(传抄本)历经磨难得以传承后世，不能不说是不幸中的大幸，它再一次表明，一个民族精神、民族文化之根的深刻强大力量在起作用。民族文化的经典不仅全面反映了

121

我们中华民族文化内涵心里的深层结构,也塑造了我们民族的灵魂和性格。可见民族的文化经典具有何等强大的生命力!

有人认为华阳仙裔改《红楼梦》为《金玉缘》主观上是为营利而为之;那么客观上也起到了保护、传承这部名著的作用,其功不可没!

也议娶妻当如黛钗吗

近年来随着"红学"的普及,越来越多的青老年"红迷"朋友旧话重提,娶妻当如黛钗吗?老年朋友则为晚辈娶黛玉的好还是娶宝钗的好而陷入两难境地。

关于择偶的标准,历来就不是同一不变的模式,不同的时代,不同的历史时期,择偶标准都不尽相同,所以这个热门话题也将随着历史的进展而持久延续下去,且常议常新。

笔者认为,无论黛玉还是宝钗,都不是当代人理想的择偶标准。

上佳的容貌是黛钗的共同点,她们都精通诗作,表面的优点虽然突出,但内在不足同样明显。

黛　玉

曹雪芹在第三回里描写黛玉之美时,这样写道:"两弯似蹙非蹙笼烟眉,一双似喜非喜含情目。态生两靥之愁,娇袭一身之病。泪光点点,娇喘微微。闲静时如姣花照水,行动处似弱柳扶风。心较比干多一窍,病如西子胜三分。"

王熙凤见了,眼睛一亮,惊讶地说:"天下真有这样标致的人儿!我今日才算看见了。"难怪有人说:"老天爷把西施之美赋予了林黛玉。"

林黛玉蔑视功名权贵,从不劝宝玉走封建的仕官道路,她生性孤傲,天真坦率,离经叛道是她与宝玉共同的性格,对封建社会的叛逆,提倡男女平等,婚姻自由,恋爱自由,都具有超前思想。

林黛玉的诗在大观园里是出了名的,但她的"小心眼儿","尖酸刻薄","多疑之心"……在大观园里也是出了名的。小说第七回里周瑞家的受命到各处院子里去送宫花,曹雪芹写道:"黛玉只就宝玉手中看了一看,便问道:'还是单送我一人的,还是别的姑娘们都有呢?'周瑞家的道:'各位都有了,这两枝是姑娘的了。'黛玉冷笑道:'我就知道,别人不挑剩下的也不给我。'周瑞家的听了,一声儿不言语。"

黛玉与周瑞家的简短对话,我们不仅领略了林妹妹的"小心眼",而且对话中透出了一股浓浓的"尖酸刻薄"的寒气,给周瑞家的下不了台。其实周瑞家何错之有?

她只是受命分发宫花这一差事而已，况且主子又没有交代哪一朵花应给谁，谁先发、谁后发的排名顺序，那么周瑞家的自然按行程顺序发放，却遭到林妹妹如此质疑。这不仅表明林黛玉"小心眼"、出言"尖酸刻薄"而且还要加上"疑心太重"，实在有失林小姐的闺阁风范。通过这一事件我们还可以进一步看到林妹妹的心灵深处并不那么美，连一朵小小的宫花，谁先发谁后发都如此斤斤计较，如遇比这宫花大点的事情，不知这位林妹妹又将做出如何表现？

当今提倡文明，讲礼让，发扬先人后己的风尚，而林妹妹的行为的确有失水准，与时代格格不入。而疑心嫉妒是林黛玉的又一致命缺点。

当下，夫妻间相互猜疑而导致婚变有多少，恐怕谁也说不清楚。曹雪芹在三十二回"诉肺腑心迷活宝玉"中描写史湘云二人荣国府引起黛玉的"疑态"：

> 原来林黛玉知道史湘云在这里，宝玉又赶来，一定说麒麟的缘故。因此心下忖度着，近日宝玉弄来的外传野史，多半才子佳人都因小巧玩物上撮合，或有鸳鸯，或有凤凰，或玉环金佩，或鲛帕鸾绦，皆由小物而遂终身。
>
> 今忽见宝玉亦有麒麟，便恐借此生隙，同史湘云也做出那些风流佳事来。
>
> 因而悄悄走来，见机行事，以察二人之意。

在这短短的文字里，曹雪芹用"悄悄走来"、"见机行事"、"以查二人之意"十四个字，就把黛玉此时的心态揭示得淋漓尽致。表明黛玉对宝玉心存疑虑，决定暗跟其后，活像一个密探；见机行事，窥视宝史二人亲密接触的发展程度，随将采取相应措施，目的在于阻止宝史二人"风流佳事"的发生；一个"察"字，再次点明黛玉是在暗地里跟踪，窥视宝史二人的一切行动。黛玉这种行为既不道德，又不明智。按今天相关规定，宝史二人隐私权应受法律保护，而黛玉的行为显然侵害了宝史二人的隐私权。

黛玉对宝玉如此不放心，恰恰表现出黛玉对自己的不自信。这种不正常的心态，正是由于林妹妹的"小心眼"、"疑心过重"、"嫉妒"所造成的。或许有人说："这是黛玉对宝玉一往情深，爱得纯、爱得真、爱得深的表现。"我并不反对这种坚贞专一的爱情，但我对黛玉这种爱的方式有所质疑，用这种方式去爱对方，往往会适得其反。假如你的心上人也用这种方法爱你，处处监视你，时时暗中跟踪你，请问你能受得了吗？

类似的例子还有很多，又如：小说第八十九回回目用的是"蛇影杯弓颦卿绝粒"，将林黛玉的多疑之心写到了极致。这一回高鹗用很长的篇幅写黛玉听了"宝玉定了亲"后的种种疑虑，回末写道：

> "薛姨妈来看，黛玉不见宝钗，越发起疑心，索性不要人来看望，也不

肯吃药,只要速死。睡梦之中,常听见有人叫宝二奶奶的。一片疑心,竟成蛇影。一日竟是绝粒,粥也不喝,恹恹一息,垂毙殆尽。"

疑而生虑,虑而伤情,竟然以绝粒来了此一生。黛玉的多疑再一次说明:情不可疑,疑者自伤!

再如:小说第二十回,写宝玉正和宝钗玩笑,忽见人说"史大姑娘来了",宝玉听了,抬身就走。来到贾母房间,正值林黛玉在旁,因问宝玉:"在哪里的?"宝玉便说:"在宝姐姐家的。"黛玉冷笑道:"我说呢,亏在那里绊住,不然早就飞了来了。"宝玉笑道:"只许同你玩,替你解闷儿。不过偶然去他那里一趟,就说这话。"林黛玉道:"好没意思的话!去不去管我什么事。我又没叫你替我解闷儿。可许你从此不理我呢。"说着,便赌气回房去了。

黛玉的话可谓"一石二鸟",既说了宝玉与宝钗的亲近,又说了宝玉对史湘云的关心。事实上,黛玉不愿宝玉与宝钗、湘云太近,怕做出什么"风流佳事"倒还在其次,重要的是担心宝玉因此而疏远她。如果她仅仅是"疑",那还是在心底里,别人看不见摸不着。但如今毫无遮掩地说出来了,则明显是将嫉妒的心情变成了具有攻击性的嫉妒语言了。

再如:小说第二十九回写贾母率领阖府女眷到清虚观打醮,看戏的时候传看"贺物"中有一个赤金点翠的麒麟,又引起了林黛玉的妒意大发。当探春说道:"宝姐姐有心,不管什么他都记得。"黛玉听了冷笑道:"他在别的上还有限,唯有这些人带的东西上,越发留心。"宝钗听说,便回头装没听见。说宝钗对别人带的东西"越发留心"的话或许如此,但若说"他在别的上还有限"则是嫉妒之词了。难道宝钗作诗填词不如你林黛玉,还是论画知识不如你林黛玉广博?如此贬损宝钗于情于理都是不应该的。说什么呢,只能说你林黛玉心胸太狭窄,嫉妒之心有些炽过了。

林黛玉关于这方面的问题还有许多,我在《红楼寻径》中已经做了叙述,在此不赘述。

疑多易生嫉是常见的一种情形。林黛玉的多疑产生的直接后果是"嫉",这种情态比多疑还要危险,它可以使人失去理智,形成人品上的缺憾,也直接损害了她自己在人们心目中留下的美好形象。

这位"心较比干多一窍"的林妹妹除了上述致命缺点之外,还有那一天到晚、一年到头哭不完流不尽的眼泪。"我自来是如此,从会吃饮食时便吃药,到今日未断,请了多少名医修方配药,皆不见效。那一年我三岁时,听得说来了一个癞头和尚,说要化我去出家,我父母固是不从。他又说:'既舍不得他,只怕他的病一生也不能好的了。若要好时,除非从此以后总不许见哭声;除父母之外,凡有外姓亲友之人,

125

一概不见,方可平安了此一世.'疯疯癫癫,说了这些不经之谈,也没人理他。如今还是吃人参养荣丸。"(《红楼梦》第三回黛玉进贾府时的一段自叙)。体弱多病的林妹妹,尽管有"心较比干多一窍,病如西子胜三分"的风姿,但也掩盖不住其弱不禁风、怯弱不胜、多愁多病的体态。刘心武先生是这样描述林黛玉的:"身体面貌怯弱不胜的状,她的不足之症,是一望而知的。"

当然,金无足金,人无完人。衡量一个人的优劣,关键要看其主流方面,每个人择偶的标准不同,但都有各自底线吧。这也与许多用人单位选人一样,不同的用人单位选择标准也不尽相同。

当你了解林黛玉这些缺点后,难道你还会坚持娶妻当如黛玉而不改吗?

宝　钗

曹雪芹对宝钗之美又是怎样描述的呢?第八回里写道:

> 宝玉掀帘一迈步进去,先就看见薛宝钗坐在炕上做针线,头上挽着漆黑油光的鬏儿,蜜合色棉袄,玫瑰紫二色金银鼠比肩褂,葱黄绫棉裙,一色半新不旧,看去不觉奢华。唇不点而红,眉不画而翠,脸若银盆,眼如水杏。罕言寡语,人谓藏愚;安分随时,自云守拙。

在绚丽多姿的《红楼梦》人物画廊中,薛宝钗是一位美若天仙的闺阁精英,同时也是一位最有时代感的女性,她美得自然,仿佛一池"清水出芙蓉"。曹雪芹在宝钗"羞笼红麝串"中写道:

> 宝钗生的肌肤丰泽,容易褪不下来。宝玉在旁看着雪白一段酥臂,不觉动了羡慕之心……不觉就呆了……

宝钗褪了串子来递与他,也忘了接。难怪林妹妹数落宝玉见了姐姐就忘了妹妹。老天爷赋予了宝钗"杨妃"的富态之美。

宝钗是金陵十二钗之一,薛姨妈的女儿,家资丰厚的不得了。"丰年好大雪,珍珠如土金如铁。"说的就是薛宝钗家。

她与林黛玉相比,另具一种妩媚风流,曾让宝玉羡慕得发呆。她不像黛玉那样真情流露,而是暗藏心机;黛玉自矜自重,孤高自许,目无下尘,而宝钗却是"罕言寡语,安分随时,自云守拙"。

在作者笔下,薛宝钗也是"薄命司里,有命无运的人"。曹公赞美其才,说她博学多才,琴棋书画、诗词歌赋无一不通,她的诗作,内容新颖,诗才敏捷,与黛玉不分上下。作者赞其貌,"艳冠群芳","任是无情也动人","另具一种妩媚风流"。

她心里藏奸，表面恪守"罕言寡语，人谓藏愚；安分随时，自云守拙"。按当时贤惠女子的标准，她几乎达到完美无缺的封建"淑女"的典范！但她期盼的却是，有朝一日"好风凭借力，送我上青云"的"欲偿白帝"的野心！

　　宝钗城府极深。表面上不言不语，安分守己。实际上她是"留心观察"，等待时机，一旦时机一到，宝钗就会以读者想不到的形象出现。当她获悉金钏跳井身亡时，撇下袭人径直去王夫人处，充分表明薛宝钗知道金钏之死与王夫人有关。但是话又说回来，如果逼死金钏的是别人，与自己未来能否登上"宝二奶奶"宝座关系不大的话，宝钗肯定装出"安分守己"、"不关己事不开口，一问摇头三不知"的为人处世原则。宝钗执行此原则是有"双重标准"的。

　　宝钗一见到王夫人赶紧安慰一番，接着便指责金钏的"糊涂"，千方百计为王夫人开脱罪责，并且主动献出自己的衣裳给金钏妆裹也不忌讳。此时的宝钗表现得如此"大方"，"会做人"，"会讲话"，而且是一套套昧着良心"编造"、"推理"和"假设"。

　　往日里"随分从时"，"装愚守拙"，"罕言寡语"，"端庄贤淑"，"温柔敦厚"却不见踪影，取而代之的是"心里藏奸"，"暗藏杀机"，"心狠手辣"，"冷酷无情"！她为邢岫烟掩盖当衣度日的事实，充分表明薛宝钗不仅是封建恶霸势力的帮凶，而且也是维护封建社会的卫道士！

　　虚伪是宝钗性格的又一特点。她曾说过，和尚道士说的"金玉良缘"那是胡说，还说金锁沉甸甸的戴着无趣，但实际上并非如此。宝钗笼着红麝串招摇过市，以及她将金锁从里面的大红袄上掏将出来给宝玉看，引起宝玉关注"金玉良缘"是成双配对的，这是命中注定的婚姻，也只有她才能与宝玉匹配成亲。她说的与她做的完全不一致，她在大观园里把自己装扮成"不言不语"，"安分守己"，"温柔敦厚"，"不关己事不开口，一问摇头三不知"，"装愚守拙"，"罕言寡语"，"随分从时"，"端庄贤淑"，简直成了封建社会十全十美、无可挑剔的"淑女"典范。然而在关键时刻，她把所有的伪装撕得粉碎，将其"内心藏奸"、"欲偿白帝"的野心暴露无遗，让读者看到的是"暗藏杀机"，看到的是她充当封建社会的恶势力的帮凶和卫道士的真面目！

　　一个美如西施，另一个胜似"杨妃"。如果有人把择偶标准仅定在容貌美不美上，以貌取人，那么，黛钗皆是首选的美女。当下，青年朋友往往都不只是以貌娶妻。容貌只是许多择妻条件中的一个方面，还有诸如性格脾气、有无共同语言、健康状况、文化水平、事业心、道德与修养、家庭情况、理财、持家、教子等方面的能力如何，心胸是否豁达，有无个性……推论到这一层，黛玉、宝钗也许就不一定是当今青年朋友择妻的理想对象了。

大观园里的"收租院"

《红楼梦》主要是写四大家族统治的历史……写封建剥削的只有一两处。①

在漫长的封建社会里,"封建剥削"的主要形式,大体为地租剥削、高利贷剥削和超经济剥削等形式。

《红楼梦》写"封建剥削",曹公主要集中于第五十三回"乌庄头交租"的情形。全书虽然只有一两处写"封建剥削"的具体场面,但它再现了二百多年前的封建中国剥削阶级收租的画面。作者以详细的数字展示了交租的各种具体实物和货币,作者还让读者看到庄头乌进孝为了赶在年前交租,顶风冒雪,押着大车队,带着实物和银两从关外千里之余的黑山村田庄跋涉一个月零两日,才赶到宁府。当贾蓉展开清单看时,只见上面写着:

> 大鹿三十只,獐子五十只,狍子五十只,暹猪二十个,汤猪二十个,龙猪二十个,野猪二十个,家腊猪二十个,野羊二十个,青羊二十个,家汤羊二十个,家风羊二十个,鲟鳇鱼二个,各色杂鱼二百斤,活鸡、鸭、鹅各二百只,风鸡、鸭、鹅二百只,野鸡、兔子各二百对,熊掌二十对,鹿筋二十斤,海参五十斤,鹿舌五十条,牛舌五十条,蛏干二十斤,榛、松、桃、杏穰各二口袋,大对虾五十对,干虾二百斤,银霜炭上等选用一千斤、中等二千斤,柴炭三万斤,御田胭脂米二石,碧糯五十斛,白糯五十斛,粉粳五十斛,杂色梁谷各五十斛,下用常米一千石,各色干菜一车,外卖梁谷、牲口各项之银共折银二千五百两。外门下孝敬哥儿姐儿玩意:活鹿两对,活白兔四对,黑兔四对,活锦鸡两对,西洋鸭两对。

> ……贾珍道:"我说呢,怎么今儿才来,我才看那单子上,今年你这老货又来打擂台来了。"

上交如此之多实物和货币地租,依然无法满足剥削者贪婪私欲,真是欲壑难填。作者进一步揭示了那些实物与货币地租是在何种灾年情况下征收上来的。

> ……乌进孝忙进前了两步,回道:"回爷说,今年年成实在不好。从三

---

① 引自陈晋《毛泽东与文艺传统》,中央文献出版社,1992年3月,第134页

月下雨起，接接连连直到八月，竟没有一连晴过五日。九月里一场碗大的雹子，方近一千三百里地，连人带房并牲口粮食，打伤了上千上万的，所以才这样。小的并不敢说谎。"贾珍皱眉道："我算定了你至少也有五千两银子来，这够做什么的！如今你们一共只剩了八九个庄子，今年倒有两处报了旱涝，你们又打擂台，真真是又教别过年了。"乌进孝道："爷的这地方还算好呢！我兄弟离我那里只一百多里，谁知竟大差了。他现管着那府里八处庄地，比爷这边多着几倍，今年也只这些东西，不过多二三千两银子，也是有饥荒打呢。"贾珍道："正是呢，我这边都可，已没有什么外项大事，不过是一年的费用。我受用些，就费些；我受些委屈就省些。再者年例送人请人，我把脸皮厚些，可省些也就完了。比不得那府里，这几年添了许多花钱的事，一定不可免是要花的，却又不添些银子产业。这一二年倒赔了许多，不和你们要，找谁去！"

这是一段何等精彩的庄头与贾珍对话，双方砍价要价十分激烈。庄头乌进孝(谐音："无尽孝")列举兄弟庄大于自己庄数倍，上交之物与银两也不比自己上交多多少，觉得心里不平衡，而贾珍却列举那府上各种开销之大，却又不添些银子产业，这一两年倒赔了许多，"不和你们要，找谁去"。贾珍一语道破了天机，凡府上一切开销，乃至年终亏空，这两年哪一年不多赔出几千两银子来！"不和你们要，找谁去"说得多么轻巧、自然！

作者让人们看到剥削者的狰狞面目！正是由于统治者残酷的地租剥削，造成千百万农民沉重的负担，以致贫困和破产！

……乌进孝笑道："那府里如今虽添了事，有去有来，娘娘和万岁爷岂不赏的！"……贾蓉等忙笑道："你们山坳海沿子上的人，哪里知道这道理。娘娘难道把皇上的库给了我们不成！他心里纵有这心，他也不能做主。岂有不赏之理，按时到节不过是些彩缎古董玩意儿。纵赏银子，不过一百两金子，才值了一千两银子，够一年的什么？这二年哪一年不多赔出几千银子来！"

作者在第十六回里简单扼要的介绍各种劳工在贾政、贾琏、贾芸、贾蔷监督下修建大观园的情形，"堆山凿池，起楼竖阁，种竹栽花……各行匠役齐全，金银铜锡以及土木砖瓦之物，搬运移送不歇"。如此浩大工程，需要花费多少黄金白银。第十六回里，赵嬷嬷说，她记得当年贾家在扬州一带"监造海舫，修理海塘，只预备接驾一次，把银子花的像淌海水似的！"现在修大观园花费更是不可想象。这么一大笔开销哪里来？贾珍对乌进孝直言不讳："不和你们要，找谁去？你算算那一注共

129

花了多少,就知道了。再两年再一回省亲,只怕就精穷了。"

　　作者通过贾蓉与乌进孝的对话过程中,在人们不经意时将斗争锋芒转向当今最高统治者——皇帝。从地方封建地主、官僚对农民进行封建地租的剥削指向了皇帝爷对人民的剥削!

　　皇宫按时到节赏给贾府彩缎、古董玩意儿、一百两金子等实物和货币,第五十三回,贾珍让贾蓉去领"恩赏"时道:"咱们家虽不等这几两银子使,多少是皇上天恩";"咱们哪怕用一万两银子供祖宗,到底不如这个又体面,又是沾恩赐福。"第十八回,贾妃到家时,已赏了很多金银。第十九回写贾妃回宫见驾谢恩,龙颜甚悦,又发内帑彩缎金银等物,以赐贾政及各椒房等员。第七十一回,贾母八旬大庆,"礼部奉旨,钦赐金玉如意一柄",另赐其他东西和"帑银五百两"。试问:这些实物与货币从何而来?岂不是剥削广大农民的血汗?古董玩意儿有的稀有文物价值连城,如此丰厚的赏赐,荣宁二府依然嫌少,用贾蓉的话说:这些东西够一年的什么?真是财大气粗。不过其言也不是没有根据。他说:"头一年省亲连盖花园子,你算算那一注共花多少,就知道了。再两年再一回省亲,只怕就精穷了。"曹家为了接驾,所修的"大观园"有人说所花的银子像流水似的,表面说是为元妃省亲修的花园,实际是为接驾而修。众所周知,康熙皇帝六下江南,竟有四次下榻曹家这种大兴土木修建皇家式的园林,所耗的巨资当然也要强加给广大农民,贾珍不就赤裸裸地说:"不和你们要,找谁去!"作者在这里进一步揭示了广大农民身受多重压迫和剥削的事实。这种剥削和压迫是长期的,无休止的,就连贾蓉都直言不讳:"……再两年再一回省亲,只怕就精穷了。"贾蓉的话给人一种寒气逼人的感觉。人们清楚宁荣二府亏空银两再多,也不会"精穷了",因为贾珍说过:"不和你们要,找谁去!"羊毛出在羊身上,更何况他们都是皇亲国戚,有娘娘、皇帝爷做靠山,还有按时到节必有皇宫极为丰厚的赏赐。到头来遭殃吃亏的还是普天之下广大农民,等待他们的将是变本加厉的地租和各种名目繁多的苛捐杂税。问题分析到此远没有结束。曹公文中提到那个庄头乌进孝又从中搜刮,克扣了多少农民的地租实物和货币。作者并没有加以说明,他留给广大读者自己去思考和想象的空间,他倘无优厚的"回报"能如此卖力,顶着四五尺深的大雪,押着大车队,从关外千里之余的黑山村田庄跋涉月余赶到这里交租吗?"无尽孝"是庄头,其剥削数量肯定不会少,他的"进账"同样是来自种田人的血汗凝聚着的实物与货币,他是最直接剥削压迫广大农民的"土豪劣绅",他是地主恶霸的代表!就用乌进孝的话说:"今年年成实在不好。从三月下雨起,接接连连直到八月,竟没有一连晴过五日。九月里一场碗大的雹子,方近一千三百里地,连人带房并牲口粮食,打伤了上千上万的……"。如此大灾之年,皇上应开恩,不仅应免收地租和各种税费,必要时还要拨大量的粮食、银两救济灾民才是。现在不但不减免,还要变本加厉,这种不顾广大农民死活的情形,充分暴露了封建制度的黑暗腐朽和反动!农民阶级和地主阶级,剥削与反抗的矛盾愈演愈烈。此时,广大农民的情形又是如何呢?作者早在开篇就作了介绍,甄家被大火烧后,急得士隐惟跌足长叹而已,只得与妻子商议,且到田庄上去安身。偏值近年水旱不收,鼠盗蜂起,无非抢田夺地,鼠窃狗偷,民不安生……

这里作者用了"水旱不收","鼠盗蜂起","抢田夺地","鼠窃狗偷","民不安生",概括了广大农民的处境是何等的艰难和痛苦。

对此,毛泽东曾写下批语:"抢田夺地","民不安生",是造成"盗贼蜂起"的原因,非"盗贼"去"抢田夺地",程本删此二句似非偶然(季学原:《毛批〈红楼梦〉点滴》,1995 年 9 月 5 日《羊城晚报》)。

根据毛泽东的批语,其重点在"抢田夺地"上加以剖析,他一针见血地指出,是谁在"抢田夺地",当然非"盗贼"、"乱民"、"暴民"在"抢田夺地",而是统治者在"抢田夺地",是满清贵族集团,是大大小小的地主、土豪、劣绅在疯狂的"肆无忌惮"的"抢田夺地"。什么是"盗贼"蜂起的原因?当然是"抢田夺地"造成的"盗贼蜂起"、"鼠窃狗偷"、"民不聊生"的结果。作者所罗列的各种社会弊端,揭示封建"末世"制度的衰败、崩溃和灭亡都是不可避免的。

在大灾之年"鼠盗蜂起"、"抢田夺地"、"鼠窃狗偷"、"民不聊生"的处境里,乌进孝用什么手段还能征得如此之多的实物和金钱?顺治二年四月谕产部云:今闻各出庄头人等,辄违法禁,擅闯乡村。勒价强买,公行抢夺,逾房垣,毁仓廪,攘其衣服赀财。少不遂意,即侍强鞭挞。甚至有捏称土贼,妄行诬告。且狡猾市侩,甘为义子豪仆。种种不法,肆意横恶。一六八二年,康熙二十一年二月,谕直隶巡抚,命查惩庄头,中有云:"直隶旗下庄头,与民杂处。朕闻所在凶恶。庄头自以旗下,倚侍其主,甚为民害。"

孙嘉淦《八旗公产疏》中有云:"庄头取租,多索尔少交","佃户受其侵渔","甚且今年索明年之租,若不预完,则夺地另佃矣;另佃必添租,租银更重要"。

作者同样没有交代,依然留下空白,让读者去思索。"打、砸、逼、抢"在所难免,农民走投无路,卖儿鬻女、逃亡、饥饿和上吊随处可见,荣宁二府各有八九处以上田庄,如此庞大的家族每年开销数以万计,其经济主要来源于地租,每年少则也有三五十万来往,荣宁二府对农民的剥削和压迫是极其野蛮和残酷的。荣宁二府凭借土地的地租剥削,尽情地享受由奴隶——农民所创造的物质财富和金钱。贾珍身上"披着猞猁狲大裘,厅上铺了一个大狼皮褥子……王夫人与凤姐是天天忙着请人

131

吃年酒,那边厅上院内皆是戏酒,亲友络绎不绝,一连忙了七八日才完了。早又元宵将近,荣宁二府皆张灯结彩。十一日是贾赦请贾母等,次日贾珍又请……王夫人和凤姐儿连日被人请去吃年酒,不能胜记"。

"至十五日之夕,贾母便在大花厅上命摆几席酒,定一班小戏,满挂各色佳灯,带领荣、宁二府各子侄孙男孙媳等家宴……贾赦略领了贾母之赐,也便告辞而去……贾赦自到家中与众门客赏灯吃酒,自然是笙歌聒耳,锦绣盈眸,其取便快乐另与这边不同的。这边贾母花厅之上共摆了十来席。每一席旁边设一几,几上设炉瓶三事,焚着御赐百合宫香。又有八寸来长四五寸宽二三寸高的点着山石布满青苔的小盆景,俱是新鲜花卉。又有小洋漆茶盘,内放着旧窑茶杯并十锦小茶吊,里面泡着上等名茶。一色皆是紫檀透雕,嵌着大红纱透绣花卉并草字诗词的璎珞……"

荣宁二府挥金如土的豪华生活是靠剥削农民的血汗来支持的,他们醉生梦死的生活正是建筑在千百万劳苦大众的血汗白骨之上的。在那"竟将大半条街占了"的围墙里,是一个三四十个主子与数百个奴隶所组成的一个封建贵族大家族,正上演着那个时代的种种矛盾和冲突,人与人之间相互仇恨、你争我夺的活剧。荣宁二府数百个奴才、婢女和丫环,其工作要务,说白了,就是如何让主子们活得开心!如何为主子们打发闲得发愁的光阴,他们尽情地享受挥霍广大劳动人民用血和汗创造出来的金钱、财物!当荣国府府内张灯结彩,封建统治者们沉浸在"膏粱锦绣"的享乐中时,围墙外,正是"水旱不收,盗贼蜂起"的岁月。当广大农民被统治者、剥削者榨干了血汗,他们剩下的只有一条道:"造反和起义"!"封建的统治阶级——地主、贵族和皇帝,拥有最大部分的土地,而农民只有很少土地,或者完全没有土地。农民用自己的工具去耕种地主、贵族和皇室的土地,并将收获的四成、五成、六成、七成甚至八成以上奉献给地主、贵族和皇室享用。这种农民,实际上还是农奴。"[1]

曹雪芹在第五十三回里,采用前后对比的手法,把地主阶级与农民阶级、剥削与被剥削、压迫与被压迫的封建社会不可调和的阶级矛盾揭示得淋漓尽致!

荣宁二府巨额地租剥削还不够,他们还要进行高利贷剥削和超经济剥削。王夫人的侄女王熙凤最为突出,她用高利贷盘剥、贪污纳贿、包揽司讼、克扣月钱的手段疯狂地聚敛横财,仅"弄权铁槛寺"以害死一对青年人的生命为代价,捞取三千两银子的不义之财,且称自己"从来不信什么是阴司地狱报应的"。在荣宁二府,那些主子没有不敢干的事,也没有不敢赚的钱。他们背后有娘娘还有当今皇帝爷在为

---

① 《毛泽东选集》,第二卷,人民出版社 1991 年 6 月第二版,第 624 页

他们撑腰呢！

　　广大农民一旦连饭都吃不上，众所周知，"民以食为天"，"饭"字左半边是"食"字，而粮食没有了，只剩右半边"反"字了。无粮必然饿死，活活饿死不如铤而走险，造反起义冒死求生存是唯一的选择。"地主阶级对于农民的残酷的经济剥削和政治压迫，迫使农民多次的举行起义，以反抗地主阶级的统治。"①

　　曹雪芹已经看到大清国"运终数尽"的必然趋势，作者以大观园里的"收租院"为代表，看到整个大清国的腐败、没落和即将灭亡的现实！具有政治的前瞻性，以后由此引发的"太平天国"、"辛亥革命"等农民起义和战争证实了作者的判断无比正确！

　　曹雪芹写地主、皇室的剥削虽只一两处，但由于描写得细腻、逼真，已经将荣宁二府残酷敲诈、剥削农民的罪恶以及贾珍、贾蓉敲骨吸髓、欲壑难填的狰狞面目揭示得淋漓尽致，给读者留下拂之不去的深刻印象。

　　封建的统治阶级——地主、贵族和皇室依靠剥削农民的地租过着穷奢极侈的生活。荣宁二府花天酒地、醉生梦死的生活，是封建剥削家庭的代表。没落、腐朽的封建剥削制度，导致"朱门酒肉臭，路有冻死骨"的历史再现，将久久印在每一位读者的心中。

133

---

① 《毛泽东选集》，第二卷，人民出版社 1991 年 6 月第二版，第 625 页

"伤时骂世"经典剖析

尽管作者开宗明义,著书"本意为记述当日闺友闺情,并非怨世罵时之书矣,虽一时有涉于世态,然亦不得不叙者,但非其本旨耳,阅者切记之"。

《红楼梦》果真像作者所言"毫无干涉时事","也非伤时骂世",更无"愤世嫉俗"之作吗?事实并非如此,曹公以一首五言绝句:

> 满纸荒唐言,一把辛酸泪!
>
> 都云作者痴,谁解其中味?

作为旷世巨制的开篇,一部揭示封建社会没落史的大幕徐徐拉开,展现在人们面前的是封建社会末世的种种阶级矛盾和阶级斗争,表现出封建阶级衰亡的必然趋势!作者以深刻的历史内容和巨大的艺术力量,再现封建末世统治阶级行将崩溃的历史画卷!

"满纸荒唐言",作者一再表明,《红楼梦》全书充满看来是荒唐无稽的言论。

"一把辛酸泪",前句既然是荒唐无稽的言论,请问哪来的辛酸泪水?

看来前后矛盾,其实不然。与作者关系最为密切的"脂砚斋"对此作了感人肺腑的注释:"能解者方能有辛酸泪,哭成书。壬午除夕,书未成,芹为泪尽而逝。"(与黛玉泪枯而亡不谋而合)

最后一句,"谁解其中味",作者"批阅十载,增删五次"。曹雪芹以泪和墨写下这部书。他担心这部呕心沥血之作能否被后人理解,他暗示读者,此书是把自己一生"历尽离合悲欢炎凉世态"的经历加以艺术地概括和提炼而成。

"作者自云",反反复复交代"此系身前身后事",足见此书取材于曹雪芹本人及其家庭兴衰史。

庚辰本第七十四回脂批云:盖此等事作者曾经,批者曾经,实系一写往事,非特造出,故弄新笔。

同一版本第七十七回脂批云:

……况此亦此(是)予旧日目睹亲问(闻),作者身历之现成文字,非搜造而成者,故迥不与小说之离合悲欢窠旧(臼)相对。……

庚辰本第二十八回脂批云:

"有事语"、"真有是事"……

全书是作者对人生社会的认识,寄托他难以言语的感慨,既是赞歌,又是悲歌和挽歌!

纵观全书,是作者用烟云模糊法,用假语村言敷衍起来。作者以细腻的文笔深入到社会的各个层面,上至皇妃下至三教九流的形形色色人物,围绕着宝黛之间的爱情悲剧的描述,展开了贾府内外错综复杂的矛盾斗争画面,从而无情地鞭挞了地主阶级的种种罪恶,热情地讴歌了新兴力量的叛逆精神!作者在书中无论写人写事,多是真的人,真的事。同样在第一回,曹公就自我介绍说,"至若离合悲欢,兴衰际遇,则又追踪蹑迹,不敢稍加穿凿,徒为供人目之而反失其真传者"。这与作者再三表明"毫无干涉时事",也非"伤时骂世"相矛盾,更与"满纸荒唐言"相悖。一位世界级的文学大师,怎么会犯如此低级的创作错误呢?在一首诗中,在某一章回里,类似令人不解的相悖例子还有很多。其实,读者只要稍加留意,就不难发现,这正是作者创作的高明之处。

"他那是把真事隐去,用假语村言写出来,所以有两个人,一名叫甄士隐,一名叫贾雨村。真事不能讲,就是政治斗争。吊膀子这些是掩盖它的。"①

"十七世纪是什么时代呢?那是中国的明朝末年和清朝初年。再过一个世纪到十八世纪的上半期,就是清朝乾隆时代,《红楼梦》的作者曹雪芹就生活在那个时代,就是产生贾宝玉这种不满意封建制度的小说人物的时代。乾隆时代,中国已经有了一些资本主义生产关系的萌芽,但是还是封建社会。这就是出现大观园里那一群小说人物的社会背景。"②

曹雪芹冒死著书难能可贵

曹雪芹的创作意图十分清楚,就是要把贾宝玉这种不满意封建制度的人和事记录在案,流传于后人。如此敏感而重大的社会命题,作者将如何下笔,这是十分重要的问题。从秦始皇的"焚书坑儒"到清朝的"文字狱",已发展到了登峰造极的程度。清代把禁书、修书、笔祸与文字狱紧密结合起来,仅康熙二年,鳌拜奉命严办,因修明史受牵连的多达 2 000 多人,无论是写书的、刻版的、校对的、印刷的、装

① 《谈〈红楼梦〉》《毛泽东文艺论集》,中央文献出版社 2002 年 4 月版,第 200 页
② 《在扩大的中央工作会议上的讲话》,《毛泽东著作选读》,下册,人民出版社,1986年,第 827—828 页

订的、卖书的、买书的无一幸免，名士伏法者高达 221 人。据有关史料记载，康熙年间清朝统治者再次将"文字狱"推向极致。

"康熙五十年戴名世狱。起因是桐城人方孝标写了一本《滇黔纪闻》，认为南明永历朝不可称之为伪朝，戴名世看了后很同意这个说法，于是在他写的《南山集》中很多地方都采用了这种说法。此书由汪灏、方苞作序，方正玉、尤云鹗出钱刊印。康熙五十年十月，此书被都察院左都御史赵申乔参劾，说其'颠倒是非，语言狂悖'。第二年正月判决。开始刑部等衙门的处理意见是：戴名世以大逆应凌迟处死。方孝标虽然死了，也应该戮尸。方戴二人之祖父子孙兄弟及伯叔父兄弟之子，年 16 岁以上者，都要斩立决。母女妻妾之姐妹，15 岁以下的子孙伯叔兄弟之子，给功臣家为奴。汪灏、方正玉、尤云鹗免死，发往宁古塔安置。后来，康熙下旨，戴名世斩立决，家人不问。方孝标之子方登峰等免死，并其家流放黑龙江。汪灏、方苞免死，给旗人为奴。免死者 300 余人。

雍正六年曾静参与其事的吕留良狱。吕留良是顺治十年秀才，后自悔乃削发为僧，以示不与清廷合作。吕留良精通程朱理学，在当时名气很大。死后 40 年，被曾静牵连。一次偶然机会，曾静看到吕留良的作品，从文章中看出吕留良学问很深，心中十分钦佩，就派学生张熙到吕留良老家浙江打听其遗稿。张熙不仅打听到文稿的下落，还找到了吕留良的两个学生。张熙与两位学生来到湖南，曾静热情接待。席中四人议论起清朝的统治都十分气愤，于是大家在一起想办法要推翻清王朝。曾静突然想到担任陕甘总督的汉人大臣岳钟琪是岳飞之后，此人掌握重要兵权，备受雍正帝重用。如果能劝说他反清，推翻清王朝的统治就一定能成功。

雍正六年九月，曾静便写了一封亲笔信派张熙交给岳钟琪，动员其复明抗清，由此案发。雍正八年十二月，刑部等衙门判决，对吕氏家族及牵连众多人犯或抄斩，或流放，或为奴。但对曾静及张熙却并未杀害，而是由雍正亲自出面与其辩论，写下长篇圣谕，编成《大义觉迷录》，让他四处现身说法，以期在汉民族的读书人思想深处肃清反清意识。然而乾隆即位后，不顾雍正不要杀曾静的告诫，立即下谕旨将曾静、张熙凌迟处死。

乾隆登基后的前十年，为改变雍正峻急的政策，缓和官场中的紧张关系，缓解汉族知识分子的不满，采取宽和的政策，恢复康熙时代整理汉学的方针，如乾隆四年诏命校刊十三经颁布学宫等。但是，他渐渐也大肆搞起文字狱来，下令开展查办禁书的运动，此运动席卷全国。乾隆把禁书和修书合为一体。他下令开四库馆，纂集《四库全书》。在搜集古书的同时禁书 24 次，538 种，13 862 部。在《四库全书总目提要》杀青的乾隆四十七年(1782)，四库馆正总裁英廉进呈应全毁书目 146 种，抽毁书目 180 种,共 326 种。另外,军机处准奏抽毁书目 40 种,全毁书目 724 种,专案专理应毁书目 208 种,共 972 种。总之,在乾隆朝,从中央到地方都编制了一部违禁书目,并日益扩充,按图索骥,广事株连。在乾隆当政的 60 年中,有记载的文字狱就有 130 多起,平均每年两起以上。当此之时的文人,正如龚自珍诗中所云:'国家治定功成日,文士关门养气时','避席畏闻文字狱,著书都为稻粱谋'。至此,乾隆皇帝达到了泯灭汉族知识分子反清的民族意识,控制其思想的目的。

清朝的文字狱,使不少有学问的文人不明不白地丢了脑袋,弄得文人学者们不敢写文章、谈时事。有的学者便在考据学方面下工夫,使清朝的考据学相对发达起来;有的文人还想把真实思想感受表达出来,便在写作技巧上动脑筋,与文字狱的制造者'斗智'。曹雪芹的小说创作活动,恰恰是在这样的文化背景下进行的。"①

曹雪芹对此了如指掌。1965 年 6 月 20 日,毛泽东在上海与文学史家刘大杰等人谈话时说:"清代雍正时代对知识分子采取高压政策,兴'文字狱',有时一杀杀一千多人。到了乾隆年代不采取高压政策了,改用收买政策,网罗了一些知识分子,送他们钱,给他们官做,叫他们老老实实研究汉学。与此同时,在文字方面又出现了所谓'桐城派'专门替清王朝宣传先王之道,迷惑人心。"②

曹公为了使自己与家人免遭杀身之祸又能将此书流传于后世而苦煞心机,最后以"假作真时真亦假,无为有处有还无"作为著书的切入点,难怪王希廉先生评书《红楼梦》卷首总评写道:

"《红楼梦》一书,全部最要关键是'真假'二字。读者须知,真即是假,假即是真;真中有假,假中有真;真不是真,假不是假。"

"太虚幻境"牌坊的对联,"假作真时真亦假,无为有处有还无"分别在第一回、第五回两次出现,脂砚斋评曰:"叠用真假有无字,妙。"

1973 年 12 月 21 日,毛泽东在与军队高级将领谈话时说:

《红楼梦》作者,"他那是把真事隐去,用假语村言写出来,所以有两个人,一个叫甄士隐,一名叫贾雨村。真事不能讲,就是政治斗争"③。

雍乾两朝推行文字狱与康熙年间相比有过之而无不及。"真话不能讲",毛泽东认为这"就是政治斗争"。古今中外,阶级斗争、政治斗争历来都是极其残酷无情的,更何况曹雪芹的《红楼梦》所要表达的主题正是"小人物不满意封建制度"的人

① 引自董志新《毛泽东谈红楼梦》,万卷出版,2009 年,第 42—43 页
② 刘大杰:《一次不平常的会见》,《毛泽东在上海》,中央党史出版社,1993 年 10 月,第 144—145 页
③ 《毛泽东文艺论集》,中央文献出版社,2002 年 4 月,第 209 页

和事,这也正是清朝政府推行文字狱、查书、禁书的重点,动辄凌迟、枭首、斩立决,株连规模浩大。多少文人墨客不明不白丢了脑袋,时下大有谈文色变,文人不敢写文章,学者不敢谈政治,作家不敢著书立说。而曹雪芹想把自己真实的思想、感受,把封建末世腐败黑暗记录在案,流传于后人。决定著书,用现代话讲,曹公"顶风作案",这需要何等的勇敢精神,才敢与朝廷反其道而行之!他以"真事隐"、"假语村言"和"春秋笔法"如实地将康、雍、乾三朝黑暗统治的历史写进书中,曹雪芹不怕杀头坐牢,与朝廷对着干。曹雪芹冒死著书,令人可敬可佩!晚清小说家吴沃尧在《杂说》中十分理解时下著书者的心理:"忧时愤世之心,不得不托之小说,且托之小说,亦不敢明写其事也,必委曲譬喻以为寓言。"吴沃尧先生所言不正是对曹公著书时心态的真实写照吗!

锋芒所向披靡

《红楼梦》并不像作者开篇所宣称的那样,是一部"毫不干涉时世"、"大旨谈情"的书。它只不过把"伤时骂世之旨"作了一番遮盖掩饰罢了。

因为曹雪芹立意要让这部以其亲身经历、广见博闻所获得的丰富的生活素材为基础而重新构思创造出来的小说,以"闺阁昭传"的面目出现,所以把他所熟悉的素材重新锻铸变形,原本男的可以改为女的,家庭之外,甚至朝廷之上的也不妨移到家庭之内等等,使读者觉得所写的一切好像只是大观园儿女们日常生活的趣闻琐事。其实,通过小说中的人物形象、故事情节曲折所反映的现实生活,要比它表面描写的范围更为广阔,特别是脂评所说"借省亲事写南巡"等话,可以断定在有关元春归省盛况的种种描写中,有着康熙南巡、曹家接驾的影子。这样写宝玉和众姐妹奉元春之命为大观园诸景赋诗,也就可以看作是封建时代臣僚们奉皇帝之命而作应制诗情的一种假托,人们于游赏之处,喜欢拟句留诗、勒石刻字的,至今还被称为"乾隆遗风"。可见这种风气在当时上行下效,是何等盛行,这方面小说中反映得相当充分。以上文字表明,这部旷世之作绝非人们茶余饭后消遣时光的一般读物,而是一部政治小说。

"《红楼梦》写四大家族,阶级斗争激烈……讲历史不拿阶级斗争观点讲,就讲不通。"[①]

曹雪芹三寸柔毫直指封建社会最高端——紫禁城内的皇宫。皇帝爷南巡多次

---

① 《毛泽东:谈〈红楼梦〉》,《毛泽东文艺论集》,中央文献出版社,2002年4月,第208页

下榻曹家,曹家为接驾,大兴土木,修建大观园。

第十六回里,赵嬷嬷道:

"阿弥陀佛!原来如此。这样说,咱们家也要预备接咱们大小姐了?"贾琏道:"这何用说呢!不然,这会子忙的是什么?"凤姐笑道:"若果如此,我可也见个大世面了。可恨我小几岁年纪,若早生二三十年,如今这些老人家也不薄我没见世面了。说起当年太祖皇帝仿舜巡的故事,比一部书还热闹,我偏没造化赶上。"赵嬷嬷道:"嗳哟哟,那可是千载希逢的!那时候我才记事儿,咱们贾府正在姑苏扬州一带监造海舫,修理海塘,只预备接驾一次,把银子都花的淌海水似的!说起来……"凤姐忙接道:"我们王府也预备过一次。那时我爷爷单管各国进贡朝贺的事,凡有的外国人来,都是我们家养活。粤、闽、滇、浙所有的洋船货物都是我们家的。"

赵嬷嬷道:"那是谁不知道的?如今还有个口号呢,说'东海少了白玉床,龙王来请江南王',这说的就是奶奶府上了。还有如今现在江南的甄家,嗳哟哟,好势派!独他家接驾四次,若不是我们亲眼看见,告诉谁谁也不信的。别讲银子成了土泥,凭是世上所有的,没有不是堆山塞海的,'罪过可惜'四个字竟顾不得了。"凤姐道:"常听见我们太爷们也这样说,岂有不信的。只纳罕他家怎么就这么富贵呢?"赵嬷嬷道:"告诉奶奶一句话,也不过是拿着皇帝家的银子往皇帝身上使罢了!谁家有那些钱买这个虚热闹去?"

元春在归省的盛大筵宴上为大观园诸景赐名之后,题下了一首诗:

衔山抱水建来精,多少工夫筑始成。

天上人间诸景备,芳园应锡大观名。

值得注意的是"天上人间诸景备"一句,其豪华奢靡可想而知。这时正是贾家"烈火烹油,鲜花着锦"之时,挥霍无度,拼命享乐,连元妃都说"以后不可太奢,此皆过分已极"。

赵嬷嬷与凤姐这段对话,让读者仿佛看到了昔日太祖皇帝仿舜巡的浩浩荡荡的场面。为了接驾,曹府花的银子都花得淌海水似的!这里有句特别引人关注的话:"若不是我们亲眼看见,告诉谁谁也不信的。"作者让赵嬷嬷作为见证人,见证皇帝置百姓生活于水深火热之中而不顾,拼命挥霍千百万奴隶用血汗创造出来的物质财富。赵嬷嬷进一步揭露皇帝的腐败和罪恶,"别讲银子成了土泥,凭是世上所有的,没有不是堆山塞海的,'罪过可惜'四个字竟顾不得了"。赵嬷嬷终于将一代君王推上了历史的审判台,并将其永远钉在历史的耻辱柱上。为了证实赵嬷嬷所

139

言的真实性,作者再让凤姐出来作间接旁证:"常听见我们太爷们也这样说,岂有不信的,只纳罕他家怎么就这么富贵呢?"凤姐的疑问道出了问题的要害,这也正是作者所要求证的。

赵嬷嬷解答了凤姐的纳罕。"告诉奶奶一句话,也不过是拿着皇帝家的银子往皇帝身上使罢了,谁家有那些钱买这个虚热闹去?"

可见,普天之下的贫苦百姓,对皇帝爷如此兴师动众南巡极为不满!百姓讲的是实实在在的,每天开门七件事,油、盐、柴、米、酱、醋、茶,如今别说"七件事",就连饭都吃不饱,"谁家有那些钱买这个虚热闹去",有谁还愿意饿着肚皮去凑这个"虚热闹"?故骂皇帝老爷与溜须拍马的大大小小接驾官员"罪过可惜"四个字竟顾不得了。

赵嬷嬷也只回答凤姐问题的一半,"别说银子成了土泥,凭是世上所有的,没有不是堆山塞海的"。试问,皇帝这么多金银财宝又是从何而来?这个问题当然不能明讲,即"真事不能讲,就是政治斗争"。那么这个问题只能留给适当的时候,由贾珍来作诠释。

我们将如何理解赵嬷嬷关于"也不过是拿着皇帝家的银子往皇帝身上使罢了",其实这个问题的答案就隐藏在赵嬷嬷与凤姐的对话中。

凤姐忙接道:

> "我们王府也预备过一次。那时我爷爷单管各国进贡朝贺的事,凡有的外国人来,都是我们家养活。粤、闽、滇、浙所有的洋船货物都是我们家的。"

外国使节进贡朝贺物品,原本应归皇宫所有(国家所有),在这里却变成了王家私有财产,进贡朝贺物品价值连城,王家是如此,那么贾家、薛家、史家岂不是如此吗?四大家族"皆连络有亲,一损皆损,一荣皆荣,扶持遮饰,俱有照应的",再加上元春当了皇帝的妃子,贾家便成了皇亲国戚,皇帝赐予贾家的黄金、白银、古董、国宝等作者在书中时有提及。皇亲、官僚、贵族时常会得到皇宫的恩赐,例如贾府祭祖也有"恩赏"可领。

第五十三回,贾珍让贾蓉去领这笔恩赏时说:

> "咱们家虽不等这几两银子使,多少是皇上天恩。早关了来,给那边老太太见过,置了祖宗的供,上领皇上的恩,下则是托祖宗的福。咱们哪怕用一万两银子供祖宗,到底不如这个又体面,又是沾恩锡福的。除咱们这样一二家之外,那些世袭穷官儿家,若不仗着这银子,拿什么上供过年?真正皇恩浩大,想得周到。"

至此，对赵嬷嬷关于"也不过是拿着皇帝家的银子往皇帝身上使罢了"这句话有了更加深刻的理解。直白些说，不就是拿着千百万劳动人民的血汗钱，往皇帝身上使吗！为避文字狱，作者不能直书，不得不绕个圈子，点到为止。

皇帝一次南巡所花的银子就像淌海水似的，那么以后还南巡，还需要花多少银子呢？

第五十三回，贾蓉道：

> "……按时到节不过是些彩缎古董玩意儿。纵赏银子，不过一百两金子，才值了一千两银子，够一年的什么？这二年哪一年不多赔出几千银子来！头一年省亲连盖花园子，你算算那一注共花了多少，就知道了。再两年再一回省亲，只怕就精穷了。"

皇帝"恩赐"只是象征性的，而且还不如在皇上、娘娘身上花费掉的多。但这些皇亲国戚，借皇帝之名捞取财富可比皇上"恩赐"要多得多。作者在第十八回，写贾妃省亲时也赏给了很多金银财宝：

> 太监跪启："赐物俱齐，请验等例。"乃呈上略节。贾妃从头看了，俱甚妥帖，即命照此遵行。太监听了，下来一一发放。原来贾母的是金、玉如意各一柄，沉香拐拄一根，伽楠念珠一串，"富贵长春"宫缎四匹，"福寿绵长"宫绸四匹，紫金"笔锭如意"锞十锭，"吉庆有鱼"银锞十锭。邢夫人、王夫人二份，只减了如意、拐、珠四样。贾敬、贾赦、贾政等，每份御制新书二部，宝墨二匣，金、银爵各二只，表礼按前。宝钗、黛玉诸姊妹等，每人新书一部，宝砚一方，新样格式金银锞二对。宝玉亦同此。贾兰则是金银项圈二个，金银锞二对。尤氏、李纨、凤姐等，皆金银锞四锭，表礼四端。外表礼二十四端，清钱一百串，是赐与贾母、王夫人及诸姊妹房中奶娘众丫鬟的。贾珍、贾琏、贾环、贾蓉等，皆是表礼一份，金锞一双。其余彩缎百端，金银千两，御酒华筵，是赐东西两府凡园中管理工程、陈设、答应及司戏、掌灯诸人的。外有清钱五百串，是赐厨役、优伶、百戏、杂行人丁的。

皇宫恩赐的金银再多，也难以填平因修园子带来的亏空。

张符骧曾吟诗讽刺说他们"金钱滥用比泥沙"。

早在第二回里，冷子兴和贾雨村谈到贾府现状时说：

> "亏你是进士出身，原来不通！古人有云：'百足之虫，死而不僵。'如今虽说不及先年那样兴盛，较之平常仕宦人家，到底气象不同。如今生齿日繁，事务日盛，主仆上下，安富尊荣者尽多，运筹谋画者无一；其日用排场费用，又不能将就省俭，如今外面的架子虽未甚倒，内囊却也尽上来

141

了……"

冷子兴的话似乎暗示着：贾家的没落、衰败和灭亡，与当今"南巡"不无关系；再者贾府主子们成日里花天酒地、挥霍无度、饮酒作诗、讲吃比穿、寻花问柳、偷鸡摸狗、骄奢淫逸、一味挥霍祖宗老本，怎不坐吃山空！

如果说甄士隐家的小荣枯预示着未来贾府的大荣枯，那么贾府的大荣枯岂不是整个封建社会行将颠覆、灭亡的前奏曲。

贾府外表依然大户之家、仕宦之家，但内囊日益掏空，仿佛一条"百足之虫，死而不僵"，而作为局内人(贾府里的主子们)却看不到危机四伏的现状，依旧醉生梦死，安富尊荣，大有"不识庐山真面目，只缘身在此山中"。

第六回，凤姐对刘姥姥说：

> "外面看着，虽是烈烈轰轰，不知大有大的难处。"

"凡鸟偏从末世来，都知爱慕此生才"的王熙凤，此话大有深意。就其在大观园里的地位、权势和才能，又有几个比得过她呢！被誉为"脂粉队里的英雄"，究竟遇到了什么难处，其内心隐藏着怎样的难言之隐呢？

有次她终于向平儿吐露了心中苦楚：

> 你知道我这几年生了多少省俭的法子，一家子大约也没个不背地里恨我的。我如今也是骑上老虎了。虽然看破些，无奈一时也难放宽，二则家里出去的多，进来的少。
>
> 凡百大小事仍是照着老祖宗手里的老规矩，却一年进的产业又不及先时。多省俭了，外人又笑话，老太太、太太也受委屈，家下人也抱怨刻薄，若不趁早料理省俭之计，再几年就都赔尽了。

银子进的少，出的多，使大观园里财源日益枯竭。由此引发的各种矛盾也日益加剧。王熙凤是王夫人的侄女，又是邢夫人的媳妇，而王、邢之间的矛盾不断加剧，也使凤姐夹在中间左右为难。处于尴尬地位的王熙凤，纵有"治世之能臣，乱世之奸雄"的才能，如今面对风雨飘摇的贾府大厦，显得如此无奈。无力回天的王熙凤颇感自己力绌才短，深感自己的地位、前途和命运受到了前所未有的挑战。

"再几年就都赔尽了"这句话，进一步证实了冷子兴所言"如今外面的架子虽未甚倒，内囊却也尽上来了"的事实。

王熙凤也对冷子兴关于"其日用排场费用，又不能将就省俭"作了解释："多省俭了，外人又笑话，老太太、太太也受委屈，家下人也抱怨刻薄。"

那么为了不让老太太、太太受委屈，不让外人笑话，也不让家下人抱怨刻薄，因此"其日用排场费用，又不能将就省俭"，只能硬着头皮撑着，这叫死要面子活受罪。

贾府这种外面轰轰烈烈,内囊却将尽的表面繁荣还能持续多久?

第六十二回,黛玉跟宝玉闲话时也说:

"要这样才好,咱们家里也太花费了。我虽不管事,心里每常闲了,替你们一算计,出的多进的少,如今若不省俭,必致后手不接。"

黛玉也看出贾家江河日下的趋势,为此而忧心忡忡。宝玉却笑道:"凭他怎么后手不接,也短不了咱们两个人的。"

作者把贾宝玉"安富尊荣"、"于国于家无望",他既不为家庭前途担忧,也不为家计操心,描写得如此深刻透彻。从君父的立场上看,宝玉的确是个"于国于家无望"的人。这不正表明贾宝玉是封建统治阶级的叛臣逆子,贾宝玉言行也印证了冷子兴的预言:"如今生齿日繁,事务日盛,主仆上下,安富尊荣者尽多,运筹谋画者无一。"充分表明封建家族的败落,贾府后继无人的现实。

第十三回,贾珍请王熙凤协办秦可卿丧事时,曾对王熙凤说:

"只求别存心替我省钱,要好看为上。"

但到了第五十三回,贾珍面对现实不得不承认"黄柏木作了磬槌子——外头体面里头苦"。同回贾蓉向贾珍道:"果真那府里穷了,前儿我听见凤姑娘和鸳鸯悄悄商议,要偷出老太太的东西当银子呢。"

从冷子兴、凤姐、贾珍、黛玉和贾蓉口中得知,此时的贾府已落魄到了何等程度!

当宝玉"走到沁芳亭,但见萧疏景象,人去房空。又来至蘅芜院,更是香草依然,门窗掩闭"。这时的宝玉,其内心是何等悲凉和忧伤。

"高天厚地兮,谁知余之永伤","忧心炳炳兮,发我哀吟,吟复吟兮,寄我知音"。与昔日的"好风凭借力,送我上青云",同样发自薛宝钗的心声,但其内容却发生了翻天覆地的变化!

第九十二回,一大把年纪,曾用数百两银子买回一个年仅十七岁小姑娘做妾的贾赦道:

"我们家里也比不得从前了,这回儿也不过是个空门儿。"

贾赦这番话印证了冷子兴关于贾府"……百足之虫,死而不僵……如今外面的架子虽未甚倒,内囊却也尽上来了"。

作者让读者透过贾府日益没落的现象,折射出整个封建社会日暮途穷的大趋势。

第一百零七回,当贾母问贾政:"咱们西府银库,东省地土,你知道到底还剩了多少?"贾政答道:"昨日儿子已查了,旧库的银子早已虚空,不但用尽,外头还有亏

143

空……东省的地亩早已寅年吃了卯年的租儿了。"贾母听后,淌着泪水说:"怎样着,咱们家到了这样田地了么!"

当年西府里的银库,储存着大量的黄金白银,这些金银财宝获得的渠道主要来自皇宫恩赐,还有贪污和克扣"监造海舫,修理海塘"的款项。此外还有几处像东省一样的庄地地租。

第六回里,周瑞家的曾向刘姥姥介绍她的男人:"周大爷往南边去了"。专管"春秋两季地租子"的周瑞"经管地租庄子银钱出入,每年也有三五十万来往"。这可是一笔不小的数目呀!

周瑞到南边收租,此处庄地与贾母所说的东省庄地是否同处?宁荣二府究竟有几处这样的庄地?作者没有详细交待。据说有十余块,宁荣二府是如何搞到这么多的庄地的?

我以为宁荣二府获地无外乎从以下三个方面弄到手的:一是皇帝恩赐(即所谓的"赐地封爵");二是他们依仗皇亲国戚的政治势力强占、豪夺、疯狂兼并土地;三是用剥削来的地租实物再置田地、庄园,力争更大规模的剥削。用现代经济术语称其为"扩大再生产"。而贾府则是"扩大再剥削"。至于其他剥削方式,在另文里亦有涉及,不须多赘。

当剥削阶级经济出现危机时,上到朝廷,下至东西南北中的大大小小宦官、地主贵族,无不变本加厉的剥削广大劳动人民,以此摆脱经济危机。

第五十三回,贾珍对黑山村的乌庄头乌进孝道:为了接驾修园子,"……这一二年倒赔了许多"。

贾珍的诉苦,表明贾府为接驾修园子,其实就是为万岁爷南巡修建的豪华行宫,结果花出去的银子多,皇帝爷赏赐的银子少,这笔"买卖"亏本了,贾珍心里明白,既不能向万岁爷开口要钱,但也不能白赔。那么该找谁来埋"亏空单"呢?情急之下的贾珍一语道破天机:

"不和你们要,找谁去。"

贾珍把填补亏空的对象锁定广大受苦受难的农民。

是谁逼迫农民在3~8月竟无一连晴过五六日,又遇方圆二三百里,碗大的冰雹连人带房,牲口粮食打伤了成千上万的重灾之下交租、加租,这难道仅仅是贾珍在向农民逼租吗?难道不是万岁爷在重灾之年逼迫黎民百姓交租呢?因为是万岁爷南巡,以致贾府银子亏空。宁荣二府的庄地,又有很大一部分是万岁爷所赐的,宁荣二府坐享地租。

乌进孝曾坦言:

"那府里如今添了事(笔者注:指贾府为接驾而修园之事),有去有来,娘娘和万岁爷岂有不赏的!"

第十九回作者写道:

> 话说贾妃回宫,次日见驾谢恩,并回奏归省之事,龙颜甚悦,又发内帑彩缎金银等物,以赐贾政及各椒房等员。

第七十一回,贾母八十寿庆,作者写道:"礼部奉旨,钦赐金玉如意一柄",同时还赐予其他东西和"帑银五百两"。

无论万岁爷赐予贾府的田庄,还是赐予的黄金白银、古董彩缎、各种官职等等,总而言之,贾家的一切,都与皇宫有着千丝万缕的联系。

至此,赵嬷嬷关于"也不过是拿着皇帝家的银子往皇帝身上使罢了"的深刻含义不就一清二楚了吗!

作者抨击当今最激烈的言词,莫过于第十八回里写道:

> 贾妃满眼垂泪,方彼此上前厮见,一手搀贾母,一手搀王夫人,三个人满心里皆有许多话,只是俱说不出,只管呜咽对泣。那夫人、李纨、王熙凤、迎、探、惜三姊妹等,俱在旁围绕,垂泪无言。半日,贾妃方忍悲强笑,安慰贾母、王夫人道:"当日既送我到那不得见人的去处,好容易今日回家娘儿们一会,不说说笑笑,反倒哭起来。一会子我去了,又不知多早晚才来!"说到这句,不禁又哽咽起来。

作者让元春在这里道出:"当日既送我到那不得见人的去处。"此话不但明了直白,而且毫无掩饰。这需要作者冒多大的风险!曹雪芹想把皇宫里充满着血和肮脏的东西告白天下,但又不能全盘托出,只能点到为止。皇宫绝不是人们想象中的人间天堂。二十年来,元春亲眼目睹皇宫内多少不得见人的东西。这也是元春对宫中生活了二十年后的感受,进行了归纳和总结。

元春后悔当初去了一个不该去的地方。二十年前,送她"到那不得见人的去处"的是贾母还是贾政,是朝廷里的官吏还是在宫里为官的亲戚,作者没有详细介绍,不过元春对"当日既送我到那不得见人的去处"的人,多少有点说不出的埋怨和苦涩。假如还能给元春一次选择机会,笔者认为,她绝不会再选择"到那不得见人的去处"。何以见呢?

同样在第十八回里,元妃隔帘含泪对其父曰:

> "田舍之家,虽齑盐布帛,终能聚天伦之乐;今虽富贵已极,骨肉各方,然终无意趣!"

她已经厌恶宫廷生活,向往"田舍之家",方能享"天伦之乐";认为"骨肉各方,然终无意趣",她视皇宫为人间地狱、形同墓穴！皇帝是"敲剥天下之骨髓，离散天下之子女"的罪人！将皇帝老爷住的地方,喻为不得见人的去处,何等形象、贴切！倘有人稍加罗织,给朝廷或万岁爷打个小报告什么的,那么作者与书都有可能招来灭顶之灾。

那么,贾家为什么能如此荣华富贵,有如"烈火烹油,鲜花着锦"呢？

这是因为贾家有不同于一般的贵族之家的特殊关系——皇亲。

第二回里,冷子兴"演说荣国府"的时候就说了："政老爷的长女名元春,因贤孝才德,选入宫作女史去了。"说得体面点,称其谓"选入宫作女史去了",说白了就是贾府为了攀龙附凤把自己的女儿"送到那不得见人的去处"供皇帝老爷淫乐。

正如黄宗羲的《明夷待访录·原君》斥责的那样：

> "离散天下之子女,以奉我一人之淫乐。"

第十六回看到元春被"封为凤藻宫尚书,加封贤德妃"了,这对贾府而言,简直是天大喜事。但对元春而言,究竟是喜还是忧,元春却作了无比透彻的回答：

> "当日既送我到那不得见人的去处。"

徐珂在《清稗类钞》中说：

> "《红楼梦》,可谓之政治小说。于其叙元春归省也,则曰：'当初既把我送到那不得见人的去处',于元春之疾也,则曰：'反不如寻常贫贱人家娘儿兄妹们常在一块儿'。绝不及皇家一语,而隐然有一专制君主之威在其言外,使人读之而自喻,此其关系于政治上者也。"[①]

万岁爷南巡是千真万确的事实,下榻于贾府(曹府)也是真的,现在贾府(曹府)亏空也是明摆着的,这点皇上心知肚明。至于贾府(曹府)采取什么样手段增加收入,填补亏空,万岁爷也只是睁只眼闭只眼。万岁爷这样做既是为贾府(曹府)摆脱经济困境,也是为万岁爷自己。康熙四十九年九月初二日,康熙皇帝在曹寅"奏进晴雨录折"曾经批道：

> 知道了。两淮情弊多端,亏空甚多,必要设法补完,任内无事方好,不可疏忽。千万小心,小心,小心,小心！

万岁爷的批文,充分说明,此事万岁爷(指曹府为接驾而亏空之事)不仅了解,而且还指示曹府要在其任内处理好,不留后遗症,接着万岁爷一连用了四个"小心",可见皇上重视程度。皇帝十分清楚,此事处理不好必酿大祸,批文指出"两淮情弊多端",充分表明事态的严重性。

---

① 一粟编：《红楼梦卷》第二册,第425页

元春的语言尖锐犀利,目标所向披靡,这与作者所表白《红楼梦》不是"理治之书",而是"闲适之书"(《红楼梦》第一回)背道而驰,作者具有反对皇权的政治思想倾向,令人可敬可叹!

非"盗贼"抢田夺地

千百年来,地主阶级和农民阶级、剥削与被剥削,是一对不可调和的阶级矛盾,由此引发的农民起义和农民战争风起云涌。

水旱不收、鼠盗蜂起、抢粮夺食、鼠窃狗偷、抢田夺地、民不安身,因此官兵剿捕。"'抢田夺地'、'民不安身',是造成'盗贼蜂起'的原因,非'盗贼'去'抢田夺地',程本删此二句似非偶然。"①"抢田夺地"、"民不安生",是造成"贼盗蜂起"的原因。

毛泽东一针见血地指出,抢田夺地非"盗贼"所为。

那么究竟是谁在那里疯狂地抢田夺地呢? 毛泽东指的当然是豪门贵族、土豪劣绅,还有像贾雨村这样各霸一方的大大小小的官吏。难怪平儿骂贾雨村是饿不死的"野杂种"。当时类似贾雨村这样的大大小小的"野杂种"有多少谁也说不清楚,他们共同的靠山是大清朝的皇帝。

平儿的谩骂,不仅代表着千百万受苦受难的劳动人民对统治者无比愤恨,也道出了广大劳动人民的共同心声。贫苦农民对统治者的这种积怨愈深,其反抗力量愈大,一旦时机成熟,必将汇成浩浩荡荡的反清洪流。

大观园外"鼠盗蜂起",而大观园内又是如何呢?

第五十九回作者写道:

> 只见平儿走来,问系何事。袭人等忙说:"已完了,不必再提。"平儿笑道:"'得饶人处且饶人',得省的将就省些事也罢了。能去了几日,只听各处大小人儿都作起反来了,一处不了又一处,叫我不知管哪一处的是。"袭人笑道:"我只说我们这里反了,原来还有几处。"平儿笑道:"这算什么。正和珍大奶奶算呢,这三四日的工夫,一共大小出来了八九件了。你这里是极小的,算不起数儿来,还有大的可气可笑之事。"

危机四伏日益加深,"山雨欲来风满楼"已经笼罩着大清帝国的上下。或许因此才有康熙四十九年九月初二日康熙皇帝批示:

147

① 季学原:《毛批〈红楼梦〉点滴》,《羊城晚报》,1995 年 9 月 5 日

知道了。两淮情弊多端,亏空甚多,必要设法补完,任内无事方好,不可疏忽。千万小心,小心,小心,小心!

为什么"两淮情弊多端,亏空甚多"?皇帝南巡,曹家因接驾"奢华过度"而造成"亏空甚多",康熙皇帝故而发出"万不可疏忽"、"千万小心"的警告,这也是他唯一能够体恤曹寅处境的"叮嘱"!此时的大清帝国不也正如冷子兴所言那样:"'百足之虫,死而不僵'。……如今外面的架子虽未甚倒,内囊却也尽上来了。"古人曾有云:"成由俭,败由奢"。无论是一个家族还是一个国家,"成由俭,败由奢"都是应该永远记取的硬道理、大道理。如果将曹家的家世史与小说中的"元妃省亲"对看,读者就不难体会到作者心底的另一层创作意旨了。

第五十三回贾蓉对乌庄头说:

"再两年再一回省亲,只怕就精穷了。"

透过小说中元妃省亲,我们极容易由此及彼地联想到作者的家世,明白脂批中所说的"借"省亲写南巡,出脱心中多少忆昔感今的深刻寓意。在这"借"字的背后深埋着作者对自己家族的结局怀有沉痛的记忆。

曹家为接驾修园子,曹公提到当年修建大观园时的情形:"堆山凿池,起楼竖阁,种竹栽花。"又说:"各行匠役齐全,金银铜锡以及土木砖瓦之物,搬运移送不歇。"白花花的银子花得淌海水似的也是真的,但是这些真事又不能直书,且要将真事隐去,另编假话,重新构思创造出来,以"假语村言"掩盖起来,这就是"真既是假,假既是真;真中有假,假中有真;真不是真,假不是假"。这是曹雪芹不得已而为之的著书法。

李泽厚先生在《美的历程》一文中这样写道:

尽管号称"康乾盛世",这个封建行程的回光返照毕竟经不住"内囊却也尽上来了"的内在腐朽,一切在富丽堂皇中,在笑语声中,在钟鸣鼎食、金玉装潢中,无声无息而不可救药地垮下来、烂下去,所能看到的正是这种金玉其外、败絮其中的糜烂、卑劣和腐朽,它的不可避免的没落和败亡。

毛泽东也曾对身边的工作人员说:"还是要看《红楼梦》啊!那里写了贪官污吏,写了皇帝王爷,写了大小地主和平民奴隶。大地主是从小地主里冒出来的。麻雀虽小五脏俱全。看了这本书就懂了什么是地主阶级,什么是封建社会,就会明白为什么要推翻它!"[1]

毛泽东在《中国革命和中国共产党》中指出:"不但地主、贵族和皇室依靠剥削

---

① 徐中远:《毛泽东读评五部古典小说》,华文出版社,1997年1月第1版,第30页

农民的地租过活,而且地主阶级的国家又强迫农民缴纳贡税,并强迫农民从事无偿的劳役,去养活一大群的国家官吏和主要的是为了镇压农民之用的军队。"

毛泽东把封建社会统治者供养大批军队的作用和目的揭示得如此形象透彻。封建统治者不仅自己靠剥削农民地租生活,而且还用从农民那里剥削来的地租,供养着大批镇压劳动人民的军队,命令他们去剿捕"盗贼"。毛泽东指出:非"盗贼"去"抢田夺地!"也就是说,不是"乱民"、"暴民"在抢田夺地,而是统治者在抢田夺地。

"1644 年'清军入关'定都北京以后,各级将官在河北京津一带大片平原地区,疯狂野蛮地'跑马圈地'大量强行'占用农民土地',建立皇庄、王庄、田庄。所谓'跑马圈地',就是清朝政府的官员拿着绳子把所经过的地方加以丈量,作为政府的官地。被圈占地区的农民,有的原来就是没有土地的佃农,有的有一点土地,也由此失去了。这些农民有的被迫离开家园,流浪异乡,有的沦为农奴,有的投靠到像《红楼梦》中贾府这类地主家去当奴仆。贾府的十多处田庄就是圈地的一部分。小说第一回小乡官甄士隐家的田庄,也是清统治者这项'土地政策'的产物。圈地充分暴露了封建势力剥夺农民的野蛮性。清上层统治集团是'抢田夺地'最大最疯狂的强盗。"①

"抢田夺地"必然导致"民不安生"。贾家宁、荣二府各有八九处以上田庄,他们占有大量土地。仅荣府的地租,"每年也有三五十万来往","封建的统治阶级——地主、贵族和皇帝,拥有最大部分的土地,而农民则很少土地,或者完全没有土地。农民用自己的工具去耕种地主、贵族和皇室的土地,并将收获的四成、五成、六成、七成甚至八成以上,奉献给地主、贵族和皇室享用。这种农民,实际上还是农奴。"②

这真是"乱自上作,官逼民反",最终迫使千百万走投无路的贫苦农民只剩铤而走险揭竿而起冒死求生这条路了。历次的农民起义和农民战争,无不遭到统治阶级最疯狂的镇压、血腥的杀戮。而剿捕"盗贼",杀戮"乱民"、"暴民"的不正是那些为了邀名邀功、为君父而捐躯的"死谏死战"之臣吗?他们不过是沽名钓誉而已,是"胡闹",是维护统治阶级政权的工具,是镇压农民运动的刽子手!这些文官武将与大大小小的官吏一样,都是封建社会剥削阶级的政治代表,都是为统治阶级服务的,与贾雨村之流同属"禄蠹"、"国贼禄鬼"之列。

---

①　董志新:《毛泽东读〈红楼梦〉》,万卷出版公司,2009 年 6 月,第 203 页
②　《毛泽东选集》,第二卷,人民出版社,1991 年 6 月第 2 版,第 624 页

149

抨击贪官污吏　言词无比犀利

为了揭示末代运终数尽，作者在《红楼梦》第一回就以《好了歌》与"甄士隐的《好了歌》解注"作为开场白。两首诗同属愤世嫉俗的产物。诗中形象鲜明的对比，忽阴忽晴，骤热骤冷，时笑时哭，加上通俗流畅，迭宕有致，给人以强烈的感染力，对当时封建社会名利场中的各种人物给予有力的抨击，对于今天的人们认识封建社会的腐败黑暗也有某种意义。

甄士隐生活优裕且很自在，只因一时不慎丢了唯一的女儿，再加上隔壁葫芦庙的一场大火殃及，使其家产被烧得一干二净。破产后的甄士隐带着妻子到乡下置田务农，又赶上"水旱不收"，"鼠盗蜂起"，不得安身，只好变卖了田产，投奔到岳父家。其岳父又是个贪财的卑鄙小人，将甄士隐仅剩无几的养命钱连哄带骗弄到手，"贫病交加"、"急忿怨痛"的甄士隐真正走投无路了，把自己的人生经历、痛苦际遇融入诗中。正如刘耕路先生所言："作者出身于一个上层的封建世家，亲自观察了这个阶级的腐朽、堕落，亲身体验了贵族阶级由兴盛到衰败的苦痛，进行了半生深沉的思索，激起他强烈的愤懑，他要痛骂，他要诅咒，《好了歌》便是痛骂的歌，诅咒的歌。"

作者一开始就让读者看到甄士隐从生活优裕者瞬间跌落为一个要饭的乞丐。这一荣一枯，预示着贾府也将沿袭着甄家的厄运，演绎着一场大的"荣枯"悲剧。这种悲剧贾家想躲都躲不过，这是历史发展的必然。为什么这样说呢？前文提到残酷的地租剥削，再加上"水旱不收"，从万岁爷至豪门贵族，不但不减轻地租反而变本加厉增加百姓负担，以满足万岁爷的无度挥霍；那些豪门贵族主子们用剥削来的金钱，终日斗鸡走马、游山玩水、会酒观花、聚赌嫖娼，什么缺德的事他们都干得出来。当曹雪芹将神笔触到宁荣二府时，贾赦、贾珍、贾琏、贾蔷、贾蓉、贾芹……他们像一群贪婪的蛀虫，拼命挥霍劳动人民创造的财富，成天醉生梦死。打人、骂人、杀人、强奸……薛蟠为夺英莲作妾，将冯渊打死。冯家的仆人告了一年的状，竟无一个为官的为其做主。当贾雨村了解此案后，胡乱判决了此案，保全了薛蟠性命，并向贾府送去一封书信"令甥之事已完，不必多虑"。这是贾雨村给贾家送了个"整人情"。

石呆子家里放着二十把好扇子，"全是湘妃、棕竹、麋鹿、玉竹的，皆是古人写画真迹"，他爱之如命，他说："我饿死冻死，一千两银子一把，我也不卖"；并说："要扇子，先要我的命"。贾雨村为夺得这二十把扇子，拿去孝敬贾赦，竟把石呆子搞得家破人亡。

第四十八回关于贾雨村讹诈石呆子扇子一案,平儿骂道:

> "都是那贾雨村什么风村,半路途中哪里来的饿不死的野杂种!……谁知雨村那没天理的听见了,便设了个法子,讹他拖欠了官银,拿他到衙门里去,说所欠官银,变卖家产赔补,把这扇子抄了来,做了官价送了来。那石呆子如今不知是死是活。"

司法的腐败,导致曲直不分,它意味着一个国家、一个政府灭亡的开始。贾雨村是依靠贾家举荐做官的,因而他对贾家阿谀逢迎,趋奉效劳,无所不至。

贾雨村置英莲被卖受苦于不顾、对薛蟠杀人一案胡乱断案、掠夺石呆子的扇子等等,充分表明贾雨村是践踏司法的狗官,是枉法徇私的代表。当官的是如此,其他执法人员又是怎样的呢?

第六回:

> 刘姥姥道:"……如今咱们虽离城住着,终是天子脚下。这长安城中,遍地都是钱,只可惜没人会去拿去罢了。在家跳蹋会子也不中用。"狗儿听说,便急道:"你老只会炕头儿上混说,难道叫我打劫偷去不成?"刘姥姥道:"谁叫你偷去呢。也到底想法儿大家裁度,不然那银子钱自己跑到咱家来不成?"狗儿冷笑道:"有法儿还等到这会子呢。我又没有收税的亲戚,做官的朋友,有什么法子可想的? 便有,也只怕他们未必来理我们呢!"

这是一个乡下老婆子与姑爷的一段对话,话里透出一股贫苦农民艰难度日的苦涩。狗儿将贪赃枉法的贾雨村、疯狂聚敛民脂民膏的收税官员以及大大小小贪官污吏推出示众,他们不就是作者所抨击的大大小小的"禄蠹"、"国贼禄鬼"吗? 在这里,狗儿虽没有进一步揭露收税官员是如何贪赃枉法的,但足以说明收税的是油水十足的行当。

就在贼盗蜂起、官兵剿捕的岁月里,贾雨村为官一方残害百姓,平儿骂他为饿不死的"野杂种"!

贾宝玉斥贾雨村之流为"禄蠹"、"国贼禄鬼"。

第十六回末,写道秦钟临死,鬼判持牌提索来捉他:

> 那秦钟魂魄哪里肯就去,又记念着家中无人掌管家务,又记挂着父亲还有留积下的三四千两银子,又记挂着智能尚无下落,因此百般求告鬼判。无奈这些鬼判都不肯徇私,反叱咤秦钟道:"亏你还是读过书的人,岂不知俗语说的,'阎王叫你三更死,谁敢留人到五更。'我们阴间上下都是

铁面无私的，不比阳间瞻情顾意，有许多的关碍处。"

作者在这里无情地嘲笑世态。贾雨村为报答贾府举荐自己，对薛蟠倚财仗势打死冯渊一案徇私枉法，清朝官吏所作所为连阴间鬼判都不如。曹公敲响了大清帝国运终数尽、行将走向灭亡的丧钟！

第三十六回贾宝玉反对薛宝钗见机劝导自己"委身经济之道"。

宝玉听后生气道：

"好好的一个清净洁白女儿，也学得钓名沽誉，入了国贼禄鬼之流。这总是前人无故生事，立言竖辞，原为导后世的须眉浊物。不想我生不幸，亦且琼闺绣阁中亦染此风，真真有负天地钟灵毓秀之德！"

贾宝玉不愿与那些读书、搞科举、当官的人往来，骂他们是"禄蠹"，是"国贼禄鬼"，自己始终坚持不读书、不搞科举、不当官。宝玉鄙弃功名利禄，就连对他家皇亲关系也表现得很一般。例如当宝玉得知好友秦钟被父亲打了一顿，因此患病不起，这时黛玉又回南方未归，虽逢元春晋封之事，此时宝玉又如何表现呢？作者写道：

心中怅怅不乐。虽有元春晋封之事，那解得他的愁闷？贾母等如何谢恩，如何回家，亲友如何来庆贺，宁荣两府近日如何热闹，众人如何得意，独他一人皆视有如无，毫不介意。

可见宝玉与秦钟的友谊、与黛玉的爱情高于元春受封，这种思想和行为自然与国与家无望。作者在第三回里有评论贾宝玉的两首《西江月》：

无故寻愁觅恨，有时似傻如狂。纵然生得好皮囊，腹内原来草莽。

潦倒不通世务，愚顽怕读文章。行为偏僻性乖张，哪管世人诽谤！

富贵不知乐业，贫穷难耐凄凉。可怜辜负好韶光，于国于家无望。

天下无能第一，古今不肖无双。寄言纨绔与膏粱：莫效此儿形状！

这两首词是作者对贾宝玉的赞美和褒扬。但用封建阶级伦理道德标准衡量，贾宝玉是个"潦倒不通世务，于国于家无望，古今不肖无双"之人。因为他与那些靠读书搞科举当官者格格不入，他厌恶贾雨村之流的政客，不屑与之为伍，他不关心自己出身的封建地主之家，也置国家于不顾，这种置家国利益而不顾，宁可成天生活于女儿之间，"死后为灰为烟，不愿做此种人臣"。

贾宝玉不愿当官，假如大家都持这种消极态度，封建主义的政权和族权谁来继承？关于这个问题，作者在《红楼梦》第二回里就已经作了介绍："如今生齿日繁，事务日盛，主仆上下，安富尊荣者尽多，运筹谋画者无一，其日用排场费用，又不能将就省俭，如今外面的架子虽未甚倒，内囊却也尽上来了。这还是小事。更有一件大事,谁知这样钟鸣鼎食之家,翰墨诗书之族[朱笔旁批:两句写出荣府],如今的儿孙,竟一代不如一代了!"〔朱眉脂批:文是极好之文,理是必有之理,话则极痛极悲之话〕这是潜伏在宁荣二府中日益严重的危机,也是贾政拂之不去的心病! 更是作者对清朝后继无人的真实写照!

"《红楼梦》第二回中,冷子兴说,荣宁两府'主仆上下都是安富尊荣,运筹谋画的竟无一个。'贾家不就是这样垮下来的么!"①

贾宝玉不仅自己不愿当官,还讥讽那些为君父而捐躯的死谏死战之臣,骂他们不过是沽名钓誉而已,是"胡闹"。

作者在第三十六回里写道:

"人谁不死,只要死得好。那些个须眉浊物,只知道文死谏,武死战,这二死是大丈夫死名死节。竟何如不死的好! 必定有昏君他方谏,他只顾邀名,猛拼一死,将来弃君于何地! 必定有刀兵他方战,猛拼一死,他只顾图汗马之名,将来弃国于何地! 所以这皆非正死……那武将不过仗血气之勇,疏谋少略,他自己无能,送了性命,这难道也是不得已! 那文官更不可比武官了,他念两句书记在心里,若朝廷少有疵瑕,他就胡谈乱劝,只顾他邀忠烈之名,浊气一涌,即时拼死,这难道也是不得已! 还要知道,那朝廷是受命于天,他不圣不仁,那天地断不把这万几重任与他了。可知那些死的都是沽名,并不知大义。比如我此时若果有造化,该死于此时的,趁你们在,我就死了,再能够你们哭我的眼泪流成大河,把我的尸首漂起来,送到那鸦雀不到的幽僻之处,随风化了,自此再不要托生为人,就是我死的得时了。"

曹雪芹以犀利的目光、缜密的推理、精彩的文笔、严厉的措词,尽情地抨击那些为统治阶级卖命的"文死谏,武死战"的文臣武官。嘲讽他们至今仍然执迷不悟,还在"胡闹"。这般人,依然热衷复蹈着"你方唱罢我登场"的故伎,到头来都落了个为他人作嫁衣裳的可悲下场!

153

---

① 陶鲁笳:《毛主席教我们当省委书记》,中央文献出版社,1996 年,第 40 页

伤风败俗的宁荣二府

关于宁荣二府伤风败俗之事，作者作了十分精彩而透彻的描述。比如：当柳湘莲得知尤三姐是贾珍的小姨子，想起宁府的风气，便在宝玉面前跌脚道：

> "这事不好！断乎做不得！你们东府里，除了那两个石头狮子干净罢了！"

柳湘莲言下之意，除了这对石头狮子干净外，在东府里再也找不到一个干净的东西了。这话并非空穴来风，宁府内的那些丑事、脏事、见不得人的乱伦之事早已臭名昭著！

第六十三回，作者写道，贾珍父子星夜驰回，途中得知尤老娘和尤二姐、尤三姐来了：

> 贾蓉当下也下了马，听见两个姨娘来了，喜的笑容满面。（"喜的笑容满面"，庚辰本和戚本都作"便和贾珍一笑"）贾珍忙说了几声"妥当"，加鞭便走，店也不投，连夜换马飞驰。

作者寥寥数语就把贾珍父子那种淫荡丑态刻画得入木三分。儿子一笑，其父便心领神会。曹雪芹在这里一连用了几个十分醒目的字眼："笑容满面"、"妥当"、"加鞭"、"店也不投"、"连夜"、"换马"、"飞驰"等词语。这种迫不及待，归心似箭，星夜兼程，置途中劳顿于不顾，为的是什么呢？去找尤二姐、尤三姐寻欢作乐。

一到家"贾蓉且嘻嘻的望他二姨娘笑说：'二姨娘，你又来了，我们父亲正想你呢。'尤二姐便红了脸，骂道：'蓉小子，我过两日不骂你几句，你就过不得了。越发连个体统都没了。还亏你是大家公子哥儿，每日念书学礼的，越发连那小家子瓢坎的也跟不上。'""贾蓉又和二姨抢砂仁吃，尤二姐嚼了一嘴渣子，吐了他一脸。贾蓉用舌头舔着吃了。"……"贾蓉撇下他姨娘，便抱着丫头们亲嘴：'我的心肝，你说的是，咱们馋他两个。'"在贾珍父子任意践踏下，整个宁府简直变成了人间淫窟！

其实尤二姐、尤三姐早就成为贾珍、贾蓉父子俩共同的玩物。对此，连贾蓉也不否认。贾蓉连夜赶到家，厚颜无耻地对二姨娘道："二姨娘，你又来了，我们父亲正想你呢。"尤二姐便红了脸，贾珍出外办事，不想家里尤氏夫人，却想姨子尤二姐，成何体统！"尤二姐便红了脸"，作者仅用了一个"红"字，这里说明了多少问题，尤二姐为何脸红？表明她与贾珍之间有着不正常的关系。这种关系且被贾蓉曝光，尤二姐能不脸红吗？记得尤三姐曾对尤二姐说：

> "姐姐糊涂！咱们金玉一般的人，白叫这两个现世宝玷污了去，也算无能！"

尤三姐的话说明三个问题：一是证实了姊妹俩被贾珍、贾蓉父子玷污的事实。二是表明尤二姐、尤三姐被贾珍父子俩玷污是心不甘情不愿。用现代法律观点评判贾珍、贾蓉的行为，称之为"违背妇女意愿"，故贾珍、贾蓉行为已构成犯罪。三是作者用了一个"白"字，说明贾珍父子玷污尤二姐和尤三姐后，姊妹俩身心备受伤害，贾珍、贾蓉却视而不见，没有任何悔改道歉之意，在经济上也无分文补偿的表示。父子二人连市井上的嫖客都不如！

关于尤二姐、尤三姐被贾珍、贾蓉父子所污之事，根据庚辰本和戚本所写，尤三姐早已为贾珍所污。戚本回目是"淫奔女改行自择夫"。虽"改行"，也无济于事了。尤三姐还指责他爷儿三个诓骗她寡妇孤女。"向来人家看着咱们娘儿们微息，不知都安着什么心！"

贾琏独占尤二姐后，贾珍把目标锁定尤三姐。

第六十五回里，尤二姐对贾琏说："将来我妹子怎么定是个结果？据我看来，这个形景儿也不是常策。要想长久的法儿才好。"尤二姐所说的"这个形景儿"指的就是贾珍成天缠着尤三姐，想继续调戏玩弄尤三姐，甚至想公开占有尤三姐，尤三姐不依且大闹了一阵，贾珍无法，只好任她自择偶。终因贾珍之故，柳湘莲退亲。

按一百二十回本所写，尤三姐是个洁身自好的人。只因身陷贾家这个淫乱之地，结果落了个身败名裂。柳湘莲退婚的理由是："这事不好！断乎做不得！你们东府里，除了那两个石头狮子干净罢了，只怕连猫儿狗儿都不干净，我不做这剩忘八。"宝玉听了不也心虚地"红了脸"？

尤三姐是在无限悲愤和绝望中拔剑自刎，尤二姐在王熙凤百般的摆布陷害下吞金自尽。

贾珍玩弄尤二姐、尤三姐暂且不论，但作为小辈的贾蓉，也把两位姨娘当做娼妓一样玩弄，在这里作者让人们清楚地看到，父子俩共同玩弄着两个女人，更可恶的是被贾珍、贾蓉父子俩玩弄过的尤二姐，贾珍父子俩又将其介绍给了贾琏作妾。大观园里正上演着一出人世间罕见的、禽兽般的丑剧——贾珍贾蓉父子关系、贾珍贾琏兄弟关系、贾琏贾蓉叔侄关系，他们共同玩弄尤氏姊妹。淫乱、无耻、伤风败俗全然不顾。

155

贾琏为了感谢贾蓉为其出主意勾引尤二姐"有功"，许愿事成之后，要买两个绝色的丫头谢他。真大方，一买就是两个。这是叔父给侄儿弄丫头当妾的例子。

这里还有个问题，既然贾蓉与尤二姐有染，为何又要帮贾琏纳尤二姐为妾呢？

对此，作者作了极其精彩的描述：

贾琏"却不知贾蓉亦非好意，素日因同他姨娘有情，只因贾珍在内，不能畅意。如今若是贾琏娶了，少不得在外居住，趁贾琏不在时，好去鬼混之意"。与其言贾蓉是在帮贾琏纳尤二姐为妾，不如言贾蓉是在暗打不可告人的如意小算盘。只因往日与姨娘"往来"有其父贾珍参与其间，多有不便，且"不能畅意"。再加上平日里贾珍又不大外出办事，更增添了一道他与姨娘"往来"的屏障。"如今若是贾琏娶了"姨娘，情况则大不相同。贾琏少不得外出办事，少则三日五日，多则十天半月。此时的贾蓉，便可与既是姨娘又是婶子的尤二姐，无拘无束，仿佛如鱼得水，尽情畅意。这等荒唐廉耻之事宁府也敢做得出来，他们还有什么脏事、丑事、见不得人的事不敢为呢？

贾琏偷娶尤二姐后，贾珍对尤三姐更是垂涎欲滴。难以压抑愤怒之情的尤三姐，终于像座活火山，那冲天的烈焰，滚滚的岩浆喷发不息；像大海的波涛猛烈撞击着巨礁爆发出惊天动地的怒吼；她像脱缰的野马狂奔于千里疆场；像一泻千里的洪流荡涤着宁府的污泥浊水，也荡涤着整个封建社会的黑暗和腐朽……

作者在第六十五回里这样写道：

尤三姐站在炕上，指贾琏笑道："你不用和我花马吊嘴的，清水下杂面，你吃我看见，见提着影戏人子上场，好歹别戳破这层纸儿。你别油蒙了心，打谅我们不知道你府上的事。这会子花了几个臭钱，你们哥儿俩拿着我们姐儿两个权当粉头来取乐儿，你们就打错了算盘了。我也知道你那老婆太难缠，如今把我姐姐拐了来做二房，偷的锣儿敲不得。我也要会会那凤奶奶去，看他是几个脑袋几只手。若大家好取和便罢；倘若有一点叫人过不去，我有本事先把你两个的牛黄狗宝掏了出来，再和那泼妇拼了这命，也不算是尤三姑奶奶！喝酒怕什么，咱们就喝！"说着，自己绰起壶来斟了一杯，自己先喝了半杯，搂过贾琏的脖子来就灌，说："我和你哥哥已经吃过了，咱们来亲香亲香。"唬的贾琏酒都醒了。贾珍也不承望尤三姐这等无耻老辣。弟兄两个本是风月场中耍惯的，不想今日反被这闺女一席话说住。尤三姐一迭声又叫："将姐姐请来，要乐咱们四个一处同乐。俗话说'便宜不过当家'，他们是弟兄，咱们是姊妹，又不是外人，只管上来。"

积压心中的怨恨愈久，一旦爆发愈是强烈。此时此刻的尤三姐毫无顾忌，时而嬉笑怒骂,时而发泄积怨,时而愤慨万千,时而轻狂豪爽,时而厉言斥责,搞得贾珍、贾琏二人狼狈不堪。

高鹗第一百十六回写宝玉梦中遇见尤三姐手提宝剑对他说:"你们弟兄没有一个好人;败人名节,破人婚姻。今儿你到这里,是不饶保你的了!"可见尤三姐对贾家是何等痛恨!

第一百零七回写宁府抄没后,尤氏心情格外凄凉,回首往事:认为"二妹妹三妹妹都是琏二爷闹的",如果不是贾琏偷纳尤二姐为妾,尤二姐也不会遭到王熙凤的暗算。

总而言之,尤二姐、尤三姐是被贾氏恶棍们霸占,身心备受践踏,她们是被荣宁二府淫乱无耻、伤风败俗所害,她们的死,贾珍、贾琏、贾蓉是罪魁祸首!当然,王熙凤自然也逃脱不了干系。

世仆焦大对荣宁二府所作所为曾破口大骂:

　　"我要往祠堂里哭太爷去。哪里承望到如今生下这些畜生来!每日家偷狗戏鸡,爬灰的爬灰,养小叔子的养小叔子,我什么不知道?咱们胳膊折了往袖子里藏!"

作者对焦大着笔不多,读者只能从《红楼梦》第七回里尤氏与凤姐的对话中获悉:

　　"你难道不知这焦大的?连老爷都不理他的,你珍大哥哥也不理他。只因他从小儿跟着太爷们出过三四回兵,从死人堆里把太爷背了出来,得了命;自己挨着饿,却偷了东西来给主子吃,两日没得水,得了半碗水给主子喝,他自己喝马溺。不过仗着这些功劳情分,有祖宗时都另眼相待,如今谁肯难为他去。他自己又老了,又不顾体面,一味吃酒,吃醉了,无人不骂。我常说给管事的,不要派他差事,全当一个死的就完了。今儿又派了他。"

从尤氏的话里让我们了解到,焦大不仅是贾家的世仆,而且还是一个忠仆。难怪他在谩骂宁府斑斑劣迹时欲吐又止,用焦大的话说:"咱们胳膊折了往袖子里藏!"这其间包含多少一个世仆爱恨交加的内心独白!这种极其复杂的思想矛盾与焦大的身份十分贴切。焦大为效忠其主,可谓鞠躬尽瘁,死而后已。他与袭人很相似,都有一副十足的奴才相。他们把前途和命运都寄予主子身上,结果如何呢?尤氏曾对管事说:"不要派他(指焦大)差事,全当一个死的就完了。"此话说得何等绝情歹毒!这就是贾家后人对曾有过功劳的下人的报答!曾以妾身服侍过贾宝玉而以为荣的袭人,最终还不是被贾宝玉转嫁给了戏子蒋玉菡了吗!无论是奴才还是

157

婢女丫鬟,不论你对主子如何效忠卖力,主子与下人是永远无法画等号的!奴隶主与奴隶之间的鸿沟也是永远填不平的!焦大与袭人至死也不会明白这个理。

焦大对贾家的确做过贡献,焦大赶着贾蓉叫:

"蓉哥儿,你别在焦大跟前使主子性儿。别说你这样儿的,就是你爹、你爷爷,也不敢和焦大挺腰子!不是焦大一个人,你们就做官儿享荣华受富贵?你祖宗九死一生挣下这家业,到如今了,不报我的恩,反和我充起主子来了。不和我说别的还可,若再说别的,咱们红刀子进去白刀子出来!"

焦大在这里虽有卖劳,功大压人之嫌,但贾家的后人如此对待一个忠心耿耿的世仆,这与贾家一贯标榜"宽柔待下"和"知书识礼"格格不入。

平日里宁府伤风败俗之事焦大看在眼里急在心里,今夜趁着酒兴上来,先骂总管赖二:"说他不公道,欺软怕硬,'有了好差事就派别人,像这等黑更半夜送人的事,就派我。没良心的王八羔子!瞎充管家!你也不想想,焦大太爷跷跷脚,比你的头还高呢。二十年头里的焦大太爷眼里有谁?别说你们这一起杂种王八羔子们!'"

荣宁二府大大小小主子们,如此对待曾效忠过自己老祖宗的下人,于理于情都说不过去,这件事多少反映了贾家一代不如一代的现实!他们连做人的最基本道德、仁义都不顾了,还有什么门风、家风可言。宁府为何会败落到这般田地呢?

作为居长的宁公的后代贾敬,虽袭了官,"如今一味好道,一心想做神仙,只爱烧丹炼汞,余者一概不在他心上",何时关心教导过儿女?

作为宁国府唯一的玉字辈小姐惜春,自幼就失去了母爱和父爱,长期居住在荣国府,从不见惜春去都中城外玄真观看望年迈的父亲;也不见回宁府与嫂子尤氏聊聊家事,或与侄媳秦氏叙叙衷肠,或与哥哥贾珍说几句"体己"话;更令人费解的是,人们也不见家里人有何特别关心惜春的地方,他们之间形同路人,没有一丝一毫让人感觉到一家人的"亲情"——父女之情、手足之情、姑嫂之情、姑侄之情。亲侄媳秦可卿去世,整个丧礼期间这位宁府千金为何一直隐而不露呢?难道作者完全忘却这其中的伦常道理?

更有甚者,第六十三回写贾敬"殡天"消息传来,既没有人专门通知惜春,也未见惜春闻父亲突然死去有何悲痛之状。……细察整个丧事中,惜春既没有见老父一面,也没有为父送终尽孝的任何文字描写。古人云"死者为大",秦可卿之丧是侄媳妇不露面已属有违常情,那么亲生父亲之死不着一字就是没有人伦了！作者何以能够忽略到如此不近人情之程度？①

二百多年前，"忠"与"孝"是衡量人们言论行为规范的准则，即使按现代道德规范考量惜春，笔者认为，惜春的确做得有点过了，不太符合我中华民族的为人处世的习俗。

其实作者并没有忽略读者对这一情节可能提出的质疑，他一方面要让读者对惜春在侄媳、父亲先后去世时的冷漠，而去做各式各样的评论和猜想；另一方面也要让读者去作更深层的探究。为什么惜春对人情、亲情淡漠到如此程度，几近荡然无存呢？这才是作者所要揭示的问题所在。

古人云："养不教，父之过。"作为生父的贾敬，平日里除了烧丹炼汞外，几时关心教育过其子女？致使儿子贾珍、孙子贾蓉成了"垮掉一代"的典型！

儿子贾珍不仅和媳妇秦可卿有不正当关系，而且和妻妹尤氏俩姐妹也有纠葛，甚至在尤二姐被贾琏占有，他本人名分之下是尤三姐时，仍"不忘旧情"百般轻薄；孙子贾蓉是草字辈中的花花公子，他不仅和凤姐眉来眼去，侄婶间有暧昧关系，而且和父亲贾珍一起玩弄尤氏俩姐妹……这一切惜春不会无所闻吧，这对于年幼的她，心灵上的创伤是何等严重！

是不称职的父亲、是成日里不顾廉耻的兄长、是不务正业花花公子的侄儿、是耳闻目睹宁府里许多见不得人的事情使她过早看破红尘，这对为何自幼就想出家的惜春也就不难理解了。

此推理正确与否，第七十四回里，人们终于找到了答案。

作者写惜春和嫂子尤氏的一场口角，惜春气愤地说："我只知道保得住我就够了，不管你们。从此以后，你们有事别连累我！"

她要与宁府的肮脏生活"划清界限"。尤氏讥讽她："可知你是个心冷口冷心狠的人。"

惜春反唇相讥："古人也曾说，'不作狠心人，难得自了汉'。我清清白白的一个人，为什么教你们带累坏了我！"

尤氏被刺到痛处，便不敢再说下去。大有心内原有病，怕说这些话。听说有人议论，已是心中羞恼激射……

这些描写说明惜春出家是对污浊的现实所能采取的唯一的抗议形式。作者在这里也揭示了惜春为什么对宁府、对父亲、对兄长、对嫂嫂、对侄儿侄媳如此冷淡几

159

① 引自胡文彬《入迷出悟品红楼》，京华出版社，2007 年，第 175—176 页

近不近人情的真正原因。惜春将来要"缁衣乞食",和叫花子差不多,"长生果"肯定与其无缘。造孽者难道不正是贾敬、贾珍、贾蓉之流吗？是他们连同那个黑暗腐朽的社会制度一起葬送了花季少女惜春的一生！

宁府如此肮脏龌龊,那么荣府又是怎样呢？

作者在第六十三回里这样写道：

> 贾蓉笑道："各门另户,谁管谁的事。都够使的了。从古至今,连汉朝和唐朝,人还说脏唐臭汉,何况咱们这宗人家。谁家没风流事,别讨我说出来。连那边大老爷这么厉害,琏叔还和那小姨娘不干净呢。凤姑娘那样刚强,瑞叔还想他的账。哪一件瞒了我！"

如果说第七回里焦大醉骂宁府,是对宁府种种见不得人之事进行了概括和总结;那么,贾蓉这段话便是对荣府里各种丑事进行曝光和补充,使荣宁二府在读者心目中有个比较完整的印象。但美中不足的是,无论焦大还是贾蓉,问题都交待得不彻底。他们二人所罗列的荣宁二府的无耻罪恶,与实际相差甚远,只是冰山一角。

荣府是"长子贾赦袭着官",虽不好道却好色——如大丫头平儿所说："这个大老爷太好色了,略平头正脸的,他就不放手了。"虽上了年纪,儿孙成行,但他成日里还到处物色小老婆放在屋里寻欢作乐。

作者在第四十六回写道：

> "老爷如今上了年纪,做什么左一个小老婆右一个小老婆放在屋里,没的耽误了人家。放着身子不保养,官儿也不好生做去,成日家和小老婆喝酒。……老爷如今上了年纪,行事不妥,太太该劝才是。比不得年轻,做这些事无碍。如今兄弟、侄儿、儿子、孙子一大群,还这么闹起来,怎样见人呢？"

贾赦好色竟到了不顾颜面、廉耻、身子、官位的地步。

后来,他看上了贾母身旁的丫环鸳鸯,死皮赖脸地要讨她做妾,鸳鸯死活不从。贾赦先后派其妻邢夫人、鸳鸯的嫂子和她的哥哥文翔去做工作。

第四十六回写鸳鸯的嫂子把贾赦要纳鸳鸯做妾的"好消息"告诉她,鸳鸯听说,立起身来,照她嫂子脸上下死劲淬了一口,指着骂道："怪道成日家羡慕人家女儿做了小老婆,一家子都仗着她横行霸道的,一家子都成了小老婆了！看得眼热了,也把我送到火坑里去。我若得脸呢,你们在外头横行霸道,自己就封了自己是舅爷了。我若不得脸败了时,你们把王八脖子一缩,生死由我。"

贾赦还恼怒地对文翔说："我这话告诉你,叫你女人向她说去,就说我的话:'自古嫦娥爱少年'，他必定嫌我老了，大约她恋着少爷们，多半是看上了宝玉，只怕也有贾琏。果有此心，叫她早早歇了心。我要她不来，以后谁还敢收？此是一件。第二件，想着老太太疼她，将来自然往外聘做正头夫妻去。叫她细想，凭她嫁到谁家去，也难出我的手心。除非她死了，或是终身不嫁男人，我就服了她！若不然时，叫她趁早回心转意，有多少好处。"甚至恐吓文翔说："你别哄我，我明儿还打发你太太过去问鸳鸯，你们说了，她不依，便没你们的不是。若问她，她再依了，仔细你的脑袋！"

鸳鸯态度十分坚决，她说："别说大老爷要我做小老婆，就是太太这会子死了，他三媒六聘的娶我去做大老婆，我也不能去。"她还针对贾赦的威胁说："纵到了至急为难，我剪了头发做姑子去；不然，还有一死。一辈子不嫁男人，又怎么样？"

"不自由，毋宁死"这六个字充分表明鸳鸯向往自由、追求婚姻自主的决心！她不被贾府里的银子、贾赦的威胁和诬蔑所击倒，她不畏贾赦扬言要对她进行"报仇"而退却！

面对老太太与众人坦言："因为不依，方才大老爷越性说我恋着宝玉，不然要等着往外聘，我到天上，这一辈子也跳不出他的手心去，终究要报仇。我是横了心的，当着众人在这里，我这一辈子莫说是'宝玉'，就是'宝金''宝银''宝天王''宝皇帝'，横竖不嫁人就完了！就是老太太逼着我，我一刀抹死了，也不能从命！"

一个行将就木的老头，竟把一个年轻丫环逼到如此地步，贾家的颜面早已被这些畜生丢得一干二净！一贯以"诗书仕宦之家"为荣的贾府，时常标榜"宽柔待下"和"知书识礼"是传统治家"法宝"，贾赦所作所为如何与其画等号？难道贾赦这样的无耻、无理、横蛮、狠毒地对待丫环，这就是贾家的"宽柔待下"和"知书识礼"的具体表现？人们且不知贾府"知"的什么"书"，"识"的什么"礼"？

贾赦不仅贪色，而且贪财。他看上石呆子二十把旧折扇，皆是古人写画真迹。石呆子视其如命，他说："我饿死冻死，一千两银子一把，我也不卖。"甚至说："要扇子先要我的命！"为了这二十把扇子，贾雨村为讨好贾赦，设法讹石呆子拖欠官银，拿到衙门，令他"变卖家产赔补"。把抄来的二十把扇子，做了官价，送给贾赦。最后逼得石呆子愤而自尽。

更加荒唐廉耻的莫过于第六十九回：

> 贾琏将所完之事回明。贾赦十分欢喜，说他中用，赏了他一百两银子，又将房中一个十七岁的丫环名唤秋桐者，赏他为妾。贾琏叩头领去，喜之不尽。

161

身为父亲的贾赦，竟把一个自己沾染过的丫环赏给亲生儿子为妾，这与宁府的贾珍、贾蓉父子二人共同玩弄尤氏姊妹有何不同？贾蓉同样把被自己沾染过的尤二姐介绍给叔叔贾琏为妾,贾琏为答谢侄儿,竟扬言要买两个绝色的女子送给贾蓉做妾。真是禽兽不如!

人们常云:"有其父必有其子"。作为贾赦的儿子贾琏,其贪色程度与贾赦相比,可谓有过之而无不及。贾赦是"略平头正脸的,他就不放手了";其子贾琏则是"见有些姿色的女子他都不放过"。父子俩在贪色上几乎达到"克隆"之程度。

有次贾琏的女儿巧姐得了痘疹,按风俗夫妻要隔房,他便搬到外书房斋戒。仅"独寝了两夜,便十分难熬",颇感寂寞难耐。此间巧遇美貌异常、妖娆妩媚、轻浮无比的多姑娘(曾与宁荣二府多人有染),往日也曾见过这媳妇,贾琏也为之而神魂颠倒,"只是内惧娇妻,外惧宠妾,不曾下得手"。

曹雪芹对贾琏淫荡放肆行为作了十分精彩的描述:

> 是夜二鼓人定,多浑虫醉昏在炕,贾琏便溜了来相会。进门一见其态,早已魄飞魂散,也不用情谈款叙,便宽衣动作起来。谁知这媳妇有天生的奇趣,一经男子挨身,便觉遍身筋骨瘫软,使男子如卧绵上;更兼淫态浪言,压倒娼妓,诸男子到此岂有惜命者哉。那贾琏恨不得连身子化在她身上。那媳妇故作浪语,在下说道:"你家女儿出花儿,供着娘娘,你也该忌两日,倒为我脏了身子。快离了我这里罢。"贾琏一面大动,一面喘吁吁答道:"你就是娘娘!我那里管什么娘娘!"那媳妇越浪,贾琏越丑态毕露。一时事毕,两个又海誓山盟,难分难舍,此后遂成相契。

作者把荣府"作践脂粉"的淫棍贾琏刻画得如此惟妙惟肖。连老太太都嫌他"脏的臭的都往屋里拉"。他与鲍二家的鬼混败露后,导致鲍二家的因羞愧无颜见人而悬梁自尽。尤二姐、尤三姐之死都与贾琏贪色有关系。

贾琏虽闻宁府尤氏姊妹二人,早已垂涎欲滴,但苦于无从下手,如今恰逢宁府办丧事之机,便与尤二姐勾搭上。贾珍、贾蓉又在明里暗里相助,最终促成贾琏偷娶尤二姐为别室的计划得以实现。贾琏不仅偷娶了尤二姐为妾,还有和小姨娘勾搭的事实。

王熙凤知道后,花言巧语、连哄带骗将尤二姐接回府里,使尤二姐成了瓮中之鳖。随后她又以狡诈狠毒的借刀杀人之法,致使尤二姐身败名裂,最后又使尤二姐堕胎,柔弱的尤二姐在绝望中吞金自尽。如果说尤二姐是被王熙凤逼死的,不如尤氏所言:"二妹妹三妹妹都是琏二爷闹的。"关于尤二姐与尤三姐的死因,前面已作了叙述,这里不再重复。

贾琏常常在外寻花问柳,致使凤姐醋意大发,最严重的一次莫过于王熙凤逮住贾琏与鲍二家的偷情事实。王熙凤要死要活大闹一场,贾琏恼羞成怒险些把王熙凤给杀了。

平儿对贾琏偷鸡摸狗的行为也很不放心。第二十一回作者写平儿与贾琏的一段对话十分耐人寻味:"平儿道:'她醋你使得,你醋他使不得。她原行的正走的正;你行动便有个坏心,连我也不放心,别说她了。'平儿对'贾琏的评价是公道的,对王熙凤是否也正确呢? 人们仔细想一想,未免就有点疑问。一个年纪大不了多少的婶娘,在那样自我标榜的诗礼人家里,怎么向侄儿启齿说约会贾瑞这样的事呢? 人们也自然会联想到王熙凤与贾蓉的关系的其他种种,如贾蓉借屏风的那种嬉皮笑脸的态度,想到王熙凤叫住他'出了半日的神'说的那句话:'罢了,你且去罢,晚饭后与你来再说罢……'(第六回)。想到贾蔷'下姑苏聘请教习,采买女孩子',贾蓉请王熙凤帮忙说情时的动作:'贾蓉在身旁灯影下悄拉凤姐的衣襟,凤姐会意……'(第十六回)这些怎不使人想到这婶侄之间的关系正常么? 况且王熙凤也向贾瑞说过这样的话:'果然你是个明白人,比贾蓉两个强远了。我看他那样清秀,只当他们心里明白,谁知竟是两个糊涂虫,一点不知人心。'(第十二回)这当然是诓骗贾瑞的,但王熙凤为什么单独提到他们,人们何尝不可以正面理解其中的某些话呢! 而贾瑞之所以敢打王熙凤的主意,也难保他没有听到什么,可见这明写中也寓有暗示——至少这些描写都隐约透露了,贾蓉、贾蔷是活跃在王熙凤身边的两个'弄臣'!"①

荣宁二府混乱的伦理关系愈演愈烈,昔日的"钟鸣鼎食之家","诗书翰墨之族",被贾家不肖子孙践踏得荡然无存! 究其原因,作者用老太太的话,对问题作了言简意赅的回答:

> "什么要紧的事! 小孩子们年轻,馋嘴猫儿似的,哪里保得住不这么着。从小世人都打这么过的。"

老太太道出了大实话。荣宁二府垮掉的一代,伦理道德的败坏,成日里不思进取,只顾享乐,偷鸡摸狗,聚赌嫖娼,风流放纵,这些伤风败俗之事,在老太太眼里都是无关"什么要紧的事"。贾家"最教子有方"的祖传秘方被曹公曝光于天下。教子无方岂有不败之理! 贾母成了"垮掉一代"的最大保护伞。在老太太这种错误观点、错误思想的纵容下,致使荣宁二府贵族爷们越来胆越大,贾赦对"略平头正脸的,他就不放手了";贾琏"见有些姿色的女子他都不放过";贾蓉不仅与两个姨娘有

① 引自李希凡《"如今的儿孙竟一代不如一代了"》——略论贾府诸爷儿们的末世形象。该文被编在《细说红楼梦》中,蓝天出版社,2006 年,第 322—323 页

染，而且与婶子王熙凤有暧昧关系；情场老手的贾珍更是不择手段、肆无忌惮……他们不顾长幼亲疏、尊卑主奴，一概下手。

贾母关于"从小世人都打这么过的"，人们要问：老太太年轻时难道也打这么过的？真是印证了一句老话："上梁不正下梁歪"。

贾母此话说过了头，涉及面太大了，不符合实际。众所皆知，偷鸡摸狗、寻花问柳、聚赌嫖娼、偷纳别室等行为，起码要具备三个条件：一是"天下难得的是富贵"（要有钱财）；二是"又难得的是闲散"，即"富贵闲人"（要有时间）；三是思想道德败坏，好干浊臭逼人的勾当！三者不可或缺，正因为如此，所以这等见不得人的勾当大多发生在贾蓉所说："……何况咱们这宗人家！"（荣宁二府），类似《金瓶梅》中的西门庆；《红楼梦》中的贾赦、贾珍、贾琏、贾瑞、贾蓉、贾蔷、贾芹、薛蟠、邢大舅之流。也只有这些贵族纨绔子弟，整日里吃、喝、嫖、赌，过着醉生梦死的生活。这些人才是"从小都打这么过的"。而广大贫苦百姓，特别像现代京剧《白毛女》中的杨白劳，过大年只能给自己宝贝女儿扯上三尺红头绳；《红楼梦》中的狗儿、石呆子吃了上顿没下顿的穷人，怎么还有那份闲心寻花问柳呢？

说白了，在贾母的眼里偷鸡摸狗、寻花问柳只是平常事、正常事，"有什么要紧事"。因为"从小世人都打这么过的"，贾母意在把水搅浑，将问题扩大化，最终达到为贾府垮掉一代的不肖子孙开脱罪责，竭力淡化荣宁二府种种伤风败俗之事。因为世人也都这么做了，也"都打这么过的"，那么荣宁二府主子们偷鸡摸狗、乱伦行为、聚赌嫖娼不都成了合法化、大众化、正常化了吗？他们的行为还有什么大惊小怪呢？

贾母的一句话伤害了普天之下多少善良人的心，也是对人世间淳朴憨厚的贫苦大众的最大亵渎！

笔者认为贾母这种落后而腐败的教育方法，充分暴露荣宁二府教育无方日益凸显。荣府里贾政为教育儿子贾宝玉"改邪归正"，采取高压手段——往死里揍，险些断送宝玉性命；宁府里的掌门人贾敬，一味好道，对儿子贾珍放纵不管，任其胡作非为；而贾母则青红不分，皂白不辨，一味袒护；贾赦、贾珍与自己儿子一道干尽坏事……这种种错误的教育方法恶性循环，致使贾家"安富尊荣者尽多，运筹谋画者无一"。谁知这样"钟鸣鼎食之家，翰墨诗书之族，如今的儿孙，竟一代不如一代了"！贾家教育无方，后继无人，是贾府走向破落和崩溃的根本原因之一。

贾家一向标榜"忠厚待下"，现在让我们看一看贾家主子们是如何"忠厚待下"的。

第六十一回王夫人屋里丢了东西，为破此案，王熙凤主张：

"……依我的主意，把太太屋里的丫头都拿来，虽不便擅加拷打，只叫他们垫着磁瓦子跪在太阳地下，茶饭也别给吃。一日不说跪一日，就是铁打的，一日也管招了。"

这哪里是什么主意，俨然是一则酷刑，实际上就是逼、供、信。

一个"都"字，充分表明主子既没有根据，又无重点目标，因此才要"都拿来"过堂、受审。让丫头们"垫着磁瓦子跪在太阳地下，茶饭也别给吃"。这种酷刑别说丫头们难以承受，就是用在身强力壮的男子身上也受不了。用设计此法的王夫人侄女王熙凤的话说："一日不说跪一日，就是铁打的，一日也管招了。"谁先受不了此刑折磨的，谁便"招供"。这种家庭"公堂"审案，有无物证、人证都无关紧要。在大观园里冤假错案，最终酿成命案的还少吗？王夫人手上就有好几条命案，晴雯、金钏儿、司棋等都是被王夫人逼死的。

王熙凤工于心计，阳奉阴违，阴险毒辣。

关于她的狠毒作者在第四十四回里作了十分深刻描述：

"……谁叫你来的？你便没看见我，我和平儿在后头扯着脖子叫了你十来声，越叫越跑。离的又不远，你聋了不成？你还和我犟嘴！"说着便扬手一掌打在脸上，打得那小丫头一栽；这边脸上又一下，登时小丫头子两腮紫涨起来。"……再不说，把嘴撕烂了他的！"那小丫头子先还犟嘴，后来听见凤姐儿要烧了红烙铁来烙嘴，"……你若不细说，立刻拿刀子来割你的肉。"说着，回头向头上拔下一根簪子来，向那丫头嘴上乱戳，唬得那丫头一行躲，一行哭求道："……二爷叫我来瞧着奶奶，底下的事我就不知道了。"

大观园里这些无依无靠的弱女子，成日里担惊受怕，随时随地受着主子们各种各样的压迫、侮辱、殴打和虐待。如果她们把希望和解放寄托在主子们的"宽柔待下"、"知书识礼"上，其结果必定是荒唐与绝望。

王熙凤曾公然声称：

"我从来不信什么阴司地狱报应的，凭什么事，我说行就行！"

同在第六十一回里，原说柳家的有盗窃嫌疑，结果证明没有问题。王熙凤却说："苍蝇不抱没缝儿的鸡蛋。虽然这柳家的没偷，到底有些影儿，人才说他。虽不加贼刑，也革出不用。朝廷原有挂误的，到底不算委屈了她。"

这就是贾家"宽厚待下"的又一例证！柳家的既然不是窃贼，贾家当然不能加以贼刑，贾府已经冤枉了柳家的，贾家凭借着财大、势大不仅不还给柳家的一个清白，反被革出不用，还厚颜无耻地搬出"朝廷原有挂误的"进行搪塞，想圆其说。大

165

观园成了婢女、丫环、奴仆的人间地狱。

在这里人们既看不到有何"宽仁待下"的事例，又找不到贾家一贯标榜的"知书识礼"的一点一滴影子。作者在这里让读者更多看到的是"严酷压人"、"心狠手辣"致下人于死地的斑斑场面。

贾家对下人如此心狠手辣，那么，他们家人之间关系又是怎样的呢？

这时的贾家应证了古人云"坐吃山空"的道理。处于寅年吃了卯年租的困境，银库早已枯竭，经济入不敷出；思想道德败坏，伦常关系崩溃，父子之间、兄弟之间、妯娌之间、叔侄之间、夫妻之间矛盾重重，尔虞我诈，钩心斗角。

第七十五回里探春作了极其深刻的概刮：

> "咱们倒是一家子亲骨肉呢？一个个像乌眼鸡似的，恨不得你吃了我，我吃了你！"

何等言简意赅，把贾家内部主子集团的矛盾揭示得如此形象透彻！这等伤风败俗之家，内外百孔千疮，再加上"安富尊荣者尽多，运筹谋画者无一"，这就决定了贾府连同没落的封建社会彻底灭亡的丧钟即将敲响，风雨飘摇中的封建大厦，必将随着钟声响起而垮塌！

荣宁二府森严的等级制度与封建之礼

荣宁二府上上下下充满着森严的等级壁垒,主子们以此达到百般奴役、欺压、剥削婢女、丫环、奴仆和小厮的目的。

第四十五回作者写赖家的赖尚荣当县官的事。众所周知,赖家是贾府世代的奴隶,即"世仆",故得到贾府特殊的优待,将其孙子赖尚荣从小"放出去",免除其奴隶身份,经读书捐官,如今当上了县官。即使如此,也只不过是贾家多了一个更加有用的,在社会上、官场上晃动的奴才。

做了官依然是贾府的奴才,而且是一个更加听主子的话的奴才。

赖嬷嬷告诉贾母,她是如何教训赖尚荣的:

> 我说:"哥哥儿,你别说你是官儿了,横行霸道的!你今年活了三十岁,虽然是人家的奴才,一落娘胎胞,主子恩典,放你出来,上托着主子的洪福,下托着你老子娘,也是公子哥儿似的读书认字,也是丫头、老婆、奶子捧凤凰似的,长了这么大。你哪里知道那'奴才'两字是怎么写的!只知道享福,也不知道你爷爷和你老子受的那苦恼,熬了两三辈子,好容易挣出你这么个东西来。从小儿三灾八难,花的银子也照样打出你这么个银人儿来了。到二十岁上,又蒙主子的恩典,许你捐个前程在身上。你看那正根正苗的忍饥挨饿的要多少?你一个奴才秧子,仔细折了福!如今乐了十年,不知怎么弄神弄鬼的,求了主子,又选了出来。州县官虽小,事情却大,为哪一州的州官,就是哪一方的父母。你不安分守己,尽忠报国,孝敬主子,只怕天也不容你。"

这番奴才的话,简直是说到家了,它传递给读者两层意思:

1. 描述了主子培养奴才的苦心。

2. 同时也让读者看到奴才感恩戴德的情怀。

此时的赖家舍不去的是对主子的一片孝敬,即"效忠主子",这种报答主子之恩的心态比过去更加强烈。赖家之所以有今天,与过去忠孝主子是分不开的。现在还要忠孝主子,那是为寻求更大的好处,还用得上贾家。后来,贾家如遇像薛蟠打死人之类的事情,有求于他,想必这个县太爷定会死心塌地的为之效命,为"报恩"

167

主子丢官舍命在所不惜！这充分表明奴才需要主子,而主子也需要像赖家这样的效忠主子的奴才!

赖大的母亲等走进来了,作者写道:

> 贾母忙命拿几张小机子来,给赖大母亲等几个高年有体面的嬷嬷坐了。

据书里说:

> 贾府风俗,年高服侍过父母的家人,比年轻的主子还有体面呢。所以,尤氏凤姐等只管地下站着,那赖大的母亲等三四个老嬷嬷告了罪,都坐在小机子上。

……后来谈到大家凑份子替凤姐做寿时,就知道了。王夫人等各出六十两。尤氏李纨说,她们比王夫人等"矮一等",各出十二两。赖大的母亲说:"我们自然也该矮一等了",她打算出十二两以下。贾母听了忙说:

> "这使不得,你们虽矮一等,我知道你们几个都是财主。位虽低些,钱却比他们多。你们和他们一例才使得。"

在贾府里,奴婢即使做了姨娘,但主子与奴婢之间的界限依然存在。第二十三回里写道:

> 赵姨娘打起帘子,宝玉躬身进去。只见贾政和王夫人对面坐在炕上说话,地下一溜椅子,迎春、探春、惜春、贾环四个人都坐在那里。一见他进来,唯有探春和惜春、贾环站了起来。

作者以极其经济的笔墨,近似于速描的手法勾勒出一幅二百多年前一个"闲"、"富"之家小聚会的画面。他让读者仿佛身临其境,直接感受到贾府里的森严等级制度和那无处不在的"封建之礼"。

曹公首先让读者看到的是赵姨娘站在屋外为宝玉进门打起帘子,进门后映入读者眼帘的是,贾政和王夫人对坐在炕上说话。在这里一个站在屋外门旁,另一个却坐在屋里炕上;一个打起帘子,另一个却在说话。作者一连用了四个动词"站"、"坐"、"打"、"说",且一气呵成。如此鲜明的对比,充分揭示了"主"与"仆"、"妻"与"妾"之间的等级、地位何等的森严分明!

探春、惜春和贾环一见宝玉进来,都站起来。不知细心的读者注意到没有,"唯有"迎春没有站起来,因为迎春是姐姐,比宝玉大,其余三人是弟妹,比宝玉小,所以要站起来。可见,曹府的上上下下对"礼"重视的程度。

第二十四回里,贾赦患病,老太太让宝玉去探视。这其中有多少礼节、多少复杂,张毕来先生曾这样描述道:

我们先从贾母那方面看。这是母亲问儿子之病，却又是打发孙子前去。从贾赦这方面看，是侄儿代表母亲前来问病。在宝玉方面，是奉祖母之命去问伯父之病。在这一事情之中的礼，要体现从祖到孙三代关系。书里写的是：宝玉见到贾赦，"先述了贾母的话，然后自己请了安"。贾赦这一方面是："先站起来回了贾母问的话"，然后对宝玉说话，叫宝玉去看邢夫人。宝玉到了邢夫人那里，"邢夫人见了，先站起来请过贾母的安，宝玉方请安"。你看，他们请安，或先或后，井然有序，很会讲礼。此外，凡听奴仆转达长辈吩咐，必须起立回答；骑马过父亲堂前，必须滚鞍下马；父亲在场，儿子不该言笑；男人到来，妇女必须趋避……说不完的花样。

探春对庶出非常敏感。她生性反对迎春的懦弱忍受，也反对惜春的绕着是非走，她反对这种弱者的行为，因此每当触及她的出身时，她是不惜一切地抗争。这固然反映了她强的一面，但也透露出她极为敏感的一面。有许多人评论到这件事时，常以等级观念来批评探春。我以为在那个等级森严的社会里、家族中，这不能不伤害探春的自尊心，更重要的是她维护做人的尊严，她强烈地反对这种等级制度的束缚。当王善宝家的挨了她一巴掌后，她大怒道：

"你是什么东西，敢来拉扯我的衣裳！我不过看着太太的面上，你又有年纪，叫你一声'妈妈'，你就狗仗人势，天天做耗，专管生事。如今越性了不得了。你打量我是同你们姑娘那样好性儿，由着你们欺负她，就错了主意。"

声色俱厉，义正词严，这里维护的不仅是她个人的自尊心，而且维护整个家族的尊严。这种狗仗人势的奴才，欺负的不仅是一个小姐，而且是在颠倒一种社会关系，这才是探春所不能容忍的。

探春是"老鸹窝里出凤凰"。虽为赵姨娘所生，但不满赵姨娘的所作所为，说赵姨娘的想头"不过是那阴微下贱的见识"；对其母轻蔑厌恶，冷酷无情，声言"我只管认得老爷、太太两个人，别人我一概不管"。

第二十回：贾环自己对丫头们说："我拿什么比宝玉？你们怕他，都和他好，都欺负我不是太太养的！"

又如第二十五回，贾环用蜡烛油烫了宝玉，王夫人就叫过赵姨娘来骂道："养出这样黑心的种子来。""那赵姨娘只得忍气吞声，也上去帮他们替宝玉收拾。"说明二者依然是主仆关系。

第五十五回，赵姨娘对探春说："……如今你舅舅死了，你多给二三十两银子，难道太太就不依你？"作者接着写道：

> 探春没听完，已气得脸白气噎，抽抽咽咽的一面哭，一面问道："谁是我舅舅？我舅舅年下才升了九省检点，哪里又跑出一个舅舅来？我倒素习按理尊敬，越发敬出这些亲戚来了。既这么说，环儿出去为什么赵国基又站起来，又跟他上学？为什么不拿出舅舅的款来？何苦来，谁不知道我是姨娘养的，必要过两三个月寻出由头来，彻底来翻腾一阵，生怕人不知道，故意的表白表白。也不知谁给谁没脸？幸亏我还明白，但凡糊涂不知理的，早急了。"

探春这段话，说明在那等级森严的封建社会里，母子之间也抹不去"庶出"的痕迹。探春就是这样，她对庶出有着何等的敏感和隐痛。难怪王熙凤对平儿说："好！好！好！好个三姑娘，我说不错。——只可惜她命薄，没托生在太太肚子里。"平儿问为什么。她说：因为"将来做亲时，如今有一种轻狂人，先要打听姑娘是正出还是庶出。多有为庶出不要的"。一般的"庶出"尚且不好，是丫头养的，更不好。所以探春平日就一肚子不平之气、不幸之感，一有机会就发作。

三六九等的丫头制度

前面讲的是大观园主子之间以及高年有体面的奴才与主子之间的关系，现在再分析下宁荣二府里最下层的婢女、丫鬟，也被分为上中下三等。最为突出的莫过于作者在第三十六回里从大管家王熙凤回王夫人话中得知：

> 王夫人问道："正要问你，如今赵姨娘、周姨娘的月例多少？"
>
> 凤姐道："那是定例，每人二两。赵姨娘有环兄弟的二两，共是四两，另外四串钱。"
>
> 王夫人道："可都按数给他们？"
>
> 凤姐见问得奇怪，忙道："怎么不按数给！"
>
> 王夫人道："前儿我恍惚听见有人抱怨，说短了一吊钱，是什么缘故？"
>
> 凤姐忙笑道："姨娘们的丫头，月例原是人各一吊。从旧年他们外头商议的，姨娘们每位的丫头分例减半，人各五百钱，每位两个丫头，所以短了一吊钱。这也抱怨不着我，我倒乐得给他们呢，他们外头又扣着，难道我填上不成。这个事我不过是接手儿，怎么来，怎么去，由不得我做主。我倒说了两三回，仍旧添上这两分的。他们说只有这个项数，叫我也难再说了。如今我手里每月连日子都不错给他们呢。先时在外头关，哪个月

不打饥荒,何曾顺顺溜溜地得过一遭儿。"

王夫人听说,也就罢了,半日又问:"老太太屋里几个一两的?"

凤姐道:"八个。如今只有七个,那一个是袭人。"

王夫人道:"这就是了。你宝兄弟也并没有一两的丫头,袭人还算是老太太房里的人。"

凤姐笑道:"袭人原是老太太的人,不过给了宝兄弟使。她这一两银子还在老太太的丫头分例上领。如今说因为袭人是宝玉的人,裁了这一两银子,断然使不得。若说再添一个人给老太太,这个还可以裁他的。若不裁他的,须得环兄弟屋里也添上一个才公道均匀了。就是晴雯、麝月等七个大丫头,每月人各月钱一吊,佳蕙等八个小丫头,每月人各月钱五百,还是老太太的话,别人如何恼得气得呢。"

薛姨妈笑道:"只听凤丫头的嘴,倒像倒了核桃车子的,只听他的账也清楚,理也公道。"

凤姐笑道:"姑妈,难道我说错了不成?"

薛姨妈笑道:"说得何尝错,只是你慢些说岂不省力。"

凤姐才要笑,忙又忍住了,听王夫人示下。王夫人想了半日,向凤姐儿道:"明儿挑一个好丫头送去老太太使,补袭人,把袭人的一分裁了。把我每月的月例二十两银子里,拿出二两银子一吊钱来给袭人。以后凡事有赵姨娘、周姨娘的,也有袭人的,只是袭人的这一分都从我的分例上匀出来,不必动官中的就是了。"

凤姐一一地答应了。

作者在这里让读者了解到,大观园里下人被分为三六九等后,其身份待遇也不尽相同:

上等的丫鬟,每人每月一两银子的分例,一月能拿到一两分例的丫鬟自然是服侍大观园里的大人物,像在贾母、王夫人屋里的贴身丫鬟,如袭人、鸳鸯、金钏儿等。

二等的丫鬟,曹雪芹在书中提到的像晴雯、麝月等七个大丫头,她们的每人每月分例为一吊钱。

三等的丫头,像佳蕙她们八个丫头,每人每月各钱五百。

据《东华续录》道光卷有关于当年银价的记载。由于白银大量外流,1837 年之内外流尤多,因而国内银价上涨。以前白银一两换钱七八百文,而此时则一两可换一千二三百文,乃至一千六百文。这是道光时的情形。

虽然在大观园里的丫头有大小之分,也有高低之别,而对这种等级高低,丫头

171

们是十分看重的,因为这直接与其在大观园里身份高低、月分例多少有着直接的关系,所以下人们都会千方百计地往上爬! 能到当权者屋里当丫头,的确是件很体面、很了不起的事情。

第七十三回,写小红一心想往上爬,一次意外得到王熙凤的赏识,想"提拔"她,问她愿不愿意,小红道:

"愿不愿意,我不敢说。只是跟着奶奶,我们学些眉眼高低,出入上下,大小的事儿,也得见识见识。"

通过小红的回答,明白人一听便知,小红是十二分的愿意,是巴不得的事情,字里行间找不出有半点不愿意的意思,她也是恨不得马上就能跟在主子的左右、前后,学些"眉眼高低,出入上下,大事小事,也得见识见识"。多风光,多体面,这是一般丫头望尘莫及的美事一桩,绝对不能错过这千载难逢的机遇! 对此小红心知肚明,她的回答也是真心的流露!

第五十二回,麝月、坠儿妈妈的一段话也是很能说明问题的。麝月说:

"……嫂子原也不得在老太太、太太跟前当些体统差使,成年家只在三门外头混,怪不得不知道我们里头的规矩。这里不是嫂子久站的,再一会,不用我们说话,就有人来问你了……"

这就是因为大观园主子们把下人分等级,所引起的丫头之间、一般老妈与一般丫头之间、大丫头与小丫头之间、家里头和外头的矛盾。

第三十回,当宝玉冒雨跑回家时,见院门关着,作者写道:

宝玉一肚子没好气,满心里要把开门的踢几脚,及开了门,并不看真是谁,还只当是那些小丫头子们,便抬腿踢在肋上。袭人"嗳哟"了一声。宝玉还骂道:"下流的东西们……"一低头见是袭人哭了,方知踢错了,……宝玉道:"我才也不是安心。"

试问,宝玉在这里向袭人表明自己不是安心踢她。那么究竟安心踢谁? 当然安心踢小丫头! 因为素日里开门关门的都是小丫头们的事,其实作者已做了注脚。"宝玉一肚子没好气",心里有气自然要释放,那么向何处释放? "满心里要把开门的踢几脚"。开门者又是谁? "宝玉并不看真是谁,还只当是那些小丫头子们,便抬腿踢在肋上。"宝玉是把开门的当是那些小丫头们,便抬腿踢向对方! 作者这里交代的何等的细致、明了。宝玉安心要踢几脚的就是小丫头。因为踢在了袭人的肋上,"方知踢错了",假如是踢在别的小丫头身上、肋上、肚子上,那就踢对了。宝玉安心踢谁不就一目了然了吗! 在这种等级思想支配下,小丫头们的生活处境是最为悲惨不堪!

第三回写宝玉怪脾气发作,把那块玉摔了。贾母心疼得搂着宝玉道:

"孽障!你生气要打骂人容易,何苦摔那命根子!"

贾母所说的打骂人容易,请问打谁?骂谁?当然是生活在大观园里最底层的奴婢丫鬟!

第六十回里赵姨娘骂芳官:

"不过娼妇粉头之流。我家里下三等奴才也比你高贵些。"

我们再来听听芳官是如何反驳她的:

"姨奶奶,犯不着来骂我。我又不是姨奶奶家买的。'梅香拜把子——都是奴才'罢了。这是何苦来呢?"可见,即使"奴才"当了姨娘,地位变了,但是主子与奴才之间的界限是依然存在的。哪怕生了儿女,丫头与主子、妻妾之间、母子之间此种"鸿沟"仍然无法逾越!就以赵姨娘为例,她原来是丫头,后被贾政纳为妾,她的月例银子,每月二两,比上等丫头多一倍。而王夫人每月是二十两,是赵姨娘的十倍。悬殊如此之大。因此,前文提到贾政与王夫人在屋里坐在炕头上说话,而赵姨娘却在屋外打帘子做些伺候人的事情。

在极其森严的等级制度下,大观园里正出与庶出的子女也大不一样,贾宝玉是正出,是贾母的心肝宝贝,得到了老太太的宠爱,显得何等尊贵、体面!而贾环是贾政与赵姨娘所生,是庶出,他被歧视。在大观园里,二者的地位、待遇有天壤之别。

第五十五回里王熙凤曾对平儿道:

"好!好!好!好个三姑娘,我说不错,只可惜他命薄,没托生在太太肚子里……将来做亲时,如今有一种轻狂人,先要打听姑娘是正出是庶出。多有为庶出不要的。"

王熙凤的一席话,道出了当时社会对庶出子女的轻视,是社会的一种普遍现象。

上面讲了许多丫头、奴婢以及他们即使被主子纳为妾之后也无法改变其"奴才"身份的事实。接下来谈一谈小厮。其实小厮在大观园里的地位与丫头大体相同,他们的命运也很苦,被骂、被打、被撵、被买卖也是常有的事情。第三回里曾经写道:贾宝玉一发怪脾气时,"背地里拿着他的两三个小子出气,咕唧一会就完了"。最令读者难忘的莫过于焦大那晚拒绝赶车送王熙凤和宝玉回荣国府的故事。焦大是贾府世代奴仆,用现代话讲是"老资格"、"老革命",而年轻的家仆有的是,为什么偏要派我这么一个对贾家有贡献的"老革命"差事,不合情理,再加上酒劲上来,便破口大骂,把荣宁二府的丑事给抖了出来,最后在王熙凤的指使下惨遭贾蓉等一伙人的毒打。这种等级制度也不时地左右着焦大的言行,他早把自己看成是奴仆中的上等者。所以小厮奴仆们与丫头一样也有等级之分,即使像焦大这样对贾家有过贡献的奴才,一旦违背主子的意愿,同样要遭到毒打。充分体现了封建社会奴才就是奴才,奴才永远无法逾越"主奴"之间的鸿沟!

第七十二回里,林之孝向贾琏打小报告,说旺儿"在外吃酒赌钱,无所不至"。我们且听贾琏是怎么说的:"哦!他小子竟会喝酒不成人吗?这么着,哪里还给他老婆!且给他一顿棍,锁起来,再问老子娘!"

说白了,在大观园里,丫头、婢女、小厮、成年男仆、老妈妈……这些人都是社会的最底层,他们统统都是受压迫的奴隶!

晚年的曹雪芹没有停止过著书

关于曹雪芹在生命最后十年里是否停止写书,意见一直不统一。许多"红迷"朋友认为曹公是从乾隆九年(1744)开始写作《红楼梦》,其根据是:

1. 甲戌本第一回正文有"至脂砚斋甲戌抄阅再评,仍用《石头记》"的话。

2. 甲戌本第一回前面的《凡例》附题诗一首,尾联云:"字字看来皆是血,十年辛苦不寻常"。

3. 第一回正文说:"曹雪芹于悼红轩中披阅十载,增删五次,纂成目录,分出章回"。于是人们很自然地将从甲戌(乾隆十九年,1754)往前推算十年,得出乾隆九年(1744)的结论。因此判断曹公从乾隆十九年(1754)至乾隆二十八年(1763)基本上不再写了。出现这种分歧,是因对曹公何时开始写作《红楼梦》的意见不同所致。笔者认为,曹公是在第一位妻子悬梁自尽后才开始著书。时间大概在乾隆十七年(1752)前后。那么再根据"曹雪芹于悼红轩中披阅十载,增删五次,纂成目录,分出章回",以此类推,至乾隆二十八年(1763)曹公病故差不多十年。与脂砚斋批曰:"壬午除夕,书未成,芹为泪尽而逝"相合。

随着"红学"研究的不断深入和发展,越来越多的迹象表明,曹公对《红楼梦》的创作、整理、抄校、加评(旧时小说附有评点批语,是一种传统形式)等大量后续工作始终没有停止过。

曹公于己卯年秋去了南京,随身带有正在整理、誊抄的四评《石头记》,还有各种批语的以前的钞本。

作者"滴泪为水,研血成墨","披阅十载,增删五次",何等专心致志!作者何不想一气呵成这部传世之著——《红楼梦》,但天不随人意,作者禁不起殇子之痛、贫病无医,最后留下一束未写完的《红楼梦》残稿和一位新婚不久的妻子离世而去。

脂砚斋批曰:"壬午除夕,书未成,芹为泪尽而逝"。

这条脂批,进一步表明曹公临终前依然笔耕不止的事实。如果作者早已停笔十年八载,那只能说明:要么,书已经写成了;要么,作者放弃续写计划,半途而废。二者都挨不上"书未成"的边。

175

"芹为泪尽而逝"的原因,除了丧子之痛外,其时贫病缠身,无医无药。作者晚年过着"寻诗人去留僧宾,卖画钱来付酒家","劝君莫弹食客铗,劝君莫叩富儿门。残杯冷炙有德色,不如著书黄叶村","举家食粥酒常赊","于今环堵蓬蒿屯,扬州旧梦久已绝,且著临邛犊鼻裈","秦淮残梦忆繁华"。作者贫穷难耐,苦不堪言,如此一位才华横溢的一代文学大师,竟落魄到这般田地,怎不流泪、怎不痛心疾首!作者也为眼前《红楼梦》残稿而流泪。"书未成,命将尽",这是何等不幸之事!联想到自己"于悼红轩中披阅十载,增删五次,纂成目录,分出章回……"。十载艰辛,十载汗水即将付之东流,眼看身后留下一部没有写完的书稿和一个新婚不久的妻子,作者岂止泪尽,他的心简直是在滴血!

为证明作者在生命最后的几年里也没有搁笔的事实,吴新雷所著的《曹雪芹》一书中曾透露,乾隆二十四年,曹公已完成了将近八十回的《石头记》修订稿,便交给脂砚斋先生传抄。当他赴南京做两江总督幕宾时,还计划在江南织造旧址寻找素材,准备为《红楼梦》创作收集补充材料。吴先生这一研究发现,进一步表明曹公晚年没有停止写作的事实。可以说明作者晚年仍然著书不止的资料,莫过于敦诚的一首诗《寄怀曹雪芹(霑)》。诗的结尾写道:

> 劝君莫弹食客铗,劝君莫叩富儿门。
>
> 残杯冷炙有德色,不如著书黄叶村。

这首诗写作时间为乾隆二十二年(1757),北京西山有过一个叫做黄叶村的地方,曹雪芹就住在这里写作并修改《红楼梦》。这则资料可信度很高,敦诚是曹公生前挚友,交往不疏。当下许多"红迷"朋友研究"曹学",都离不开敦敏、敦诚、张宜泉等留下的有关曹雪芹的诗进行研究、探讨。敦诚的诗也让我们知道,乾隆二十二年,曹雪芹已四十三岁,他虽身处"寂寞西郊人到罕"的黄叶村,但他依然坚定执著地著书不止。

周汝昌先生也在《作者与时代背景》一文中写道:"乾隆二十五、二十六年(庚辰,1760,辛巳,1761)之间,曾到南京,……回京后仍偶与敦家弟兄相会,诗酒唱和。卖画、赊酒、食粥……生计艰苦。仍不断为写作而奋斗"。

乾隆二十六年,这年曹雪芹虚龄四十七岁,他仍不断地为写作而奋斗。

霍国玲等也在《红楼解梦》第三集写道:

……从己卯冬开始,阅评、整理、誊抄《石头记》的工作,由原来的曹、柳合作,而变为曹、许合作,直到曹雪芹去世(癸未年除夕)。二人共合作三年半时间。

以上种种史料表明,曹雪芹晚年没有停止过著书。曹公一直坚持著书到生命的最后一刻。

故而,甲戌本第一回的脂批中写道:"能解者方有辛酸之泪,哭成此书。壬午除夕,书未成,芹为泪尽而逝。"

　　曹公虽然走了,但是他给后人留下了一部旷世之作——《红楼梦》。

　　20世纪50年代蒋和森先生在《林黛玉论》中写道:"人们熟悉她,甚于熟悉自己的亲人。只要一提起她的名字,就仿佛嗅到一股芳香,并立刻在心里引起琴弦一般的回响。"

"红学"杂谈

乾隆年间《红楼梦》问世后,立即引起社会轰动,文人墨客倍加关注。他们站在不同的角度对这部旷世之作进行分析、评价,纷纷对《红楼梦》的内容提出了五花八门的探索和考证,还把专门研究《红楼梦》称之为"红学",把研究"红学"的人称之为"红学家"。

《红楼梦》问世之初就引起如此广泛的影响,这其中许多封建士大夫并非在专心致志地研究"红学",而是在卖弄学问,抬高自己。他们并不了解曹雪芹书中反封建的伟大历史意义与现实意义。

当时社会上广泛流传着"开口不谈《红楼梦》,此公缺典正糊涂","做阔全凭鸦片烟,何妨作鬼且神仙。开谈不说《红楼梦》,读尽诗书是枉然"之类的谚语(见嘉庆二十二年刊本《京都竹枝词》)。可见当时京师人们把抽大烟与开谈《红楼梦》看作同样"时尚"。

"红学"一词最早见于清代李放的《八旗画录》。李放的《八旗画录》引《绘境轩读画记》中写道:

"光绪初,京朝士大夫尤喜读之,自相矜为'红学'云。"

他们虽看重《红楼梦》,但没有从书的另一面读懂它的真正深刻的含义。

据徐珂《清稗类钞》载:

《红楼梦》一书,风行久矣,士大夫有习之者,称为"红学"。而嘉、道两朝,则以讲求经学为风尚,朱子美尝讪笑之,谓其穿凿附会,曲学阿世也。独嗜说部书,曾寓目者,几九种;尤精熟《红楼梦》,与朋辈闲话,辄及之。一日,有友过访,语之曰:"君何不治经?"朱曰:"予亦攻经学,第与世人所治之经不同耳。"友大诧。朱曰:"予之经学,所少于人者,一画三曲也。"

"经"去掉一横三曲正是个"红"字。20世纪20年代,俞平伯在《红楼梦辨》中正式将红学界定为一门学问。

关于红学的发展先后经历了早期红学(脂砚斋是最早评点者,是早期"红学"杰出的代表,评点派代表人物还有王希廉、姚燮、张新之、诸联、涂瀛等)、旧红学、新红学和现代红学。

旧 红 学

从清朝乾隆年间至五四运动前,在这一百多年间的《红楼梦》研究,人们称其为"旧红学"。

在"旧红学"中影响最大的是索隐派与评点派。索隐派也有人称其为"政治索隐派"或"索隐派红学"。

索 隐 派

索隐派认为:

《红楼梦》主要是描写"纳兰成德家事"、"清世祖与董小宛故事"、"康熙朝政治状态"等内容。

"索隐"无非是指曹雪芹在《红楼梦》中有无什么隐喻暗指的史实。乾隆皇帝认为:《红楼梦》一书"此盖为明珠家作也(见《能静居笔记》)!"

皇帝乃金口玉言,皇上一呼百应,四面八方文人墨客争相响应。

王梦阮、沈瓶庵的《红楼索隐》就认为,该书为清世祖与董鄂妃而作,兼及当时诸名王奇女,认为黛玉就是董小宛。书中的贾宝玉隐喻清世祖(顺治),顺治因董小宛之死,舍弃至高无上的皇位宝座,选择了出家;贾宝玉因林黛玉之死而出家。作者借写宝玉出家,实隐顺治帝出家一事。

道光年间的孙桐生认为:《红楼梦》中的贾政是明珠,宝玉是明珠的儿子纳兰容若,贾雨村是高江等。还有人认为宝钗是影射高澹人,妙玉是影射姜西溟等。王梦阮、沈瓶庵、蔡元培、邓狂言等都属于旧红学的代表人物。

蔡元培在《石头记索隐》中写道:"书中红字多影朱字,朱者明也,汉也"。"书中女子多指汉人(女人水作的骨肉,代表汉人);男子多指满人(男人泥作的骨肉,代表满人)。"宝玉喜食女人嘴上的胭脂,是拾汉人唾余。索隐派最具代表性的人物和著作莫过于王梦阮、沈瓶庵的《红楼梦索隐》和蔡元培的《石头记索隐》及邓狂言的《红楼梦释真》。

除了上述几种观点外,蔡元培先生还认为:《红楼梦》中的贾宝玉是影射康熙帝原来的太子胤礽,林黛玉是影射当时的诗人朱彝尊。那时社会上还流传有"宫闱秘事"、"刺和珅"等。

179

评 点 派

评点派是"旧红学"中的又一个流派,除了脂砚斋以外,其代表人物有王希廉、张新之、姚燮、涂瀛、陈其泰、诸联等。

评点派最早可追溯至明代中叶。如苏州人金圣叹当时就有评点《西厢记》和《水浒传》,影响之大。随后凡有一部新书问世,便有一大批文人学着金圣叹的腔调来进行圈圈点点,加评加批。久而久之,形成一种固定的、一成不变的格式,千篇一律。卷首有批序、题词、读法、总评、问答、图说、会赞等。正文中有密圈密点,重圈重点。凡是评点者认为妙语佳句处,就会在字里行间加圈加点,这中间不少优秀文学批评家,其独到见解给后人以启迪和帮助。如脂砚斋的评点、眉批、夹批、批注等,对后人了解作者的生平和构思过程起到了积极作用。是人们学习研究《红楼梦》不可或缺的珍贵资料。但在《红楼梦》问世的二百余年间,也不乏许多随意篡改原作之人,从根本上违背作者的创作意图。把曹雪芹的《红楼梦》改得面目全非,支离破碎。

鲁迅在《谈金圣叹》一文中指出:"经他一批,原作的诚实之处,往往化为笑谈,布局行文,也都被这拖到八股的作法上。这余荫,就使有一批人,堕入了对于《红楼梦》之类,总在寻求伏线,挑剔破绽的泥塘。"这是鲁迅对那些任意糟蹋、曲解原著的人,做出尖锐而深刻的批判!

在书商们的推波助澜下,从道光年间到光绪末年,大量出版一百二十回本的《新增批点绣像红楼梦》、《新评绣像红楼梦全传》、《增评补图石头记》、《增评加批金玉缘》等。

评点派当时最具代表性的人物、著作是:护花主人、明斋主人、大某山民的评批、太平闲人的《红楼梦读法》、读花人的《红楼梦论赞》和《红楼梦问答》。

护花主人:是指王希廉,字雪香,江苏震泽人,道光年间举人。是近代红学史上最著名的红学家之一。坚持传统的、保守的立场;宣扬仁义道德,劝善惩恶是他的基本观点。

明斋主人:是指诸联。

读花人:是指涂瀛,道光年间的文士。

大某山民:是指姚燮,字梅伯,一字复庄,号野桥、二石、大楳、上湖生、疏影词史等。是位学问渊博、才华横溢、著述丰富的文人。浙江镇海人,生于嘉庆十年,道光十四年举人,卒于同治三年。

太平闲人：是张新之，号妙复轩，著有《妙复轩评石头记》，作于道光三十年(1850)。光绪七年(1881)刊行，题曰《绣像石头记红楼梦》。他的《红楼梦读法》及行间夹批中，认为《红楼梦》是一部以小说的形式敷衍性理的作品，也是一部宣扬《周易》之理的书。

他们评点《红楼梦》，把《红楼梦》视为"情书"。认为："《石头记》乃演性理之书"，是部"有关世道人心之书"，是"劝忠教孝"之书等等。评点派的思想和见解，当时是附着《红楼梦》原著出版发行，所以流传广泛，影响巨大。这与当时书商为了盈利而大量出版分不开。

二百多年前，当曹雪芹刚刚写作《红楼梦》尚未定稿时，就有脂砚斋对前八十回作了评点，为后人研究《红楼梦》提供了许多重要的参考资料。由于脂砚斋十分了解作者创作《红楼梦》的意图与过程，因此在批语中涉及作者许多鲜为人知的内容，并且对八十回以后的部分情节也作了介绍。的确是份十分珍贵的研究资料。

"旧红学"中除了上述评点派与索隐派外，还有一些不成其派的议论，他们大都是茶余酒后的漫谈，如王垫的《寄蜗残赘》，说《红楼梦》暗藏谶纬，可以根据其中的隐语，预卜吉凶；陈其元的《庸闲斋笔记》"说淫书以《红楼梦》为最"。

到了20世纪初期，国学大师王国维于光绪三十年(1904)，发表了《红楼梦评论》，文中批评了索隐派，但他又用索隐派测字猜谜，把宝玉的"玉"字解释为欲念的"欲"，尔后一切不幸和痛苦，乃至婚姻的悲剧一概归罪于"欲"所造成。他在此文中写道："故人生者，如钟表之摆，实往复于苦痛与倦厌之间者也"，"所谓'玉'者，不过生活之'欲'之代表而已矣。"他把悲剧的产生看成是先天的，一切的悲剧和痛苦都是命定的，人们是无可奈何的，只有求解脱，才是唯一的出路。根据上述观点，推理认为《红楼梦》只是一部表现"自犯罪，自加罚，自忏悔，自解脱"的"洗涤精神"的书。

王国维认为，像《红楼梦》这样的悲剧作品能起到减轻或除去人生痛苦的作用，他肯定《红楼梦》这部书具有极高的美学和伦理价值。王国维的《红楼梦评论》是第一个运用西方哲学理论对《红楼梦》进行全面评论，在红学研究历史上产生了极其广泛而深远的影响。

1915年汪精卫发表了《红楼梦新评》，他用"家庭感化"论来宣扬其反革命政治主张。这篇文章是在"百无聊赖"中，汪精卫怀着不可告人的目的，每日写几段，而后联缀成篇，连载于1915年的《小说海》杂志上。人们都说汪精卫是照着评点派的手法逐日批写而成的，是一篇地地道道宣扬反革命政治主张的代表作。

汪精卫借研究《红楼梦》之名，行反革命之实。主张"变更"国家组织和家庭组织，认为"只需把国家学宪法的学理，明白透彻地讲演"，教听的人"以诚相感"，"协力同心去做"就行了;另一方面,他又把国家问题完全归结为家庭问题,把"今日中国救治之策"归结为家庭观念的变更,而家庭问题的解决也只要唤起人们的"良心",以"情意去感化",便可得到"改良",则国家问题也就可以迎刃而解了。汪精卫在《红楼梦新评》中写道:"由恻隐心所发之威力可以胜残忍心所发之威力","一般新少年所倡家庭革命主义,以及种种牵强之行为,我却头一个反对"。他宣称:"我对于变更家庭组织之方法,以感化为第一义。"他联系到《红楼梦》说:"感化的功效是缓的,然亦无更急的法。唯其如是,故我不能不大大有望于《红楼梦》了。"汪精卫为了能使《红楼梦》成为"感化"青少年的工具,教青少年读了《红楼梦》后,个个都得到"感化",则从家庭到国家,都不需要"革命"了。宝玉是封建社会的叛逆者,汪精卫污其为"平等的蟊贼"、"佛的蟊贼"。头号卖国贼汪精卫最后"变更"成了千夫指的历史罪人!

新 红 学

"新红学"是"五四"运动以后以胡适、俞平伯为代表,坚持《红楼梦》是曹雪芹的"自叙传"。此二人是考证派的代表。

1921年,胡适先生"大胆的假设,小心的求证"考证《红楼梦》为曹雪芹的"自叙传"。胡适先生的《红楼梦考证》一发表,立即得到俞平伯先生的响应。次年俞先生也写了一本《红楼梦辨》,进一步表明《红楼梦》是曹雪芹的"自叙传"。新红学使《红楼梦》研究回到文学范畴。

1923年顾颉刚在为俞平伯《红楼梦辨》写序时写道:

> "红学"研究了近一百年,没有什么成绩;适之先生做了《红楼梦》考证之后,不过一年,就有这么一部系统完备的著作。……我希望大家看着这"旧红学"的打倒,"新红学"的成立,从此悟得一个研究学问的方法,知道从前人做学问,所谓方法实不成为方法,所以根基不坚,为之百年而不足者,毁之一旦而有余。现在既有正确的科学方法可以应用了,比了古人真不知便宜了多少。

那么,新红学与旧红学究竟有何区别呢? 实际上新红学与旧红学的区别是十分明显的:

"首先,新红学家都接受过现代科学的教育和训练(他们中的不少人还出过国留过学),能够使用西方的文艺思想和文艺理论来观察研究《红楼梦》。能注意到《红楼梦》的思想认识意义(如有文章指出该书是'批评社会'),这就比过去旧红学的'解脱'、'色空'之类的说法高明得多,因而有助于解释《红楼梦》的思想意义和历史价值。

其次,新红学家们能够从《红楼梦》的人物形象、结构、语言以及描写技法等文艺学的角度去把握该书的妙处,确认该书是'写实派小说',并从审美的角度入手去加以评析阐发。而不是像旧红学家们那样零星评点,随意地讲什么文思笔法之类。这对于帮助人们更好地认识《红楼梦》的艺术价值无疑是有积极意义的。再次,新红学家们比较注意资料的搜集整理,并能加以分析鉴别。尽管他们也有不少失误,但至少在主观上,他们力求使自己的研究建立在较为坚实可靠的资料的基础上。例如新红学的代表人物之一胡适就对旧红学作了这样的批评:

他们怎样走错了道路呢? 他们不去搜求那些可以考实《红楼梦》的著者、时代、版本等等的材料,却去收罗许多不相干的零碎史实来附会《红楼梦》里的情节。他们并不曾做《红楼梦》的考证,其实只做了许多《红楼梦》的附会!

……事实上,胡适和俞平伯在翻检了大量材料的基础上,对《红楼梦》的作者曹雪芹和该书的版本确实清理出一个比较系统、比较明确的轮廓。这一点,至今仍是值得肯定的。作为美国实用主义者学家杜威的学生,胡适在研究《红楼梦》时比较注意实证,其主观动机虽不可取,然而在提倡使用科学理性的方法论上,他仍有其应该肯定之处。

此外,新红学家们所撰写的评红论著都较有系统性,能够构造各自的体系,并且,他们都使用的是白话文。这也是新红学与旧红学的一个显著区别。

所以我们可以得出这样的结论:新红学的出现,确实使得红学真正成为了一门严格意义上的学问了。"[①]

也有人把"五四"新文化运动后,以胡适、俞平伯为代表,用考证方法来研究《红楼梦》的叫做"新红学派"。

当代红学

当代红学从 1954 年俞平伯因对《红楼梦》研究发表《红楼梦简论》被毛泽东直接批判为"资产阶级知识分子",与此同时发出对胡适派主观唯心主义全面开火的动员令。批判浪潮席卷举国上下。原本为学术争论问题被上升为政治立场问题,对它的批判又关系到社会主义建设和社会主义改造。为了学习和批判的需要,人们争相购

183

① 引自胡邦炜《〈红楼梦〉悬案解读》,四川人民出版社,2004 年,第 290—292 页

买《红楼梦》,使这部伟大作品得以进一步普及。当下人们把当代红学定在 1954 年之后是比较合理的,也得到大多数人的认可。当代红学经历了以下几个阶段:

1. 1953 年周汝昌先生的《红楼梦新证》,把红学研究提高到新的历史阶段,其特点是将红学变成了曹学。

1954 年掀起一场红学批判运动,使红学在举国上下得以普及。

"李希凡和蓝翎是 1954 年大讨论的发难者,他们在讨论中提出的一些观点,尤其认为贾宝玉是新人形象的观点,以及《红楼梦》的思想倾向是明清之际资本主义生产关系萌芽的反映,遭到红学界一部分人的反对,其中持异议最力者是何其芳。

何其芳在 1956 年写的《论红楼梦》的长文中用很大篇幅来诘难以李希凡和蓝翎为代表的强调新的经济因素的作用的观点……

李希凡对何其芳的批评没有立即作答,但对何其芳发表的《论阿 Q》和《关于诗歌形式问题的争论》两文,却提出了质疑,前者在 1956 年,后者在 1959 年。因此,李、何论争不止在红学一个领域。"[①]

2. 1959 年蒋和森《红楼梦论稿》出版,作者在《后记》里特别说明:"每一篇文章都经过他的审阅。"这里的他是指何其芳先生。可见蒋和森的《红楼梦论稿》是在何其芳先生指导下写成的,文中的观点受其影响在所难免。

作者在《贾宝玉论》中写道:"这一人物的典型性格里,不仅含有那一时代所提供出来的东西,而且含有全人类的,能够打动各个时代人们心灵的东西。"

在《林黛玉论》中写道:"在这一性格中,既反映着那一时代的历史生活图画,同时又熔铸着我们民族的心理素质、精神面貌,以及为各个时代的人们所共感、所激动的东西。"他在《曹雪芹和他的红楼梦》一文中,明确表达了《红楼梦》"代表着当时全体人民的利益","具有全民的意义"。

尽管蒋和森、何其芳的"全民共感论"当时遭到许多人的批判,但正确的、合理的东西是经得起时间和历史的考验的。如果一个文学艺术、一个作品不能表现全人类的能够为各个时代人民所共感的东西,试问:该作品还有时代性吗?还有生命力吗?还能得到千百万人民的同感共鸣吗?正因为曹雪芹的《红楼梦》所反映的内容就是"那一时代的历史生活图画,同时又熔铸着我们民族的心理素质、精神面貌,以及为各个时代的人们所共感、所激动的东西"。

周扬先生在《红楼梦》的评论中也说:"贾宝玉和林黛玉是有一些人类美好的东西","总还有一些激动人,引起共鸣的东西"。

---

① 引自要力石《红楼梦经典释义 800 题》,中国书籍出版社,2007 年,第 208—209 页

3. 20 世纪六七十年代,时值我国"文革"时期。"红学"研究或多或少受其影响,"红学"研究被罩在浓厚政治色彩下进行。

70 年代中期虽然也进行了一场评红运动。但在此前,曾发起一次政治浓厚的红学考证活动。1978 年一对木箱的出现轰动了红学界,据红学家判断是属曹雪芹的遗物,是一对藏书专用的箱子。经专家鉴定,箱子确系乾隆时代之物。箱子上的字与画均为曹雪芹亲笔书画,也属乾隆时代的风格。随后又陆续发现一旧屋夹层中留有文字,传说是曹雪芹居住过的老屋。墙上的文字是曹雪芹亲笔所书。再后来,又陆陆续续发现数块上刻有曹雪芹的墓碑。于是在 20 世纪 70 年代的中后期,在红学界掀起了一拨对曹雪芹身世的调查与发掘的热潮。

值得一提的是 1977 年,端木蕻良顶着政治压力,不顾重病在身,与夫人钟耀群合力创作出长篇巨著《曹雪芹》。他以顽强的毅力、坚定的信念、强烈的使命感写就《曹雪芹朴素的唯物主义思想》等多篇学术论文。

70 年代末,刘梦溪应《中国社会科学》杂志之约,撰文一篇题为《红学三十年》的文章,发表在 1980 年第三期《文艺研究》上。这年的夏天,全国《红楼梦》讨论会于哈尔滨举行。刘先生将此文提交给大会,当时就引来各种不同观点。丁振海先生首先在 1981 年第一期《文学评论》上刊出商榷文章。随后又在该杂志上连载两篇文章,一篇的作者是傅继馥,另一篇署名王志良、方延曦,同时发表了刘梦溪对丁文的答复。论争就这样开始了。

20 世纪 80 年代后,人们的思想得以大解放,红学界出现了前所未有的繁荣景象。伴随着改革开放与经济的发展,红学的"泛政治"化逐渐淡去。1982 年,周汝昌先生在《河北师范大学学报》发表一篇文章,对红学的范围作了界定。首先引来不同意见的是应必诚先生,他在 1984 年第三期《文艺报》上发表题为《也谈什么是红学》加以反驳。1984 年第六期《文艺报》刊出周汝昌的《红学与"红楼梦研究"的良好关系》一文来驳斥应先生的观点。《文艺报》于当年第八期刊出赵齐平的《我看红学》,对周先生的观点进一步加以反驳。

80 年代之后,《红楼梦》日益和消费乃至娱乐关联。继 60 年代越剧《红楼梦》之后,三十六集电视剧《红楼梦》走近千家万户,其影响前所未有。

电视剧开播后,各种评论、观后感不计其数。《红楼梦》成了亿万观众茶余饭后最热门的话题。人们终于迎来了红学园里百花齐放、百家争鸣的春天!

一部名为《红楼解梦》的红学专著,虽诞生于 20 世纪 80 年代末,但流行于 90 年代。该书一问世,立即轰动整个红学界、整个文坛。为何此书有如此之大的震撼力? 紫军先生作了诠释:

"《红楼解梦》是一部揭示《红楼梦》之隐谜,探索《红楼梦》内在规律的学术著作,是一种阐释《红楼梦》有正、反两面——正面是小说,背面是历史——这一客观存在的学说。当然,'解梦理论'是前人从未涉及过的崭新的理论……"李涛先生给该书作者之一的霍国玲女士的信中写道:

"……解梦问世,把曹公难言之隐的香玉传,公之于世,使二百余年的大谜大梦,终于大白于天下,诚为《红楼梦》之幸,曹公之冥福,亦为读者之大快也。您真是红楼的解味者,曹公的知音人。……"

《红楼解梦》问世后,新闻媒体争相报道。1996 年 3 月 22 日,《中国新闻》对《红楼解梦》作了介绍性的报道。实际上该消息在 3 月 21 日向海外传出后,3 月 22 日见于报端的就有香港《文汇报》,澳门《大众报》、《正报》,美国《侨报》,新加坡《星岛日报》,最引人注目的当推《侨报》,其标题为《曹雪芹与情人合谋杀了雍正皇帝?北京一位奇女子奇解〈红楼梦〉,惊世骇俗传奇,红学界坚不作评》。此后,该消息在海内外广为传播,国内报纸刊出的有《长江日报》(1996 年 4 月 26 日,标题为《北京奇女子奇解〈红楼梦〉》,由赵守禄摘自 4 月 1 日《华商时报》)、《扬子晚报》(3 月 23、24 日)、《文摘周报》(4 月 8 日)等。

《视点》杂志 1996 年第 1—2 期(总第第三十七期),刊出《曹雪芹谋杀了雍正皇帝?》一文,作者刘丽荣,同时配有四张图片,是王丽南摄影。图片注有:"霍国玲在北京一些高校巡回演讲,使新一轮的红学旋风席卷京城。香港《明报》以《〈红楼解梦〉语惊人 曹雪芹当年杀雍正》为题于 1996 年 2 月 12 日作了摘登,同时刊出四张照片。

《红楼解梦》的发表,在红学界一石激起千重浪,霍氏理论能否被世人所接受尚需时间的考验。尽管传媒评介霍氏之说是对红学研究的全面突破,但最具发言权的北京红学界、清史学界一直保持沉默,虽在个别枝节问题上略作商榷,但对霍氏体系不作任何评论,属不正常现象。笔者以为:《红楼梦》如果是属于全中国全世界人民的文学艺术与精神财富,那么,只要是地球人都有权阅读、欣赏和评论的自由。我们对任何人的评论,无论是正确的还是错误的,都要抱以热情的态度欢迎它,红学界任何派系和个人都无权加以干涉与阻挠。人们参与红学的学习和研究,表明《红楼梦》充满着无限生机,充满着巨大的诱惑力。一部文学作品,只要能扎根于千百万群众的心中,才称得上是人民大众的作品。只要是人民大众的文学作品,才能千秋万代传承下来。关于这方面的问题,铁路系统离休干部刘光先生作了十分精辟的阐述:

……近一个时期,对《红楼解梦》一书开展的非学术性的攻击、围剿便是典型一例。他们竟然写些与学术无关的东西,如:对作者的住房、居室以俗眼的观察视角写道:'庭院低矮破败,室内别无长物。'诬作品《红楼解梦》为'对学术研究的经济强奸。'讽作者为'红学票友'。这些话说得多么低下没水平!遥想当年《红楼梦》的作者不正是在'茅椽蓬牖,瓦灶绳床','举家食粥'的境遇中写出这部举世闻名的伟大作品的么?历来的真正文人学者他们看轻世上的浮名与金钱,更不去追求时尚装点自家的'小窝'之风,应当颂扬的高尚情操。

《红楼解梦》有无成就,群众自有评价……对《解梦》一些突出性的成就应给予公允的评价……

当前的'红学'界,的确应当从思想上、学风上整顿一番了。学术研究不能靠攻伐或搞小圈子,而是要以理服人。更不能自己不出成果就硬说人家的不是,狐狸吃不着葡萄就说葡萄酸。也不能画圈圈框框,学理工的就不能入此门。'红学'首先要广开言路,提倡百家争鸣,才能迎来百花齐放的红学之春!"

霍氏理论的诞生,使红学研究又多了一个派系,大大拓宽了红学之路。同时也增强了人们研究视野。围绕霍氏理论的诞生,海内外掀起的这场红学热潮,是《红楼梦》问世以来不多见,是当代红学研究史上又一高潮。霍氏理论的诞生,大大丰富了当代红学研究的内容。我们都应以满腔热情地欢迎她!肯定霍氏理论的诞生将进一步推动红学研究的发展。

当代红学研究又一重要成果——"秦学"的诞生。自从1993年刘心武先生开始发表研究《红楼梦》以来,十多年来坚持从秦可卿这一人物入手解读《红楼梦》,并创出"红学"的"秦学"分支。

21世纪后,刘先生先后发表《刘心武揭秘〈红楼梦〉》第一部,不久又发表了续集。并在央视《百家讲坛》栏目就秦可卿等专题进行系列讲座,对民间红学的蓬勃发展起到推动作用。

刘先生某些观点尽管遭到红学界与读者的质疑,这也属正常现象。

"秦学"的问世,对丰富红学研究的内容、拓宽人们研究视野同样起到重要作用。"秦学"的问世是当代红学研究又一成果。

对当代红学研究作出重要贡献的有俞平伯、周汝昌、何其芳、蒋和森、冯其庸、李希凡、胡适、吴世昌、蓝翎、吴新雷、蔡义江、胡文彬、胡邦纬、林冠夫、刘耕路、张毕来、聂丛丛、霍国玲、王蒙、要力石等。

187

未来"红学"研究的趋向——"谜学"

《红楼梦》问世后,立即在社会上引起轰动。"家家喜阅,处处争购。"人们将其当作话典,"开谈不说《红楼梦》,此公缺典正糊涂"。

郝懿行《晒书堂笔录》:"余以乾隆、嘉庆间入都,见人家案头必有一本《红楼梦》。"

吴云《从心录题词》:"士夫几于家有《红楼梦》一书。"

缪艮《红楼梦歌》后按语:《红楼梦》一书,近世稗官家翘楚也。家弦户诵,妇竖皆知。"

二百多年来,人们对其学习和研究从未间断过。出现过许许多多"红学"研究的不同派别,发表各种专著不计其数,这种情形将随着历史发展而发展,有如长江之水一浪高过一浪。一本小说能引起如此久而不衰的社会效应,堪称旷世之最!

解不尽读不完的红楼梦。多少"红学"专家、学者、"红谜"朋友,穷其毕生心血,学习红楼,研究红楼,到头来大多以"一家之言,难成定论"而告终。

一部博大精深的《红楼梦》,仿佛一座巨大的迷宫。此书无处不迷、无处不疑、无处不惑、无处不争、无处不奇、无处不隐、无处不惊……正因为如此,见仁见智,各派独树一帜。许多迷点、疑点远非愈辩愈明、破解有日,而是云里雾里,颇有方出迷宫门,又陷八卦阵,使破解难上加难。难怪著名红学家俞平伯先生深有感触地说:

"《红楼梦》这书在中国文坛上是一个'梦魇',你越研究便越糊涂。"

《王蒙话说红楼梦》中分析道,对《红楼梦》的考据和索隐,已经成为一种我国文人的风雅与癖好,成为一种独具中国特色的文化现象。红学如此这般,可以说是有着象征意义的。《红楼梦》写得这样真切动人又扑朔迷离。《红楼梦》的版本又是这样基本一致却又各有千秋,同同异异,妙妙奥奥。《红楼梦》的作者,他的生平与创作,特别是关于这部杰作的写作缘起与写作过程留下的资料又是如此之少。这样一个巨大的反差简直是对读者、对评家、出版家的一个挑战,一个嘲弄,令万物之灵的人与敝帚自珍的知识分子无法忍受。

一部《红楼梦》埋藏着多少人们琢磨不透的隐情:

文学功底无比深厚的曹雪芹,为何不选仕途经济,求取功名利禄,光宗耀祖,却偏偏选择著书这条路呢？贾宝玉的原型是明珠之子纳兰成德吗？曹雪芹生于何年何处，又卒于何年葬于何处？其生父究竟是谁？其著书的动机是什么？哪年开始写书？只写完了八十回吗？作者著书是否坚持至生命最终？《脂砚斋重评石头记》为何说《红楼梦》手稿一百一十回是写完了，那么后三十回又是怎么遗失的？曹家究竟是何时归附后金的？曹雪芹的祖籍到底是丰润还是辽阳？曹雪芹是否亲身经历过曹家富贵的风月繁华生活？曹雪芹的妻子究竟是谁，晚年新续之妻又是谁？曹雪芹与竺香玉果真合谋用丹砂毒死了雍正帝？曹家败落的真正原因是什么？败落后的曹家曾有过"中兴"吗？曹雪芹与脂砚斋是什么关系？曹雪芹是曹操的后代吗？曹纶是曹雪芹的后裔吗？曹家与皇室情仇恩怨是怎样产生的？……随着"红学"研究的不断深入和发展，关于曹雪芹的生平家世自然成了红学家们争先研究的对象。一提到曹雪芹，就如冯其庸先生所说："几乎可以说满身是问题。"①

当下"曹学"早已成为"红学"的一个分支。

"曹学"研究的重点是曹雪芹生平及其家世，不涵盖更多其他方面的内容。要力石先生在《红楼梦经典释义 800 题》一书中对"曹学"是这样表述的：曹学是对《红楼梦》作者曹雪芹的研究。人们常称的红学考证或考证派红学，大多在曹学范围中。曹学一般包括曹雪芹的身世、祖籍、生平、创作、家庭背景、文物等的研究。

红学中许多争论的问题都涉及曹学的问题，如曹雪芹的卒年历来有壬午说、癸未说和甲申说；曹雪芹的祖籍有辽阳说、丰润说；曹雪芹的葬处有张家湾说、香山说。曹学始自新红学派的代表人物胡适，继之有周汝昌、冯其庸等。冯其庸搜集考查了大量文史资料，著有《曹雪芹家世新考》等。

周汝昌在其文中说："曹学"最初是个带有讽刺意味的名目。由于它本身并不是"玩笑"或"消遣"，这名目日益受人重视，调侃的意味很快退出了这个严肃的工程称呼，不再具有什么影响了。"曹学"溯源于 1921 年胡适先生的《红楼梦考证》，其实成形于 1947 年到 1953 年，即《红楼梦新证》的出版——因为"曹学"本是对这部著作而发的。曹学还包括研究曹雪芹是否与曹寅有关系，这关系到这部著作是否是以曹家本事为原型创作的。

一部堪称"中国封建社会的百科全书"的《红楼梦》，其容量之大、涵盖面之广，几乎囊括封建社会的方方面面。大到皇亲国戚，小到平民百姓间的人际关系，黑暗的官场、腐败的衙门、暴敛的地租，以及民间习俗、主奴矛盾与斗争、宗教寺院、烹调饮食、树木花草、园林建筑、工艺美术、戏曲音乐、文化教育……这其中又有多少悬

189

① 引自冯其庸《曹学叙论》

案和难解之谜？而这些问题大多又不属于曹学范畴，于是红学又一分支——"谜学"随之诞生。

不过，这里有一个不得不弄清的问题：曹学与谜学二者关系如何？怎样给予合理界定？曹学显然无法囊括谜学中所有的问题，那么，谜学是否涵盖曹学内容？笔者认为：曹学中的谜点、疑点应隶属谜学中的范畴，而谜学应属于红学的分支。只有弄清二者之间的关系，才更有利于大家学习和研究。

《红楼梦》作者究竟要反映一个怎样的主题思想？大观园内女性是否缠过脚？《红楼梦》是否是"吊明之亡，揭清之失"？"真真国"到底是现在的哪个国家？《红楼梦》是"脱胎"于《金瓶梅》吗？《红楼梦》中有同性恋描写吗？何谓"意淫"？"好色不淫"与"情而不淫"是什么意思？史湘云最后是否嫁给了贾宝玉？薛宝钗最后是否嫁给了贾雨村？黛玉抛父进京时，年仅六岁，而一到了荣国府，便突然变成十三岁的少女，从苏州到金陵乘船而往，水路上整整走了七年之久，这又是怎么回事？贾赦为什么一定要娶鸳鸯？贾敬的丧葬写得那么简单，而其孙媳妇秦可卿的葬礼何等隆重张扬，这是为什么？元妃为什么见不得"玉"字？成窑杯案是怎么回事？"宝皇帝"就是乾隆帝吗？为什么有人认为林黛玉最终嫁给了北静王？……

一部《红楼梦》其中有几多迷，几多疑，几多惑，几多奇？谁也说不清，要解其中味，又苦于资料甚少，或许就因此，引来一代又一代痴迷者为之倾注毕生心力而无悔！

"古往今来，中国有那么多作家作品，中国人知道那么多自己的作家与作品。偏偏是，人们对自己最最喜爱的作品《红楼梦》的有关一切、对它的作者曹雪芹知道得是那么少——如果不是一无所知。这是怎样的遗憾与怎样的吸引，怎样的诱惑！新发现一点关于曹雪芹与《红楼梦》的史料，就像天文学家在茫茫太空发现了一颗新星一样的诱人、令人兴奋不已。而这种兴奋，不正说明我们已知的是多么贫乏得可怜吗？可怜的人们！越是不知就越是希望有所知，越是有所知就越证明自己的无知。人类是多么悲壮，多么执拗，多么可喜可叹！这也是'知其不可为而为之'呀！"①

二百多年前，首先阅读到《红楼梦》书稿者当推脂砚斋。有关资料表明，当时的情形应该是：曹雪芹一边著书，脂砚斋边阅读边写批语。曹雪芹还采纳过脂批的意见，对书中个别情节进行修改。书尚未完稿，书评已经开始。这在中国乃至世界文坛上也是不多见的。

---

① 引自要力石《红楼梦经典释义800题》，中国书籍出版社，2007年，第230页

纵观红学研究发展过程，人们不难发现，红学研究者们发表大量有关专著，其内容大多为揭示《红楼梦》中的各种各样的悬案、谜点。

《红楼梦》初流行于清乾隆年间，尽管人们对这本书出现过一些揣测和疑问，但也仅仅停留于"红楼"中的内容真伪；有无"吊明之亡，揭清之实，而尤于汉族名仕清者寓痛惜之意"；是否记载康熙丞相明珠之子纳兰性德的情事等等。其时，所涉及的内容十分有限。

然而一部博大精深的《红楼梦》，被誉为18世纪百科全书的《红楼梦》，却引来多少痴迷者为之苦苦探索！几多文人耗尽毕生心血，无怨无悔。然而，许多谜点远非愈辩愈明、破解有望，常常使研究者陷入云里雾里，更添几分神奇！这究竟是为什么呢？只要人们稍加冷静思考，问题并不难得以回答。曹雪芹创作《红楼梦》始于清朝乾隆年间，内容涉及康、雍、乾三个朝代。

"17世纪是什么时代呢？那是中国的明朝末年和清朝初年。再过一个世纪，到18世纪的上半期，就是清朝乾隆时代，《红楼梦》的作者曹雪芹就生活在那个时代，就是产生贾宝玉这种不满意封建制度的小说人物的时代。乾隆时代，中国已经有了一些资本主义生产关系的萌芽，但是还是封建社会。这就是出现大观园里那一群小说人物的社会背景。"[①]

与此同时，清朝的文字狱也达到了前所未有之程度。乾隆皇帝为达到泯灭汉族知识分子反清的民族意识，控制其思想的目的，在其当政的60年中，有记载的文字狱就有130多起。龚自珍有诗云："国家治定功成日，文士关门养气时"，"避席畏闻文字狱，著书都为稻粱谋"。多少文人墨客不敢著书立说，不敢谈时事。许多文人不明不白地丢了脑袋。要写作就必须在写作技巧上做文章，与统治者斗智、斗勇。曹雪芹创作《红楼梦》就是在文字狱极端横行的文化背景下进行的。晚清小说家吴沃尧在《杂说》中说："忧时愤世之心，不得不托之小说，且托小说，亦不敢明写其事也，必委曲譬喻以为寓言。"

1973年12月21日毛泽东对军队高级将领谈话时说：曹雪芹"那是把真事隐去，用假语村言写出来，所以有两个人，一名叫甄士隐，一名叫贾雨村。真事不能讲……"

近百年间"红楼梦"中的悬案、谜点得以成倍增加。"民国"初年蔡元培先生发表《石头记索隐》；胡适先生发表《红楼梦考证》。"民国"十一年一月三十日蔡元培

---

① 《在扩大的中央工作会议上的讲话》，引自《毛泽东著作选读》下册，人民出版社1986年，第827—828页

先生写就……《对于胡适之先生〈红楼梦考证〉之商榷一文》。吴恩裕的《雪芹丛考》、《曹雪著浅探》，吴世昌的《红楼探源》，周汝昌的《红楼新证》、《周汝昌梦解红楼》，林冠夫的《红楼梦纵横谈》，蔡义江的《蔡义江解读红楼》，白盾、汪大白的《红楼争鸣二百年》，刘梦溪的《红楼新论》、《红楼梦与百年中国》，陈诏的《红楼小考》，陈林的《破译红楼梦时间密码》，丁维忠的《红楼探佚》，聂鑫森的《红楼梦性爱解码》，胡文彬的《冷眼看红楼》，冯其庸的《曹学叙论》，胡邦炜的《红楼梦悬案解读》，高阳的《红楼一家言》，霍国玲等的《红楼解梦》，要力石的《红楼梦经典释义 800 题》，刘心武的《刘心武揭秘红楼梦》，石尚存选编的《曹雪芹在北京的日子》，聂丛丛主编的《新解红楼梦》等数以万计的红学专著相继问世，大量的疑案、悬案、谜点层出不穷。

为什么《红楼梦》有这么多悬案，有这么多未解之谜？

被誉为 18 世纪小说式的百科全书——《红楼梦》，代表了我国古典文学的最高艺术成就，涵盖了当时社会的方方面面。清代学者王希廉曾云：

> 一部书中，翰墨则诗词歌赋，制艺尺牍，爰书戏曲，对联匾额，酒令灯迹，说书笑话，无不精善；技艺则琴棋书画，医卜星相，及匠作构造，栽种花果，畜养禽鱼，针黹烹调，巨细无遗；人物方正阴邪，贞淫顽善，节烈豪侠，刚强懦弱，及前代女将，外洋侍女，仙佛鬼怪，尼僧女道，娼妓优伶，黠奴豪仆，盗贼邪魔，醉汉无赖，色色俱有；事迹则繁华筵宴，奢纵渲淫，操守贪廉，宫闱仪制，庆吊盛衰，判狱靖寇，以及诵经设坛，贸易钻营，事事皆全；甚至寿终天折，暴病亡故，丹戕药误，及自刎被杀，投河下井，悬梁受逼，吞金服毒，撞阶脱精等事，亦件件俱有。

创作过程中作者"滴泪为水，研血成墨"，"披阅十载，增删五次"。作者身份、写书背景和年代一直存有争议，作者在创作中为了逃避文字狱的追杀，设置众多玄机，刻意隐瞒真实意图，作者采用了大量的分写法、合写法、缩地法、隐写法、分身法、谐音法、诱导法、拆字法、隐喻法……作者给读者留下了无数个谜、无数个疑。

二百年前戚蓼生曾指出：

> 《红楼梦》最突出的特点是"一声也而两歌。"

两歌之一是"正面"的小说；两歌之二是"背面"的真事。"此书背面隐着真事。""只看此书背面，方是会看。"作者此种写作方法更增添几分神秘感。再加上时间日益久远，真实的、可供参考的、有价值的资料随时间流逝而失传，时间久远，使许多原本不是谜的问题，如今却变成了谜。比如《红楼梦》最初流行时，即与作者曹雪芹同一时代的读者，绝对不会问：大观园里的女人们有无裹脚、按曹雪芹烹饪技艺烧出来的菜为什么不好吃等诸如此类的问题。

根据上述情形分析,过去二百多年间,"红学"研究虽取得了一些进展,揭示一些书中之谜,但也仅是冰山一角,书中大量的谜点、疑点等待着人们早日破解。广大红谜朋友也热切期待在红学研究上有新突破、新进展。红学家们任重而道远。笔者因此断言,以后红学研究的重点依然是以谜学为主,这种趋势将长期存在。红学研究者们仿佛置身于红楼大海之中,顽强拼搏,明知前进道路上有狂风巨浪,他们依然坚定、执著、顽强地勇往直前!这是何等的精神、何等的力量,驱使他们一代接一代为之而舍生忘死。

这正是因为"人们对自己最最喜爱的作品《红楼梦》的有关一切、对它的作者曹雪芹知道得是那么少——如果不是一无所知。这是怎样的遗憾与怎样的吸引、怎样的诱惑!新发现一点关于曹雪芹与《红楼梦》的史料,就像天文学家在茫茫太空发现了一颗新星一样诱人、令人兴奋不已。而这种兴奋,不正说明我们已知的是多么贫乏得可怜吗?可怜的人们!越是不知就越是希望有所知,越是有所知就越证明自己的无知。人类是多么悲壮,多么执拗,多么可喜可叹!这也是'知其不可为而为之'呀"!①

① 引自要力石《红楼梦经典释义 800 题》,中国书籍出版社,第 230 页

《红楼梦》楹联集锦评注

中国有许多优秀的、出类拔萃、脍炙人口的名联，均出自于中国园林深处。而作为中国四大名著之一的《红楼梦》，其大观园内的楹联也不例外。《红楼梦》里的楹联形成一道独特意境，给人一种韵自天外之音。让我们共同欣赏、领略作者天才般的创作辉煌吧。

太虚幻境，大石牌坊两边的对联：

> 真作真时真亦假，无为有处有还无。

评注：

真真假假，假假真真，令人难以分辨，真让人琢磨不透。

作者开篇就暗示读者，不要误读这部书的主旨，此书正反两面有着不同的观点、见解、内容和含义。作者开篇就有诗云：

> 满纸荒唐言，
>
> 一把辛酸泪。
>
> 都云作者痴，
>
> 谁解其中味？

众所皆知，《红楼梦》是一部再现真实的封建社会没落史。作者以亲身的经历，不堪忍受封建社会的极端黑暗、腐朽，决心奋笔疾书，抨击封建社会末世的各种阶级矛盾和阶级斗争，揭示封建社会行将灭亡的历史必然。作者以深刻的历史体裁，无限的艺术力量，把封建礼教、封建道德、封建宗法制度等腐败、虚伪、冷酷和无情本质再现给世人，让人们记住这些不堪回首的往事，渴望能唤起民众，奋起变革！然而，作者偏偏生活在康、雍、乾朝代，那时文字狱猛如虎焉！作者为了保护自己与作品，不得不将《红楼梦》中所揭示的政治主题和严肃的社会内容，披上一层扑朔迷离的外衣，让人从表面看不出有何破绽，但事实上却隐藏着统治者无比罪恶和劳动人民辛酸的血泪史。这对楹联也流露出作者在写作上所采取的这种既聪明又无奈的抉择——"贾雨村"即"假语村言"。综上所说，我们对"假作真时真亦假，无为有处有还无"也就不难理解了。

玉在椟中求善价,钗于奁内待时飞。

评注:

玉存放在盒子里,等大涨价后才出手卖掉它。"求善价"即:可望卖个好价钱。

传说神女将玉钗装在梳妆用的镜匣里,后来化为燕子飞走。喻指有才能者期待机会,远走高飞,升官发财。有人认为,作者是在暗示读者,宝钗屈居大观园内,喻"钗于奁内待时飞",这只是暂时的,宝钗是在等待机会,渴望有朝一日登上宝二爷奶奶的宝座,以此实现自己多年的"钗于奁内待时飞"的远大理想。

身后有余忘缩手,眼前无路想回头。

这是"智通寺"门旁的一对旧破对联。

评注:

一个人在得意时,八面风光的身后,且有余日里,是很难罢手看破红尘的;只有在走投无路的窘境下才会回头,才会彻底醒悟,但为时已晚矣。

换而言之,你若想逃避社会矛盾、逃避现实生活、寻求世外桃源,那也是办不到的。

座上珠玑昭日月,堂前黼黻焕烟霞。

评注:

与贾府交往甚密的,都是那些高官达人,他们满腹文章。

贾家的宁国府和荣国府,富贵豪奢到了极点,用白玉建造的厅堂显得格外富丽堂皇,用黄金铸成门前马,金光闪闪。有诗云:"贾不假,白玉为堂金作马。"贾府飞扬跋扈,草菅人命,无所不为。贾府是统治阶级的帮凶,是广大人民的敌人。

珠玑、黼黻(古代礼服所绣的图案、花纹),比喻和贾府交往的都是有才华的高官贵人。

贾府内的大观园,对皇上、贵妃、达官贵人是人间天堂,对广大劳动人民却是人间地狱。

贾府在荣国府正内室荣禧堂悬挂此联,表现了对广大劳动人民的轻蔑。

秦可卿上房内间的对联是:

世事洞明皆学问,人情练达即文章。

评注:

此联一看便知是封建世俗论人评文的标准。

站在封建世俗立场上,认为一个人有无学问,对封建社会有无作用,衡量的标准是学历高,对世事有独到见解,并对人情世故通达自如,能做到这些,就是好文章,就是封建社会所要培养的人才。

秦氏卧房有付"海棠春睡图",图的两边有副对联:

<blockquote>嫩寒锁梦因春冷,芳气袭人是酒香。</blockquote>

评注:

初春季节,万物复苏,贪睡的人们不愿起床,酷似嫩寒把人沉浸在梦乡。

这副对联是针对"海棠春睡图"配的。据说,唐玄宗把杨贵妃比作海棠春睡未醒秦氏卧房挂此画此联含义十分明显,是作者对秦可卿风流生活的一种讽刺。

<blockquote>厚地高天,叹古今情不尽;
痴男怨女,可怜风月债难酬。</blockquote>

评注:

这副对联是出现在太虚幻境"孽海情天"宫门的对联。

在这广袤天地之下,演绎了多少古今儿女情长的故事:多少忠贞爱情的男子却不能如愿以偿,又有多少女子不能与心上人终成眷属,这些儿女情长的"风月"债何时才能偿还(报答)!

封建制度剥夺了千千万万青年男女的婚姻自由,只要封建社会存在,这种制度就不会改变。人民享有婚姻自主权只是一句永远无法实现的空话。

也有版本为:

<blockquote>地厚天高,堪叹古今情不尽;
痴男怨女,可怜风月债难酬。</blockquote>

在太虚幻境,薄命司的两边有副对联,上写着:

<blockquote>春恨秋悲皆自惹,花容月貌为谁妍。</blockquote>

评注:

大观园里那些如花似玉的婢女、丫鬟,她们纯洁善良、青春美丽,然而等待她们的命运,将是"千红一窟(哭),万艳同杯(悲)"。这究竟是为什么呢? 果真是"春恨秋悲皆自惹"的吗? 不是的,归根结底,是黑暗腐朽的封建社会,毁了她们青春美貌,夺了她们的宝贵生命。

花容月貌:如花似月的容貌,形容妇女容貌漂亮。

妍:美丽。

"薄命司"后面房屋有副对联写道:

<blockquote>光摇朱户金铺地,雪照琼窗玉作宫。</blockquote>

评注:

耀眼的光芒照射着朱红色的大门,还有那黄金铺就的地面,白雪的银光映着用美玉铸就的窗户和华丽的殿堂。

在这里作者把仙宫的富丽堂皇描写到极致。

"薄命司"后面室内也有副对联：

幽微灵秀地，无可奈何天。

评注：

在那充满微妙灵秀之气的大观园幽深处，许多婢女丫鬟，谁也逃脱不了悲惨命运的结局。封建统治阶级，没落腐朽的制度，是造成广大贫苦大众悲惨命运的罪魁祸首！

作者在描写警幻仙姑招待宝玉的酒筵有副对联：

琼浆满泛玻璃盏，玉液浓斟琥珀杯。

评注：

琥珀制成的酒杯斟满琼浆玉液，这原本是仙人饮用的美酒，今天用它招待来访的客人。

酒筵如此丰盛、名贵，充分表明警幻仙姑对宝玉的来访表现出热情的欢迎，盛情的款待。

三春去后诸芳尽，各自须寻各自门。

评注：

这是王熙凤梦见秦可卿的临别赠言，此联中的"三春"即：农历正月为孟春，二月为仲春，三月为季春，故合称为三春。

如今贾府恰似"落花流水春去也"，衰亡败落随时降临，大势已去的历史局面无法挽回，后果不堪设想，大家何不趁早各自寻求逃生门路。

此联表明秦可卿人虽走了，但她依然牵挂着贾府的前途和命运。

以下是一组"大观园试才题对额"内容。

贾宝玉题"沁芳"的对联：

绕堤柳借三篙翠，隔岸花分一脉香。

评注：

沁芳的弯堤，柳树成荫，那片翠绿的竹林，倒影水中央；隔岸花卉飘来阵阵芳香，令人流连忘返，尽情陶醉在这"天上人间"。

贾宝玉题"有凤来仪"的对联：

宝鼎茶闲烟尚绿，幽窗棋罢指犹凉。

评注：

宝鼎，是焚香用的三足两耳的古铜器。宝鼎中的香火青烟袅袅，扑鼻而来的清新宜人的香气，那是点燃着的檀香木。文人雅士置身于翠竹清泉间，潺潺泉水声，

197

悠悠古筝音,在此棋罢茶闲,更添几分乐在其中,今生何求之感!

此联写潇湘竹林茂密,环境美丽而幽静,是文人雅士休闲的好去处。

贾宝玉题"杏帘在望"的对联:

新绿涨添浣葛处,好云香护采芹人。

评注:

浣葛处涨添清澈的春水,有人浆洗着用葛布缝制的衣裳。

"采芹人"即指读书人。采芹,科举时代称入学做生员为"采芹",也称入泮。

大观园内,称得上"采芹人"的除了贾兰,别无他人。此联暗指贾政渴望后代能苦读圣贤书,赴考金榜题名,爵禄高登,光宗耀祖。

"好云香护采芹人":其意是浓郁的杏花香气滋养着贾家的读书人。贾政对此联自然欣赏,但如今贾家后继无人,荣宁二府尽出些须眉浊物、无能之辈,一个具有文学修养的"诗礼之家",变得如此萧条惨淡。这与封建社会行将灭亡,贾府教育无方不无关系。等待他们的将是撕心裂肺的丧钟之声!

一清客题"蘅芷清芬"的对联:

麝兰芳霭斜阳院,杜若香飘明月洲。

评注:

斜阳的光芒照射着庭院,空气间充满着烟霭雾霭的云气。月光下的洲渚弥漫着杜若散发出的阵阵芳香。

这简直是一幅美而雅的自然与人性;是环境与建筑融为一体的人间画卷!

一清客题"蘅芷清芬"的对联:

三径香风飘玉蕙,一庭明月照金兰。

评注:

佩兰的芳香在清风中飘散,银白色的月光照射着金兰。

作者把月光下的夜景描写得如痴如醉,那股清香,那般宁静,那丝晚风,那缕月光,还有玉蕙金兰。

蕙:香草名,俗称"佩兰"。

宝玉题"蘅芷清芬"的对联:

吟成豆蔻诗犹艳,睡足荼蘼梦亦香。

评注:

在"蘅芷清芬"匾额附近布满奇花异草,争相斗艳。什么"藿菵姜荨"、"纶组紫绛"、"杜若蘅芜"……花的香气在空气中飘绕。

豆蔻:多年生草本植物,外形酷似芭蕉,有芳香气味。诗词中多用来比喻刚成年的女子。

茶蘼：落叶小灌木，攀绿茎，羽状复叶，花白色，有香气，供观赏。

假如说以上几副对联是"大观园试才题对额"的话，不如说是作者带领我们游览大观园。作者为何不惜篇幅，如此浓墨重笔地介绍大观园内诸景之奢华，让读者一路走来赏不尽人间春色，那玉竹倩影、悬藤垂梦、波光粼粼、竹中精舍、一脉清泉、奇花异草、芳香扑鼻……必有其深意：当你游览"天上人间诸景备"后有何感想呢？

> 果然一大观，山水唤凭栏；
>
> 天上诸景备，尽收观园内。

如此豪华的园林，工程之浩大，耗资像流水，不是一般人所能为的，这一切只为接驾做准备。难怪元妃在短暂省亲一日里，先后两次提醒家人："万不可如此奢华靡费"。作者让你在轻松愉悦的游览中，理解"成由俭，败由奢"的古训。一个家庭是如此，一个国家也是如此。贾府最终也印证了因造园所带来的亏空，导致彻底灭亡。

十分明显，作者是想以此让世人永远记取这一教训，也许这才是作者所要抒发的内心真情吧。

元妃题大观园正殿的对联：

> 天地启宏慈，赤子苍生同感载；
>
> 古今垂旷典，九州万国被恩荣。

评注：

宏慈：大慈。

赤子：初生的婴儿。

苍生：老百姓。

感载：感恩戴德。

旷典：稀有难逢的大典。

九州万国：指普天之下。九州，古代分天下为九州。国，指都城。被，同"坡"。

此联大意是圣恩浩荡，盛典难逢，普天之下的老百姓都感恩戴德。

此联大有歌功颂德封建统治阶级之嫌。

黛玉不顾苍苔露冷，花径风寒，独自依偎在墙角花荫处，悲悲切切，呜咽起来的对联：

> 花魂点点无情绪，鸟梦痴痴何处惊。

199

评注：

花魂点点：花落满地的意思。

鸟梦痴痴：宿鸟贪睡在梦乡。

作者以浪漫的笔调，描写黛玉悲切的哭声惊得花落鸟飞，不忍再听。

作者对黛玉此情此景感同身受，其怜悯、同情之心尽显其中。

探春房间"烟雨图"两边的对联：

> 烟霞闲骨格，泉石野生涯。

烟霞、泉石：都是指山水佳胜处。爱好山水成癖，叫"烟霞痼疾，泉石膏肓"。

生涯：生活。

画与对联表现了探春喜阔朗，不为俗物所拘，"才自清明志自高"的性格特点。

贾氏宗祠大门两边的对联：

> 肝脑涂地，兆姓赖保育之恩；
>
> 功名贯天，百代仰蒸尝之盛。

评注：

肝脑涂地：形容死状残酷。隐指贾家祖先死心塌地为封建帝王卖命。

兆姓：万民。

蒸尝：祭祀。《诗、小雅、天保》："禴祠蒸尝"夏祭叫"禴"，春祭叫"祠"，冬祭叫"蒸"，秋祭叫"尝"。

贾氏宗祠抱厦前"星辉辅弼"两边的对联：

> 勋业有光昭日月，功名无及子孙。

评注：

勋：功。

功名：官爵。贾氏宗祠五间正殿"慎终追远"两边的对联：

> 已后儿孙承福德，至今黎庶念宁荣。

评注：

已后：以后。

黎庶：老百姓。

以上三副对联，极力炫耀贾家祖先为封建统治者建立丰功伟业，实际上他们的功劳，是建立在残酷地镇压屠杀劳动人民之上。

尤三姐自刎后有副对联：

> 揉碎桃花红满地，玉山倾倒再难扶。

评注：

揉碎桃花：比喻尤三姐自刎时血溅地上，仿佛朵朵盛开的桃花。

玉山：形容仪容美好，此指尤三姐自刎后的躯体。

通过此联不难看出，作者对尤三姐自刎表示无比惋惜与同情。"揉碎桃花"、"玉山倾倒"就是作者难以掩饰的内心情感的流露。

贾政升迁郎中，贺客盈门的对联：

$$花到正开蜂蝶闹，月逢十足海天宽。$$

评注：

月逢十足：指月亮团圆的时候。

这是一副典型描写世俗之人趋炎附势的点睛之作。

当黛玉心病减退时有副对联：

$$心病终须心药医，解铃还是系铃人。$$

评注：

心病句：心病，指隐情或隐痛使心中忧闷成疾。心药，指佛教的教法，谓能治好众生的心病。后来凡可以满足心愿、解除心中忧闷的都叫心药。

解铃句：佛教禅宗语。比喻由谁惹出来的麻烦还由谁去解决。

"真如福地"牌楼两边对联：

$$假去真来真胜假，无原有是有非无。$$

评注： 无原句：原，本原；是，现实。

"福善祸淫"宫门两边的对联：

$$过去未来，莫谓智贤能打破；$$
$$前因后果，须知亲近不相逢。$$

评注：

前因后果：佛教说法，即种什么因，结什么果，善有善报，恶有恶报。

"引觉痴情"两边的对联：

$$喜笑悲哀都是假，贪求恩慕总因痴。$$

评注：

高鹗先生将"太虚幻境"改为"真如福地"，将"孽海情天"改为"福善祸淫"，将"薄命司"改为"引觉痴情"。

以上三联多少说明高鹗先生因果报应思想、宿命论观点等在其续书中时有表现。

宝玉叫麝月等搬开佛、道书后，回答宝钗试问说："如今才明白过来了；这些书

201

都算不得什么。我还要一火焚之,方为干净!"宝钗听了,更欣喜异常。只听宝玉口中微吟道:

> 内典语中注佛性,金丹法外有仙舟。

评注:

内典:佛教徒称佛教经论为内典。

金丹:古代道士用黄金炼成的金液,用丹砂炼成的还魂丹,认为能使人长生不老。

仙舟:古代神话中往来天上的木船。张华《博物志、杂说下》:"天河与海通,近世有人居海渚者,年年八月有浮槎来去不失期。"

高先生写宝玉出门赴考时的对联:

> 走来名利无双地,打出樊笼第一关。

评注:

名利无双地:指科举考场。

樊笼:关鸟的笼子。此处指不自由的境地。

此联写宝玉出门赴考,将离开不自由的家庭,决心遁入空门。

《红楼梦》全书共有 33 幅楹联,曹雪芹先生 26 联,高鹗先生 7 联。它们凝聚着作者创作之精华,仿佛 33 颗熠熠闪光的珍珠镶嵌在大观园的四面八方,为红楼这部不朽之作增光添彩,也为无数读者学习、研究、欣赏中国楹联提供珍贵的资料。

曹雪芹年表

年　代	曹　雪　芹	史　事　札　记
康熙五十四年 (1715 年 6 月 4日，农历五月初三)	1 岁。出生于南京大行宫利济巷织造署内。其祖籍辽宁省辽阳。入了旗籍，为汉军正白旗包衣人。是曹颙的遗腹子。康熙五十三年腊月，颙病故于北京，身后留下了妻子马氏与母亲李氏两代孤孀。康熙怜悯先臣，特命将曹寅的四侄儿曹頫入嗣为李氏之子，曹頫是雪芹的养父	康熙五十四年三月七日，曹頫给朝廷的奏折中也证实了雪芹是曹颙的遗腹子： ……奴才之嫂马氏，因现怀妊孕已七月，恐长途劳顿，未得北上奔丧，将来倘幸而生男，则奴才之兄嗣有在矣。① 这道奏折十分重要，起码可以说明以下几个问题：(1) 曹雪芹出生于农历五月初三，与奏折中马氏已怀孕七月相一致。使曹雪芹出生的时间得到证实。(2) 曹颙于康熙五十三年腊月病故于北京，第二年五月雪芹出生，曹雪芹是曹颙的遗腹子可以确信无疑。证明这一事实还有曹家《氏族谱》："曹玺玄孙曹天佑，'现任州同'。按氏族谱系乾隆皇帝于雍正十三年十二月命修至乾隆九年十一月刊成者，其云'现任'时限确切……"②
康熙五十五年 (1716 年)	2 岁	
康熙五十六年 (1717)	3 岁	
康熙五十七年 (1718)	4 岁	
康熙五十八年 (1719)	5 岁	常与家人到舅祖李煦家看戏
康熙五十九年 (1720)	6 岁	曹家与李家都有各自的戏班子
康熙六十年 (1721)	7 岁	曹家从苏州买来一班小戏子，其中有个 6 岁的女孩姓竺(竹)名香玉、小名红玉。还有一个女孩姓柳名蕙兰，时年八岁，充实戏班子，为接驾做准备
康熙六十一年 (1722)	8 岁	11 月 3 日康熙帝驾崩

① 摘自《关于江宁织造曹家档案史料》，中华书局，1975 年
② 摘自周汝昌先生所著《红楼新证》，人民文学出版社，1976 年

续表

年　代	曹雪芹	史　事　札　记
雍正元年 (1723)	9 岁	竺香玉 8 岁。时年雍正生母薨逝，曹家戏班遣散，竺香玉、柳蕙兰 10 岁，被留下来做了曹雪芹的伴读丫头
雍正二年 (1724)	10 岁	雍正二年(1724)甲辰，五月初，曹頫有折报晴雨麦收之事，雍正的朱批是："蝗蝻闻得还有，地方官为甚么不下力扑灭？二麦虽收，秋禾更要紧。据实奏。凡有一点欺隐作用，是你自己寻罪，不与朕相干。"随后还有一条关于曹頫交怡亲王看管的特谕：……不要乱跑门路，瞎费心思力气买祸受。……因你们向来混账风俗惯了……主意要拿定，少乱一点，坏朕名声，朕就要重重处分，王子也救你不下了。特谕
雍正三年 (1725)	11 岁	雍正三年曾派允祥(和硕怡贤亲王)在白家疃管理水利、营田事务。但雍正八年，允祥就病死了(雍正五年十二月曹頫在北京被扣时，雍正就把曹頫交给允祥，由允祥传奏他的事)
雍正四年 (1726)	12 岁	三月，曹頫与孙文成因织缎粗糙各罚俸一年；十一月末，曹頫因织品粗薄，再次被诘责追赔
雍正五年 (1727)	13 岁	雍正五年(1727)正月，噶尔泰密折云："访得曹頫年少无才，遇事畏缩，织造事务交与管家丁汉臣料理。臣在京见过数次，人亦平常。"雍正批云："原不成器。""岂只平常而已！"①二月，曹雪芹的舅祖李煦被交刑部治罪流放到牲乌拉(本来是杀头罪，流放是因为"宽免")。六月，曹頫因御用褂面落色罚俸。十二月十五日，上谕命隋赫德接管曹頫江宁织造职务。十二月二十四日，上谕查封曹頫家产
雍正六年 (1728)	14 岁	竺香玉 13 岁。七月，查出允禟寄放在曹家的一对"镀金狮子"，这是曹家获罪之一。曹頫携家眷进京领罪。雪芹随父曹頫，祖母李氏由江宁回北京，走的是水路，曹頫京城家产人口，俱奉旨赏给隋赫德。隋赫德遵奉雍正的旨意，给曹頫家属"少留房屋，以资养瞻"。于是将赏给他的家产人口拨出房屋十七间半、家仆三对，给予曹寅的孀妻，以资养瞻度日。这年曹母还为天佑、香玉以当时习俗喝茶的方式定了亲

① 引自周汝昌《红楼梦新证》，第 613 页

年　代	曹　雪　芹	史　事　札　记
雍正七年 (1729)	15 岁	从雍正六年直到十三年,曹雪芹的家暂寓北京外城,八年的苦难,百种的煎熬,万言难尽。①曹頫仍在枷号中。七月二十九日,刑部为知照曹頫获罪抄没缘由业经转行事致内务府移会,这年敦敏出生
雍正八年 (1730)	16 岁	香玉 15 岁。清宫聘选才女、秀女,香玉被雪芹姐娘王氏认做女儿,以曹家小姐身份进宫应选,最终以才女身份进宫作了公主、郡主的入学陪侍。该年雍正亦选十七岁的汉族女子刘氏为贵人。家被抄,心上人被夺,这对曹雪芹来说简直是晴天霹雳,仿佛撕肝裂胆、断肠摧心
雍正九年 (1731)	17 岁	依然住京城崇文门外蒜市口地方房十七间半、家仆三对,给予曹寅之妻孀妇度命
雍正十年 (1732)	18 岁	初夏,雍正纳 17 岁(虚龄)的香玉为皇贵妃
雍正十一年 (1733)	19 岁	六月十一日,18 岁(虚龄)的香玉为雍正生下了皇子弘曕。第二天(六月十二日)香玉被册立为皇后(同一天刘贵人晋封为嫔,即谦嫔刘氏)
雍正十二年 (1734)	20 岁	曹雪芹居住在蒜市口曹家旧宅之中,敦诚这年出生
雍正十三年 (1735)	21 岁	农历八月二十二日夜,雪芹、香玉用丹砂毒死了雍正帝。清义所著《雍乾嘉三帝事记》载:雍正十三年秋皇上暴病,鄂尔泰飞马及鞍,疾走入内,御榻数人。皇后至,面泪容,鄂揭开御帐瞧,呦声出。庄果二亲亦到,近瞩御容,都吓了一跳。庄王道:"把帐放下,图后事。"面请皇后安,后咽道:"好端端人,为什么立刻暴亡?"种种迹象表明,雍正猝死,疑点颇多。乾隆于雍正驾崩后的第十天,即雍正十三年九月初三日,在太和殿举行登基大典。当日颁布"本年诰命"。"旗人的亏空积案俱得宽免,罪亦获赦,雪芹家方得绝境更生。次年改大典,屡颂'仁政',而曹家的至亲如平郡王福彭(雪芹表兄)等皆得重用"

① 引自周汝昌《作者与时代背景》

续表

年　代	曹雪芹	史　事　札　记
乾隆元年 (1736)	22岁	乾隆元年九月,香玉到北京香山卧佛寺旁的姑子庵出家为尼,带发修行,此后与雪芹在庵中了却情缘(雪芹与香玉度过大约十六七年甜蜜的爱情生活)。三月,曹家一个亲戚傅鼐升任兵部尚书。据清代档案证明曹雪芹回京后住蒜市口,则其"曾居崇文门外卧佛寺"之传说具有一定可靠性。乾隆改元之初曹雪芹仍住在蒜市口
乾隆二年 (1737)	23岁	乾隆二年傅鼐再度升任为内务府总管大臣兼满洲正蓝旗都统
乾隆三年 (1738)	24岁	
乾隆四年 (1739)	25岁	曹家又一次遭到重大变故,青年时代的曹雪芹也最后结束了"锦衣纨绔之时,饫甘厌肥之日",陷入日益贫困之中
乾隆五年 (1740)	26岁	乾隆五年至乾隆七年前后,在一位世交的荐引下,曹雪芹入圆明园内务府掌仪司任职,为皇帝游园做"导游"的工作①
乾隆六年 (1741)	27岁	
乾隆七年 (1742)	28岁	
乾隆八年 (1743)	29岁	乾隆八年(癸亥,1743)有诗人怀念曹寅赋诗写道:"……诗书家计皆冰雪,何处飘零有子孙?!"芹贫无衣食,流离颠沛,时有乞助亲友,却多遭冷落与白眼……
乾隆九年 (1744)	30岁	雪芹中举,得官州同。这年敦诚11岁,入宗学
乾隆十年 (1745)	31岁	乾隆十年(1745)前后,曹雪芹曾以贡生的资格,一度在北京右翼宗学担任职务。其时敦敏、敦诚也在那里读书,这是他们认识的开始
乾隆十一年 (1746)	32岁	同上
乾隆十二年 (1747)	33岁	同上

---

① 引自石尚存《曹雪芹在北京的日子》,陕西人民出版社,2008年,第55页

年　代	曹雪芹	史　事　札　记
乾隆十三年 (1748)	34 岁	同上
乾隆十四年 (1749)	35 岁	同上
乾隆十五年 (1750)	36 岁	这年前后,曹雪芹连"悲歌燕市,卖画为生"也很难维持下去了,不得不离开城里,举家迁往西郊香山附近旗地居住
乾隆十六年 (1751)	37 岁	香玉为雪芹生下一子后,自惊自怕此事泄露,将孩子转移出去后悬梁自尽,雪芹逃禅。后此事以贼案处置,雪芹被宫中革除不用。曹家自此一败涂地①
乾隆十七年 (1752)	38 岁	事平后,雪芹还俗回到香山,与蕙兰重逢,找回了与香玉所生之子,一家定居香山。曹公立志著书纪念平生所爱女子——竺香玉
乾隆十八年 (1753)	39 岁	曹雪芹在著书立说的过程中,柳蕙兰给予了极大的支持和帮助
乾隆十九年 (1754)	40 岁	周汝昌先生在《作者与时代背景》一文中,认为:"乾隆十九年(甲戌,1754),写作小说《石头记》,已有清钞加评的定本。"笔者认为竺香玉自尽后,曹公便开始着手写作准备,写作《红楼梦》时间,当在乾隆十七年(1752)前后。吴新雷先生认为曹雪芹在乾隆十九年(1754)离开了宗学,迁居西山旗地……可他不理会家计的困难,仍然继续忙着写他的小说。吴先生的观点,曹公写作《红楼梦》时间当在乾隆十九年之前。因为这年《脂砚斋重评石头记》就在近亲密友间陆续传阅了
乾隆二十年 (1755)	41 岁	柳蕙兰与曹雪芹同室独批、合批《红楼梦》,时间先后达七年之久,为后人留下了大量研究《红楼梦》的珍贵资料
乾隆二十一年 (1756)	42 岁	在这前后,曹公与敦敏、敦诚兄弟及张宜泉等一些朋友,保持着诗酒交往。周汝昌先生在《红楼梦新证》一书中说,曹雪芹是在乾隆二十一年(1756)丙子前后迁出北京的

207

---

① 引自霍国玲《红搂解梦》,第三集,上,中国文学出版社,1997 年,第 10 页

续表

年　代	曹雪芹	史　事　札　记
乾隆二十二年 (1757)	43 岁	乾隆二十二年丁丑，敦诚在喜峰口写《寄怀曹雪芹》诗。敦诚在松亭的时间是由乾隆二十二年到二十四年。此时，曹雪芹早已从北京城内移居西郊旗地。起初住在香山正白旗区域的四王府和峒峪村一带，后来迁到香山脚下镶黄旗营的北上坡。因而敦诚诗中才有"感时思君不相见，蓟门落日(指曹雪芹居处)松亭樽(指自己所在)"之语，又有"于今环堵蓬蒿屯"、"不如著书黄叶村"等，这年敦敏赴锦州做税官
乾隆二十三年 (1758)	44 岁	是年腊月二十四，曹雪芹帮其好友敦敏鉴定李龙岷的《如意平安图》、署名商祚的《秋葵彩蝶图》这两幅画真伪一事。鉴定时指出《秋葵彩蝶图》是一幅"足资珍藏"的着色工笔花鸟绢画精品，为明画家商祚所绘；《如意平安图》为元人仿北宋李龙眠的赝品。经红学专家学者考证，发现这两幅画的特征和曹雪芹在《瓶湖懋斋记盛》对它们的描述一一对应，并考证出这两幅古画被曹雪芹鉴定后进入皇宫，为乾隆皇帝收藏。①曹公在白家疃自盖茅屋四间落成，迁入新居。②相传，曹公还让出一间给一位孤寡老妪居住。这年冬天，曹雪芹应敦敏之邀，到宣武门内太平湖敦敏家里的"槐园"参加过一次宴会。他还亲自放起了景廉带来的风筝，敦敏为此写了一篇《瓶湖懋斋记盛》来纪念这次盛会。春夏之际曹雪芹由香山迁往白家疃村③
乾隆二十四年 (1759)	45 岁	曹雪芹的忠实伴侣——柳蕙兰，病故于西山，时间为这年秋之前。随后应江南总督尹继善之邀，赴金陵做了尹继善的幕客。曹公的好友张宜泉作《怀曹芹溪》诗，有"似历三秋阔，同君一别时。怀人空有梦，见面尚无期"等语。敦诚是乾隆二十四年己卯从喜峰口回北京的
乾隆二十五年 (1760)	46 岁	这年春节后曹雪芹偕新妇回北京。吴恩裕先生认为敦敏的诗"秦淮旧梦人犹在"句看，雪芹确实从南京带回"秦淮旧梦人"。农历三月初三前后结婚。此推断与1979年发现的传为曹雪芹新婚时一对书箱上的题字"乾隆二十五年岁在庚辰"相吻合。(1760)秋：敦敏作长句记"别来已一载余"的雪芹回京后，在明琳的养石轩相遇呼酒话旧事。后又写了《题芹圃画石》诗

① 引自要力石《红楼梦经典释义800题》,中国书籍出版社,2007年,第198页
② 见《南鹞北鸢考工志·附敦敏〈瓶湖懋斋纪盛〉》
③ 见《瓶湖懋斋记盛》

年　代	曹　雪　芹	史　事　札　记
乾隆二十六年 (1761)	47 岁	乾隆二十六年辛巳敦敏、敦诚来访雪芹。留赠诗中有"满径蓬蒿"、"薜萝门巷"。曹雪芹的好友张宜泉对曹公白家疃住所写道："庐结西郊别样幽(自盖房子)……门外山川供绘画"。乾隆二十三年曹公在这里"结庐"时,此地还是很荒凉的。于是张宜泉吟出"寂寞西郊人到罕"的诗句
乾隆二十七年 (1762)	48 岁	乾隆二十七年壬午(1762)雪芹在敦诚家西园兴高采烈地看其"小部梨园"演出敦诚改编的《琵琶行传奇》,还写了一首七律作题跋,现仅存两句脍炙人口的"白傅诗灵应喜甚,定教蛮素鬼排场"。这年秋,雪芹唯一的年仅 11 岁左右的儿子死于痘症(根据霍国玲等《红楼解梦》云:乾隆十六年,即公元 1751 年,竺香玉为曹雪芹生一子。依此推断其子年仅 11 岁左右),曹公禁不起丧子之痛成疾
乾隆二十八年 (1763)	49 岁	1763 年 2 月 12 日雪芹卒,终年虚岁 49 岁,恰证"年未五旬而卒"说。生前好友敦诚参加葬礼,并留有《挽雪芹》诗于后人。甲戌本第一回脂批中写道："能解者方有辛酸之泪,哭成此书。壬午除夕,书未成,芹为泪尽而逝。余尝哭芹,泪亦待尽。每意觅青峰再问石兄,余(奈)不遇癞头和尚何? 怅怅! 今而后惟愿造化主再出一芹一脂,是书何幸。余二人亦大快遂心于九泉矣。甲午八月泪笔"

《红楼梦》中主要人物住所一览表

贾宝玉——怡红院　　（匾额：怡红快绿　元妃赐名　怡红院）

林黛玉——潇湘馆　　（匾额：有凤来仪　元妃赐名　潇湘馆）

薛宝钗——蘅芜苑　　（匾额：蘅芷清芬　元妃赐名　蘅芜苑）

贾元春——凤藻宫　　（皇宫中的凤藻宫）

贾迎春——缀锦楼　　（位于紫菱洲东侧，两层楼阁，大观园居高处，登楼大观园全景
　　　　　　　　　　尽收眼底，贾母曾设宴于此。）

贾探春——秋爽斋　　（秋爽斋原本有三间屋子，探春素喜阔朗，故不曾隔断。"秋爽
　　　　　　　　　　斋"，人如其斋，斋如其人。秋爽，北国之秋，气象朗畅，日则杲
　　　　　　　　　　杲，月则明明，一派清淡、高雅的气韵，给人一种清新、心旷神怡
　　　　　　　　　　之感。）

贾惜春——蓼风轩　　（位于秋爽斋以北，曲廊相抱，红蓼花深，清波风寒，十冬腊月，
　　　　　　　　　　打起猩红毡帘却觉温香拂面，正适合主人作画。）

李　纨——稻香村　　（远处眺望稻香村，隐隐露出一带黄泥墙，墙上皆用稻茎掩护，
　　　　　　　　　　有几百枝杏花，如喷火蒸霞一般。里面数楹茅屋，外面却是桑
　　　　　　　　　　榆槿柘各色树稚新条，随其曲折编成两溜青蒿，篱外山坡之下
　　　　　　　　　　有一土井，旁有桔槔辘轳之属，下面分畦列亩。佳蔬菜花一望
　　　　　　　　　　无际。）

妙　玉——栊翠庵　　（栊翠庵位于凹晶溪馆与凸碧山庄的中间。庵前的腊梅，每逢
　　　　　　　　　　花期，着实迷人。栊翠庵掩映在梅花丛中，若隐若现，美不
　　　　　　　　　　胜收。）

贾　琏
王熙凤——→荣国府　　（其住所位于荣国府中轴线的西北。）
巧　姐

贾　母——荣禧堂　　（其院坐落在最北边，是坐南朝北的抱厦厅，北边还立着一个粉
　　　　　　　　　　油大影壁，影壁背后便是贾琏、王熙凤和巧姐住处。）

王夫人——荣禧堂　　（荣禧堂后身东首为王夫人院，其院东下方为赵姨娘房，赵的南
　　　　　　　　　　面是周姨娘房。周的正南方便是贾政内书房（梦坡斋）。）

薛姨妈——客居院　（位于荣禧堂东北角处,是一所幽静房舍。在怡红院的西面。）

史湘云——舅舅家　（到贾府与黛玉或宝钗同住）

小戏子——梨香院　（香菱是薛蟠的小妾,所以也一起住在梨香院内。）

贾　赦
　　　↘荣国府
邢夫人↗　　　（贾赦院,位于梨香院南面,斜对过是贾氏宗祠。中间隔着宁荣二府分界小巷。）

贾　敬——城外道观　（贾敬不愿意住在宁国府里,也不愿意回原籍,故跑到都城外面道观里炼丹,期盼得道成仙,其余一概不管。）

贾　珍——宁国府　（尤氏、贾蓉、秦可卿均住在宁国府内。）

大观园平面图
注:平面图引自百度网

　　纵观大观园主要人物住所来看,宝玉离黛玉住处最近,离宝钗住处最远。

　　贾赦是贾母的大儿子,而且他还袭了爵,是一等将军。根据封建社会的伦理秩序,他应该和贾母住在一起。荣国府这个庭院应该他来住,荣国府中轴线的建筑,那个院落庭院,就是后来林黛玉看到挂着皇帝御笔书写的匾的那个庭院,应该是贾赦来住。他是长子,又封了爵位,怎么现在住的是贾政?此问题一直困扰着许多读者,也包括笔者在内。期待红学朋友早日破解其中之谜。

211

主要参考文献

[1] 胡适,俞平伯,等.细说红楼梦.北京：蓝天出版社,2006

[2] 霍国玲,霍纪平,霍力君,等.红楼解梦.北京：中国文学出版社,1997

[3] 周汝昌.周汝昌梦解红楼.桂林：漓江出版社,2005

[4] 周汝昌.红楼艺术的魅力.北京：作家出版社,2006

[5] 胡文彬.入迷出悟品红楼.北京：京华出版社,2007

[6] 聂丛丛主编.新解红楼梦.北京：中国人民大学出版社,2004

[7] 胡邦炜.红楼梦悬案解读.成都：四川人民出版社,2004

[8] 刘耕路.红楼梦诗词解析.长春：吉林文史出版社,1986

[9] 刘心武.刘心武揭秘红楼梦.北京：东方出版社,2005

[10] 俞平伯.红楼梦研究.上海：上海古籍出版社,2005

[11] 林冠夫.红楼梦纵横谈.北京：文化艺术出版社,2004

[12] 董志新.毛泽东读红楼梦.沈阳：万卷出版公司,2009

[13] 吴恩裕.曹雪芹在北京的日子.西安：陕西人民出版社,2008

[14] 要力石.红楼梦经典释义800题.北京：中国书籍出版社,2007

[15] 蔡义江.蔡义江解读红楼.桂林：漓江出版社,2005

[16] 韩金瑞,贾文忠.红楼梦人物大全.上海：商务印书馆国际有限公司,2008

[17] 张毕来.漫说红楼.北京：人民文学出版社,1978

[18] 王国维.红楼梦评论.上海：上海古籍书店,1983

[19] 冯其庸.曹学叙论.北京：光明日报出版社,1992

[20] 蔡元培.石头记索隐.上海：上海商务印书馆,1917年铅印本

[21] 王昆仑.红楼梦人物论.上海：上海国际文化服务社,1948

[22] 红楼梦诗词评注.《思想战线》编辑部,1976

后 记

继《红楼寻径——解不尽读不完的红楼梦》出版之后，又整整花了三年多时间，将未用的资料与新搜集的材料并参考红学各派不同观点，提出自己的见解与看法。我对红学各派的观点与看法，无论是支持，还是反对，始终坚持友好、和谐、礼貌的沟通与互动。笔者始终认为：红学研究必须坚持"百花齐放，百家争鸣"的方针，只有这样，红学研究之路才会愈走愈宽，大观园里才能看到百花争艳满园春色！或许就是在这种思想指导下，我才有勇气参与红学讨论与研究。

三十多年来，我像蜻蜓点水般地读了许多与红楼有关的书籍，听过无数次红楼专家、学者的讲座报告（也包括央视《百家讲坛》中的相关内容讲座）。无论是新的还是老的红学家、红学爱好者，他们的研究成果都给我留下了深刻的印象。这其中不乏错误的观点，虽经分析推理，最终还是得出错误的结论。于是，掀起了一波又一波的红学大讨论，使红学研究走向大众，走向寻常百姓茶余饭后谈论的话题。所以说，即使是错误的观点，在某种意义上说，也推动了红学研究不断向深度与广度发展。

我很欣赏师兄唐双朔先生的一句话："一切文化都应回归大众，再优秀的文化，如果只能在专家学者和专业人士之间往返，也是遗憾的文化。"

在本书即将与广大读者见面时，颇有意犹未尽的感觉，与书的副标题——解不尽读不完的红楼梦不谋而合。

正当我进行三校书稿时，竟发现不少新问题，比如红学界争论不休的曹雪芹年龄问题，我在本书的"曹雪芹其人其事"章节里写道：生于康熙五十四年农历五月初三（1715 年 6 月 4 日），死于壬午除夕。对其生年许多"红学"朋友看法比较一致，但涉及其卒年，问题出来了。周汝昌的《作者与时代背景》一文中认为：曹雪芹生于清雍正二年（甲辰，1724），卒于乾隆二十八年除夕（癸未，1764 年 2 月 1 日）。冯其庸的《曹雪芹小传》一文中认为：曹雪芹生于 1715 年（清康熙五十四年），卒于1763 年 2 月 12 日（清乾隆二十七年壬午除夕）。胡文彬的《雷声忽送千峰雨》中说："曹雪芹若生于康熙五十三年甲午（1714），至乾隆二十七年（1762 年）壬午，实际年龄四十九岁，恰证'年未五旬而卒'说。"究竟曹雪芹辞世时多少岁？原来就是

213

一个争论不休的问题。笔者认为，曹雪芹生于清康熙五十四年 1715 年，死于乾隆二十七年壬午。但有人认为这年应是 1762 年，也有人认为这年应是 1763 年 2 月 12 日，于是就出现曹雪芹究竟活了 48 岁还是 49 岁的问题。类似难以达成共识的只能作悬案而存疑了。

再如，编写一份"曹雪芹年表"是我多年的愿望，苦于才疏学浅，力不从心。虽然费了九牛二虎之力，结果依然不能满意，不言留有许多空白年份无法考证，即使有记录曹公大事年份，所选的内容可信度如何，读者能否接受，都有待时间检验。更多问题就不一一罗列。

一台笔记本电脑，一堆相关书籍，陪伴我度过这一千多个日日夜夜，多少亲朋好友，多少同仁网友，希望这本专著能早日问世，为之，纷纷献言献策。

最使我难以忘怀的是 2009 年的夏天，一场突如其来的"莫拉克"强台风席卷闽台两岸，当时我借住在海西离平潭综合实验区不远的地方，由于是新建房屋，窗户的玻璃都还没装上，台风一来屋里一片狼藉，我奋力抢救电脑与书籍，还有那些自认为比生命还重要的相关资料，床上用具和随身携带衣物全部湿透，自己也成了落汤鸡。就在这时，学校传来一个不好的消息，说我的论文发表的刊物不正规，被省教育厅职称办一票否决（在我编写后记时，接到国家出版总署来函，认定我所投稿的刊物均系审批备案的正规出版物），使我备受打击。屋漏偏逢连夜雨，感冒引起低烧，接连几天不退，整夜整夜难以入眠，随之血压升高，老胃病复发……写作信心几乎丧失，一度曾想放弃。是亲朋好友、同仁网友给我鼓励，给我继续前行的力量和勇气。已经记不清有多少学生和朋友帮我校对文稿，提供资料与相关讯息；我的妻子和孩子更是全力以赴，是我写作上的好帮手、好助理，在生活上更是体贴入微；出版社同志为我几经推迟、调整出版计划。今天，在这本新书即将出版发行之时，深情地向所有关心、支持和帮助过该书得以早日问世的人们道声谢谢！亲情、友情、真情尽显该书的字里行间！

本书依据的《红楼梦》版本为三秦出版社 2007 年 5 月出版的版本。

本书虽经三年多撰写，时间依然仓促，其中疏漏、错误在所难免，恳请赐教。

陈绍初 2012 年阳春三月于金陵